Houtrot

Rinske Hillen

Houtrot

Roman

Amsterdam · Antwerpen
Em. Querido's Uitgeverij BV
2018

Voor mijn kinderen

Bekroond met de ANV Debutantenprijs 2018

Eerste en tweede (e-book) druk, 2017; derde druk, 2018

Copyright © 2017 Rinske Hillen
Voor overname kunt u zich wenden tot
Em. Querido's Uitgeverij BV,
Weteringschans 259, 1017 XJ Amsterdam.

Omslag Brigitte Slangen
Omslagbeeld Rachel Levy
Foto auteur Amaury Miller

ISBN 978 90 214 0772 2 / NUR 301
www.querido.nl

I

Niets, of nee, weinig. In deze geschiedenis stel ik weinig voor, en laat ik het voorzichtig zeggen, jij evenmin. Laten we ons niets verbeelden, dit gaat niet over ons. Keizersgracht 268. Mijn familie woont hier al zeven generaties. Dit huis zal hier nog wel even staan, en wij, wij zullen worden vergeten. Goddank. Een wonderlijke historie heeft deze plek: hoe de eerste doden werden begraven en zij die later stierven werden uitgestrooid, hoe de eiken zijn geplant; voor elke voorouder een boom. Het is met de eeuwen een klein bos geworden. Wie vermoedt zo'n immense tuin in het hart van de stad? Legendes doen de ronde. Kijk maar eens na, het beroemdste spookhuis van Amsterdam, het huis met de gouden ketting, honderd jaar stond het leeg, gestommel in de nacht, demonen van mijn betovergrootmoeder, zo werd beweerd, ze verhing zich nadat mijn betovergrootvader, Rauws, directeur-generaal, verbrandde in de schouwburg. Hoe dan ook, geen mens wilde hier meer wonen, een lang verhaal, het voert te ver om erover uit te weiden. Mijn overgrootvader kocht het terug van de gemeente, voor duizend gulden, te nuchter voor die flauwekul. Hoe had jij kunnen weten dat hier verderop de schouwburg afbrandde? De schouwburg staat toch op het Leidseplein, hoor ik je zeggen. Ik vergeef het je, je woont hier pas net.

Je wilt geen verhalen, maar feiten, zeg je. Ik zal ter zake komen. Waar praten we over? Als we de zaken afpellen... eenvoudig. Bakstenen. Bakstenen en wat botten, in mijn geval.

Wenksterman stond in zijn tuin met een schep in de hand. In gedachte deed hij het gesprek van gisteren met zijn buurman over, maar dan beter. Een kalmere versie, een waarin hij ook even zíjn verhaal kon doen.

Het waren de eerste dagen van oktober en de herfst leek al winter. Als hij blies kwamen er wolkjes uit zijn mond. Lekker vond hij dat. Hij was vroeg opgestaan, een schone morgen, schoon in de zin dat het stil was en dat er eens niemand tegen hem sprak. Het huis was leeg. Amsterdam sliep nog. De herfst was zijn lievelingsseizoen, een goede reden om nergens naartoe te hoeven. Hij keek om zich heen en bewonderde het strijklicht over de achtergevel van zijn pand.

De kozijnen hingen erbij als aan een waslijn: hoger van opzij dan in het midden. Het gaf de boel wat nonchalants. De ruitjes waren ongewassen, het balkon was door klimop overwoekerd.

De grond was stug. Met zijn kaplaars op het ijzer duwde hij de spade dieper in het zwart. Het ruwe hout schuurde tussen zijn handen. Pas met een paar keer scheppen gaf de aarde mee. Wat hield hij van de zalvende stilte die volgt op de extraverte zomers met lallende figuren voor zijn deur, getetter, honderden meters meegedragen door het grachtenwater.

Hoe dieper hij kwam, hoe meer de aarde modder werd, een teerlucht steeg op. Langzaam kwam hij in een ritme en het enige wat hij nog hoorde was zijn eigen versnelde ademhaling. Nog een schep aarde, en nog een. Hij maakte zich geen zorgen. Een man van zorgen was hij niet. Hij keek op. De morgendauw verfriste zijn gezicht als een nat washandje bij een koortsige. Dat het huis scheef stond was niks nieuws. Dit was een van de oudste huizen van de Keizersgracht en het was heus niet het enige huis dat verzakte. Heel Amsterdam zakt. De grachtengordel elk jaar wel twee millimeter. Dat krijg je ervan als je een stad bouwt op weke bodem. Daar was nu niets meer aan te doen. Hij rechtte zijn rug, keek naar de omringende panden. De gepleisterde gevels, de ornamenten, de vers gewassen antieke ruiten, het monumentenglas. Ze lijken rechtop, maar zou je door de deftige omhulsels hun skeletten bekijken, dan hangen ze gezamenlijk, gevel tegen gevel, in een elkaar omlaagtrekkende omhelzing. Zo gaat dat bij huizen, zo gaat dat bij mensen. Natuurwetten. Daar kun je zenuwachtig over doen. Haal al die aannemers en constructeurs erbij, zo je wilt, vroeg of laat zakken we, eerst onze huid langs de kaken, dan onze botten, zo de grond in.

'Wenksterman, betaal je wel of betaal je niet? Je hebt twee weken. Dan stap ik naar de kantonrechter.'

'Kunnen we hier normaal over praten, als normale mensen?'

'We praten al maanden,' had zijn buurman gezegd. 'Het lijkt me zinvoller om wat te doen. Overmorgen begint mijn aannemer.'

'Wat zijn een paar maanden?'

'Er moet wat gebeuren. Palenpest is een ramp. Daar kun je niet laconiek over doen.'

Alsof hij dat niet begreep. Natuurlijk moest er wat gebeuren. Dat ontkende hij niet. De scheur was groot. Van de zolder tot de eerste etage. Een scheur waar hij en Kussendrager elkaar de hand door konden schudden, al deden ze dat niet.

'Laconiek zeker niet. Maar een paar ton... Weet je wat maanden zijn voor zo'n oud huis, jongeman? Niks.'

'Als je zo van het pand houdt, waarom verwaarloos je het dan?'

Het gat werd groter. De eerste regenwormen kwamen tevoorschijn. Als Wenksterman zijn volgende college aan hen wijdde, moest hij toch op zijn minst weten hoeveel er leefden in zijn eigen bodem. Darwin sprak in zijn laatste en minst bekende werk over het immense belang van de regenworm voor de aarde en beweerde: in elke vierkante meter zitten er gemiddeld driehonderd. Hij duwde een paar wormen in een doosje voor nader onderzoek, geen zorgen, jongens, jullie mogen zo weer terug.

Hij telde er al met al achtenzeventig. Dat waren er minder dan Darwins bevindingen. De regenworm, wezen met tien harten, blijft leven als je hem doormidden hakt. Door zijn neus ademen, diep, verse lucht naar binnen. Hij was een bioloog van de vierkante meter. Daar gebeurt het, onder je eigen voeten. Het misverstand dat alles ver weg moet. Gisteren was hij nog de natuur in getrokken, had lang door zijn verrekijker getuurd, naar het nest van een zeearend. Moeder die als een evenwichtskunstenaar op een paal troonde, vader die kwam en vertrok, kwam en vertrok. Magistrale vleugels van minstens twee meter. Het beest had zich dertig jaar niet in Nederland vertoond en ziedaar, de herstellende kracht van de natuur als je haar met rust laat.

Zijn laatste essay ging over de terugkeer van de wolf. De regenworm was een waardige opvolger in zijn reeks. Niet zozeer teruggekeerd, als wel vergeten. 'Vergeten helden', zo heette zijn rubriek in de krant.

Hij pauzeerde even en staarde naar het wit gestucte plafond van zijn buurman, de spotjes gingen aan.

Toen hij zijn schep weer in de aarde wilde zetten, kronkelde een worm langs het moordende ijzer. Hij peuterde het beestje er voorzichtig af en duwde het met zijn duim terug de aarde in. Regenwormen houden onze aarde vruchtbaar, ze helpen de grond ademen. En wat doen ijverige lieden als zijn buurman? Die leggen plavuizen in hun tuinen.

Hoe dieper het gat werd, daar naast de eiken, hoe meer zweet er over zijn rug liep, hoe meer hij zich verbonden wist met de bomen, met de grond, met de wortels die net zo diep in de aarde reiken als de takken omhoog. Misschien is dat de zegen van een leven lang in hetzelfde huis wonen: er verandert niks. Hoe meer er verandert, hoe minder er verandert. Buren trekken voorbij als bootjes over het grachtenwater.

Zo zag hij de buurman, Kussendrager, als een getijde, een drukdoende worm.

Hij zuchtte.

De klok van de Westertoren sloeg een paar keer, hij telde niet hoe vaak. Zijn schep liet hij uit zijn handen vallen, naast de modderige kuil. Het was tijd om zijn schrijfdag te beginnen. Een en ander te noteren. Hij liep over het gras, dat bezaaid lag met bladeren.

Traag stapte hij het bordes op, naar binnen, een spoor van modder achter zich aan.

Binnen was het anders koud, tochtig. Het enkele glas leek met het jaar dunner. Of waren het de kieren, het houtwerk dat scheurde? Zijn neus voelde als een verkleumde klomp tussen zijn wangen. De verwarming moest aan, de ketel haperde en hij had geen zin om het boekje erbij te zoeken, laat staan om een loodgieter te bellen.

Net wilde hij in zijn luie stoel gaan zitten, de open haard aansteken, Darwin nalezen, toen er geklepper klonk. Duidelijk aan de voorkant van het huis, het moest de brievenbus zijn. De bel was al tijden kapot; wie eraan trok, rukte zo de hele koperen stok uit de gevel. Hij negeerde het geluid en in zijn keuken opende hij de ijskast voor een slok melk. Als je uit de stilte van je tuin komt, is zelfs het zoemen van de ijskast een inbreuk. Laat staan bezoek voor je deur.

Hij veegde zijn mond af aan zijn mouw en hoopte dat de geluiden zouden wegebben, vanzelf. Zuchtend wandelde hij terug en liet zich alsnog in zijn luie stoel zakken, smeerde zijn cracker met filet americain, en toen het stil bleef, nam hij tevreden een hap.

Algauw werd zijn kauwen overstemd door het tikken van hakken in de gang. Een vrouw. Een loopje dat hem bekend voorkwam en dat hij niet meteen kon thuisbrengen, de hak eerder dan de punt. Pas toen haar stem klonk, herkende hij haar driftige passen.

'Pap, waar zit je in hemelsnaam!'

Wat deed Amber hier? Was hij wat vergeten, dat ze terugkwam?

Zijn mond zat te vol om te praten. Wenksterman keek naar het meisje dat binnenviel, haar verwilderde haren, wangen rood van de kou. Hoe ze haar koffer neerzette, pontificaal voor de haard. Een volle koffer. Wat had ze allemaal bij zich?

Hij hees zich maar uit de stoel, pakte haar koffer op, gaf haar een zoen, de vormelijkheden, vroeg haar of Cambridge soms te nat voor haar was, en pas toen, zo neutraal mogelijk: 'En Plato dan?'

Ze blies een lok voor haar ogen weg en slingerde haar jas uit, liet hem vallen, zo op de grond, en ging bij hem zitten, in de erker. De armen bungelend langs dat iele lijf.

'Plato kan wachten.' De schouwkamer vulde zich met haar geur, de geur van schoon wasgoed in de wind. Zijn dochter had die merkwaardige combinatie van onstuimige energie in een te tenger lichaam – naar haar kijken was als kijken naar een kostbare vaas die op een smal randje wankelt. Zijn meisje van porselein.

'Goddank, ik ben thuis.' Ze keek de tuin in, wees naar de berg aarde, de schep en de kuil. 'Wie ben jij daar aan het opgraven?'

2

'Ook een cracker met gemalen koe?'
Ze zaten samen wat te luisteren naar de regen. Haar vader in zijn luie stoel, Amber in de erker naast hem. Ze volgde zijn blik de tuin in. Een ekster pikte het voer weg van de koolmeesjes.
'Ik ben vegetariër, weet je nog?'
Haar vader pakte het schaaltje naast hem. Met een vork smeerde hij filet americain op zijn cracker. Sinds haar moeder in een inrichting zat en de verpleegsters waren vertrokken, was in dit pand nauwelijks een schoon mes te bekennen.
'Vegetariër,' mompelde hij.
Ze zwegen. Voor haar vader was stilte heilig. Je moest een reden hebben de stilte met woorden te vullen en waarom zou ze, ze was thuis. Eindelijk. Hoe hij daar zat, in zijn donkere hoek in de schouwkamer, zelfs op klaarlichte dag was het hier donker. Scheefgegroeide bomen stalen licht weg van de ramen. Hoe zijn ene been zich in een driehoek over het andere vouwde.
Ze glimlachte. Misschien was het de mildheid van de zee; met de weken was ze zijn stilzwijgen in een ander licht gaan zien. De afstand verwaaide de gesprekken, over de pillen, over haar moeder, en misschien konden ze samen gaan

wandelen. Vader, dochter. Als vroeger.

'Pap. Ik dacht, als we nou morgen na het bezoekuur samen... In Vogelenzang kun je mooi wandelen, bedoel ik.'

Ze keek naar zijn handen om de krant, symmetrische vingers, recht, betrouwbaar. Al sinds ze klein was, wilde ze bij zijn geheimzinnige boekenwereld horen. Als hij schreef, bewonderde ze het trage glijden van zijn vulpen en zocht ze naar onderwerpen die hem bekoorden. Iets intellectueels. Iets muzikaals. Haar vader schraapte zijn keel, leek wat te gaan zeggen, las door. Hij kauwde ondertussen, vanachter de krant, slikte luidruchtig en sprak toen alsnog. 'Ik kan morgen niet mee naar je moeder.'

Haar been klapte tegen de verwarming. 'Hoezo niet?'

'Een concert.'

'Een concert?'

Meende hij dit? Moest ze alleen gaan? Amber staarde naar de gestucte rozen op het plafond. Er stak riet uit de hoek.

'Wat voor concert, pap?' Haar vader leek zich alweer te concentreren, hij wipte met zijn voet. Ze hield haar adem in. Op de boot hierheen leek het zo helder. Op een morgen wandel je je ouderlijk huis binnen en alles zal anders zijn. Niet omdat er iets is veranderd, of iemand, nee, jíj, jij bent veranderd: rustig, uitgebalanceerd, volwassen.

'Hoezo een concert, pap?'

'Verdomd', vanachter de krant sprak hij, met volle mond. 'Peter Verheiden dood. Mensen gaan maar dood tegenwoordig.'

'Hoe bedoel je een concert?'

'O. In De Harmonie. Ella speelt. En Teun en...'

'En je vrouw dan?' Ze schommelde haar benen tegen het houtwerk. Zo luchtig mogelijk. Het laatste wat ze wilde was een discussie. Geen ingewikkelde gesprekken, daarvoor was ze niet thuisgekomen. Cambridge was geen plek waar je midden in het semester vertrok, maar zij dus wel. Voorzichtig zei ze: 'Woensdag is toch bezoekdag? Mama weet dat ik er weer ben. Ik heb aangekondigd dat we samen komen. Wat zeg ik haar? Dat je liever met Ella naar een concert gaat?'

'Ik ga niet met Ella, Ella speelt, dat is iets anders.'

'Apart.'

'Wat?' Hij keek van boven zijn krant, met een opgetrokken wenkbrauw.

'Niks. Gewoon. Ik dacht dat je de rouwadvertenties niet meer las.'

Hij legde de krant op de bijzettafel en stond op met het schaaltje crackers. 'Je hebt gelijk. Als de mensen dood zijn, sturen ze maar een kaart. En als ze mijn adres niet hebben, soit, dood zijn kunnen ze prima zonder mij.' Hij liep naar de keuken. Die lag iets hoger, op een halve verdieping. Dit hele huis was een wirwar van verdiepingen.

In de deuropening draaide hij zich om. 'Luister. Je moeder kan haar rust gebruiken. Ze zit daar tussen professionals. Die weten veel beter... er is een grote tuin.' Met elk woord ging hij zachter praten. 'En ze wandelt elke dag.'

Amber wilde nog zeggen: ze houdt niet eens van wandelen, jíj houdt van wandelen, maar hij verdween in het gat van de deur. Traag. Haar vader liep altijd traag. Traagheid was zijn rebellie in een haastige wereld, een wereld waar hij als natuurfilosoof veel van vond en weinig in had bewogen.

Een onrust in haar benen. Ze hees zichzelf van de vensterbank en liep naar de schouw. Daar stond de trouwfoto. Ze veegde het stof eraf. Ze aaide haar moeders dikke buik in de trouwjurk, de amulet om haar hals. Haar ouders trouwden hier in de tuin, een bloedhete zondag in augustus, alle gasten onder de sproeier, zo was haar verteld. Er stonden tenten tussen de eiken, in wat toen nog grootmoeders moestuin was. Er bloeiden viooltjes in de plantenbakken. Haar moeder was vijf maanden zwanger, een ongelukje, en in haar weifelende zwart-witglimlach zag je de rampspoed al schemeren. Alleen grootmoeder had de ravage voorzien. Haar zoon met zo'n labiel meisje. De depressies kwamen na Ambers geboorte. Eerst leek het even wennen, een kind. Toen wilde ze niet meer naar buiten, geen mensen meer zien. Haar moeder werd angstig voor het tuinhuis, voor de zolder. Tot haar moeder angst *was*. Angst die wachtte tot de angst voorbij was, onder een vogeltjesdekbed.

In de keuken hoorde ze een kraan lopen en servies de gootsteen in glijden. Was die man aan het afwassen? Nu?

Ze wilde naar hem toe lopen. Vragen waarom hij niks zei. Zo vreemd deed. Niet naar haar moeder wilde. Niet doen. Je komt zomaar binnenvallen. Ze begreep hem. Natuurlijk begreep ze hem. Ze moest hem blijven begrijpen. Als zij hem niet meer begreep, wie dan wel? Als iemand met wie je zo verbonden bent maar blijft zeggen dat ze dood wil, dan is er jarenlang hulp. Er is luisteren, er is troosten, er is bemoedigen, er is meenemen naar buiten om de eendjes te voeren. En op een dag is er weinig meer. Dan is het op.

En daarbij: zij had makkelijk praten, lekker aan de andere kant van de Noordzee, wat naar boeken staren. Die man kon nog geen boodschap doen, bang zijn vrouw alleen te laten. Het was dat Ella hem af en toe hielp.

Voorzichtig schoof ze het fotolijstje naar voren.

Waarom gingen ze niet samen naar het concert? Desnoods wat later naar het bezoekuur, wat is een dag, ze was thuis, ze bleef thuis. De balzalen hier waren ideaal om weer te zingen, haar stem galmde mooi en wie weet kwam met de dagen haar kopstem terug, kon ze alsnog een lied voor zijn verjaardag zingen, ja, dan zag haar vader dat ze thuishoorde op het conservatorium in plaats van aan die pretentieuze universiteit. Ze zag hem stralen, natuurlijk hoor jij op het conservatorium, zou hij zeggen. Laat dat stof happen tussen boeken maar aan mij over. Ze zouden lachen.

'Dat noem ik nog eens een zucht.' Haar vader kwam aanlopen, met een bord in zijn hand, een boterham, smeerkaas, een schoon mes. Zie je wel dat het hem iets kon schelen.
'Je hebt gelijk, pap, een concert, mama wil vast ook dat jij geniet. We mogen allebei genieten. Laten we leuke dingen doen. Samen. Ik ga toch even niet meer terug.' Haar schouders zakten.
Hij zei niets. Was hij geraakt? Zijn grijze ogen stonden verregend. Het zou fijn zijn als hij iets zei, maakte niet uit wat.
'Ik bedoel, het is jouw schuld niet, je hebt alles voor haar gedaan. Het mag. Genieten mag.'
Hij zei niets. Ze keek naar zijn wandelschoenen, de neuzen afgesleten.
Zachter vervolgde ze: 'Ik kom hier toch een tijdje wonen en help je met je verjaardag zaterdag. Snap je? Dat soort dingen.'
'Verjaardag?'
'Je wordt vijfenvijftig.'
'Doe me een lol. Sinds wanneer doet mijn verjaardag ertoe? Ga niet bij je vader zitten. Ga aan je studie. Doe wat goed is voor jou...' Pas nu keek hij haar aan. Met vierkante armen pakte hij haar vast. Klopte wat op haar schouder. 'Meisje.'

Haar neus verdween in de lamswol van zijn trui, ze rook een zweem van sigaren en liet zich in zijn armen zakken. Zo stonden ze even. Ze legde haar wang op zijn schouder, hij wiegde haar en neuriede zonder melodie. Een moment leek het op vroeger. Maar het gewicht van hun lichamen vond het juiste midden niet, haar nek knakte in een ongelukkige bocht en de wol van zijn trui kriebelde. Aan de spanning in zijn armspieren kon ze voelen dat hij eruit wilde, dat dit een omhelzing was waarin een zandloper leegliep.

Toen de brievenbus klepperde in het voorhuis, maakte hij zich los, veegde zijn handen af aan zijn broek. 'Kijk aan, de post.'

Hij verdween in de donkere gang. Ze keek hem na. Haar vingers waren verkleumd, ze vouwde haar mouwen over haar neus. Waarom waren boeken en brieven belangrijker dan mensen? Door het glas in lood zag ze hem bukken. Een brief openscheuren. Wat papieren ordenen. Zijn rug had dat altijd in haar opgeroepen: het verlangen hem iets troostrijks te zeggen.

3

Wenksterman pakte de post van de mat en zuchtte. Ook dat nog. Zijn dochter thuis. Het pand had dertien kamers en vier wc's, ruimte genoeg, dat was het niet. Moest hij Amber wijsmaken dat Ella gewoon nog de zolder huurde? Of toegeven dat ze samen sliepen, zo snel na haar moeders opname? Amber was een licht ontvlambaar meisje, ze studeerde filosofie, wat een zekere wijsheid vergt, en toch: wat wist ze met haar tweeëntwintig jaar nou helemaal? Monogamie is niet van deze tijd en wat hem betrof van geen enkele tijd, al helemaal niet als je huwelijk een celibaat was.

Hij scheurde de wit-rode envelop van de gemeente open. Als wetenschapper kon hij zijn argumenten staven met objectieve data. Nog geen honderd jaar geleden betekende eeuwige trouw twintig jaar, met de medische ontwikkeling werd de homo sapiens straks gemiddeld honderddrie, zestig jaar dezelfde vrouw; dat is drie keer zo lang trouw blijven als onze voorouders, en dan rondde hij nog naar beneden af. Hij wist dat hij geen lichtzinnig man was, alleen die blik van Amber, die heldergroene ogen.

Verdomd. Hij kreeg zestigduizend euro subsidie van Monumentenzorg. Een schijntje als je de verzakkingen zag, nog niet een tiende van wat dit vijfhonderd jaar oude pand nodig had. Hij deed de deur open en riep de postbode na.

'Dank u vriendelijk.' Van huis uit was hij gewend zijn waardering voor de gewone man uit te drukken. Van de hal liep hij zijn bibliotheek in. Het parket kraakte onder zijn wandelschoenen.

Toen hij het raam van zijn werkkamer opengooide, rook hij de vertrouwde slootlucht van de gracht. Een fiets rinkelde over de keien, een reiger zat op het dak van een woonboot tussen een allegaartje aan plantenbakken. Het zwarte water stelde hem gerust. Een uitzicht went niet, dat begrepen de mensen van tegenwoordig onvoldoende – ze waarderen niet wat onveranderlijk is. Een tijdje stond hij wat naar buiten te staren, met de brief in zijn hand. Een vader fietste voorbij, een jongen achter op de bagagedrager. Staand, met de handen op de schouders, ongekamde haren in de wind.

Praten met zijn dochter was wel het laatste waar hij zin in had, haar stem schoot bij het minste of geringste omhoog, één keer hoesten en er sprongen tranen in haar ogen. Die eeuwige dromen, vroeger al, ze verloor zich erin, zoals in zoveel, hij begreep het zoals hij alles begreep, en hij vond het jammer. Jammer dat zo'n begaafd meisje de wankele genen van haar moeder had geërfd.

Wenksterman liep naar zijn bureau. De opvoeding was nog niet voltooid. Hij bleef de ouder, de verstandige, hij zou haar zeggen dat het hoog tijd was dat ze zelfstandig werd. Dat ze hier een paar weken kon blijven en dan een eigen onderkomen moest zoeken, mocht ze werkelijk niet teruggaan naar Cambridge. Als het nodig was, zou hij haar een eerste maand huur aanbieden. Het kon met deze zestigduizend euro. In die zin lijken schulden op rijkdom: als het in de duizenden loopt, maakt een honderdje meer of minder niet meer uit.

Hij trok een laatje open om de subsidiebrief veilig in op te bergen.

Het linkerdeel van zijn bureau kon op slot. Achter het staande deurtje stonden zijn dagboeken opgeborgen, het gedenkboek van zijn zoon, Thomas. De waardevolle spullen. De belangrijke brieven bewaarde hij in een liggend mapje. Hij legde de brief van de gemeente erbovenop. Boven op de brief van zijn buurman. Het sleuteltje borg hij op onder de atlas.

Hij moest maar naar haar teruggaan. Op weg naar het achterhuis kwam hij langs de opkamer en pauzeerde even. Liep naar binnen. De minst gebruikte kamer van het huis. Er stonden antieke eetkamerstoelen en een glimmende mahonie tafel. Gordijnen van velours. De deftigste kamer. Er waren zelden gasten, en als die er al waren, wilden ze hier niet uitgenodigd worden. Dat zou een belediging zijn, een bewijs van de formele verstandhouding. Toch beroerde deze plek in huis Wenksterman het meest. Hij genoot van de schilderingen op de muur, mystieke vrouwenfiguren met blote borsten, galopperend op een paard. Alles uit 1655. In de hoek liet het wat los. Het bladderde. Het was als kijken naar de kraaienpoten van een voorheen beeldschone vrouw. Met één blik keek je de vergankelijkheid in het gezicht.

Hij ging niet zitten. Hij moest met Amber praten, een geschikt moment vinden. Misschien morgen. Als ze wat geslapen had, ze zag er moe uit.

Hij liep de gang in, langs de statige trap. In het hart van het huis was er alleen bovenlicht. Een immens raam, glas in lood, waar het rondgewelfde trappenhuis je naartoe voerde.

Ergens achter in het huis klonken de aarzelende tonen van een piano, een aanzet van een C-sonate. Of was het een lp?

Wenksterman liep door naar achteren, de schouwkamer

in. Daar was Amber niet meer. Speelde ze op de vleugel in het tuinhuis? Dat leek hem sterk. Ella kon het niet zijn, die was deze dagen aan het repeteren en pas vanavond thuis. Hij opende de tuindeur, zag beweging door de raampjes en liep het bordes af.

'Goedemiddag moeder,' mompelde hij en even streek hij met zijn hand langs de stam van de gedrongen eik. Als er meer dierbaren onder de grond liggen dan erboven rondzwerven, maal je niet om het een of ander, dan sta je diep geworteld en ken je geen angst meer voor de dood, integendeel, tot wormenvoer vergaan leek hem rustgevend. Dit dacht hij toen hij zojuist las dat zijn jeugdvriend Peter Verheiden dood was: goed gedaan, jongen, jij hebt het volbracht. Als hij stelletjes zag zoenen op het bankje bij de brug voor zijn deur, werd hij al moe bij de gedachte. De afgelopen decennia had hij bij de gratie van de herhaling geleefd in de kieren van het alledaagse. De geneugten van het leven op de vierkante meter, zijn wandeling naar de postbus, meestal leeg, maar dat deerde niet, terug naar zijn bureau, een boterham met appelstroop, een dropje in de middag, twee keer per week met zijn verrekijker fietsen langs de Amstel. Zo nu en dan een vogel tegenkomen die je niet verwacht: een sperwer, een slechtvalk.

Tot die nacht met Ella een jaar geleden. Het ging per ongeluk. Hij had nooit zo naar haar gekeken, ze was een nichtje van zijn vrouw, meer niet. Hij hoorde haar spelen tijdens een huiskamerconcert, hier in het pand. Ze dronken nog een whisky – een vrouw die whisky dronk –, ze trok ineens haar jurk van haar schouders, ze glommen, die schouders, als met olie ingesmeerd. Zo zacht. Haar honinggele huid. En nog steeds. Nog steeds trokken stroomstoten op onverwachte momenten door zijn lichaam. Hij wist dat hij geen schuinsmarcheerder was, hij wist dat hij toch van zijn echtgenote hield, en van zijn dochter nog steeds veel, maar ze waren volwassen mensen, mocht hij ook eens. Hij wist weinig, hij wist steeds minder, hij was een fatsoenlijk man, dat wist hij. Ik heb lief, dus ik ben. Wat kon daar verkeerd aan zijn?

Het nat van het gras trok zijn schoenen in. De neuzen werden langzaam donker. En toen hij opkeek, tegen het licht in, de weerkaatsing van het glas door de kleine ruitjes, zat Amber op de pianokruk, en daarnaast, allemachtig, dus wel, ze was thuis, Ella.

Hij stond stil. Aarzelde. Liep een stuk dieper de tuin in, daar waar de schuur stond. Naast de kuil. Door het zijraam kon hij ze rustig bekijken. Waar hadden ze het over? Ella lachte uitbundig, gooide haar hoofd naar achteren, en Amber lachte een stuk voorzichtiger, friemelde wat aan haar handen. Ze leek meer ontspannen dan daarnet. Hij zag hoe Amber opstond en Ella op de pianokruk ging zitten en voelde de verkramping uit zijn schouders trekken. In haar tienerjaren had Ella Amber pianoles gegeven.

Hij liep naar de ingang.

Zachtjes duwde hij de deur open. Het tuinhuis had een klein halletje. Het rook er naar vocht. Er klonk pianospel en gelach. Hij stond stil, zo stil mogelijk, en luisterde vanachter de deur.

'Poliepen op jouw leeftijd? Ammehoela.'

'Dat zeiden de mensen van het conservatorium. Ze nemen geen mensen met poliepen aan.'

'Ik kan niet geloven dat ze jou afwezen. Heb je wel eens gehoord van Kussendrager? Die man, serieus, dat is een fenomeen. Gastdocent aan het conservatorium. Hij woont hiernaast, ik ga hem uitnodigen voor het feest van je vader, hij moet jou horen, als hij jou hoort, serieus, als hij jou hoort zingen, ik weet zeker...'

Gemompel dat hij niet kon verstaan.

'Ik zal je helpen, Amber; als je wilt, help ik je met je optreden. Met je audities. Volgens mij is het gewoon stress.'

De stem van Ella was hoger dan normaal. Opgewonden. 'Als je hier toch bent, kunnen we elke dag oefenen.'

Amber klonk beduusd, wat ingehouden.

Hij wilde de blik van zijn dochter zien door de kier van de deur en stootte per ongeluk tegen de mat. Toen schraapte hij zijn keel en stapte quasinonchalant de ruimte binnen. 'Dames,' zei hij, zo onderkoeld mogelijk. Dat Amber rood zag met haar doorzichtige huid verbaasde hem niet, zij bloosde bij het minste of geringste, maar ook Ella's wangen gloeiden, dat zag je bij een donkere huid als de hare minder. Hij mocht zich haar kenner noemen: de afgelopen weken streelde hij dagelijks elke millimeter van haar huid. Vond ze het niet erg, hun wittebroodsweken, zo bruut verstoord nu zijn dochter hier bleef? Ze glimlachte, ze lachten geheimzinnig, allebei. Een eigenaardige stilte in de ruimte, samenzweerderig, de vrouwen van zijn leven, het golfde in zijn maag.

'Dames. Volgens mij is het hoog tijd voor een borrel.'

Amber schoot met een wilde beweging van de pianokruk. 'Ik moet nog iets voor mama kopen voor morgen, straks gaan de winkels dicht.'

Ella gaf hem een knipoog. 'Ik hoor dat Amber hier een tijdje wil komen wonen.'

Het leek wel een rollenspel waarin hij mocht figureren zonder het scenario te kennen. Hij zette het schaaltje neer, probeerde de uitdrukking op het gezicht van zijn geliefde te lezen en ondertussen geen gebaar van Amber te missen. Ella gaf hem een knikje dat leek uit te drukken: laat dit maar aan mij over. Déed ze leuk, of vónd ze het ook leuk dat Amber hier was? Een voorschot nemen op de stemming van een vrouw is gevaarlijk; als hij nu ja zei, kon hij niet meer terug.

'Daar hebben we het nog over. Zeg, dames, er vraagt hier iemand of jullie een borrel willen.'

Amber zuchtte en keek hem aan met een blik die het midden hield tussen verbazing en verwijt.

'Er zegt hier iemand dat ze nog een cadeau moet kopen voor haar moeder, pap.' Ze zette haar mok op de rand van de vleugel. 'Weet jij iets? Mist je vrouw nog iets daar?'

De pianokruk draaide nog rondjes. Ze wist donders goed dat mokken niet op vleugels thuishoren.

Ella klapte in haar handen. 'Ik heb vijgentaart gemaakt, neem dat anders morgen voor Veerle mee. Vond ze vroeger ook heerlijk.'

Hij speurde Ella's gezicht af, geen spoor van ironie.

'Laten we morgen verder oefenen, tien uur hier, goed?' zei Ella.

Amber keek aarzelend, glimlachte toen. 'Dan ben ik er.' Ze zwaaide halfslachtig.

Wat als de vrouwen van zijn leven elkaar verdroegen, het met elkaar konden vinden?

Bij de tuindeur gaf Amber hem een spottende blik die hij niet kon thuisbrengen. 'Tuurlijk doe ik de groeten aan je vrouw.'

'Ja, doe haar de groeten.'

Hij wilde haar een zoen geven, maar ze liep langs hem, door de deur, riep dat ze vanavond bij Johnno sliep, en hij wilde vragen: 'Dat was toch voorbij?', maar ze was al weg, ze zweefde bijna over het gras. Dat had zijn dochter altijd gehad, die lichte tred. Wenksterman keek haar na, hoe ze verdween in de donkerte van het pand.

Ella sloeg de eerste noten Rachmaninov aan. Hij moest even zitten. In de stoel naast de haard liet hij zich zakken en vouwde zijn armen achter zijn hoofd. Een tijdlang zat hij en luisterde. Naar de schoonheid van haar pauzes. De ruimte tussen de noten. Daar waar de magie is, in de stilte. Eerst met gesloten ogen, toen bekeek hij haar vanonder zijn oogleden. Zijn ademhaling bedaarde. Zo subtiel als zij de toetsen wist te beroeren. Ze had hakken aan, haar pumps drukten ritmisch het pedaal in, ze spande haar kuiten. Geen vrouw had zulke kuiten. De vloeiende lijnen. Sterke benen. Van achteren die rechte schouders, je kon ze knokig noemen, er zijn mannen die meer willen om vast te pakken, maar hij zag in haar ranke bouw de souplesse van een antilope. De benen van een jongen, de rechte heupen van een jong meisje. De aderen op haar handen, aangespannen onder haar huid. Kwetsbare kracht. Als ze speelde werd haar lichaamstaal soepeler, dan betoverde ze. Een vrouw die zichzelf genoeg was, dat is het mooist.

Hij ademde door zijn neus en voelde het tintelen tussen zijn benen. Hoe deed ze dat toch? Jarenlang had hij geen benul van dit soort gevoelens, begraven in zijn onderbuik. Hij wist niet of het pure lust was of ontroering, of allebei. Natuurlijk kende hij dit derde pianoconcert, maar hoe zij het speelde, de zachtheid van haar aanraking, zo strelend over de toetsen, zo fluisterend, ze gaf hem er de muziek mee terug, een andere laag van de werkelijkheid, waarin de dingen glanzen, de muziek die hij zocht in zijn leven, die hij liefhad en haatte omdat zijn vader een begaafd violist was geweest en nooit was teruggekeerd uit de oorlog en hij geen muzikaal hoogvlieger. Muziek sneed hem door het hart, het deed hem denken aan wat niet was. Daarom was hij stilte gaan waarderen, stilte is zalvend, het pompt verdriet niet op. Kan het zijn dat het je bestemming is later te bloeien, opnieuw, beter? Nu ze hier woonde kon hij elke dag naar haar concerten luisteren. Zijn borst zwol. Hij stond op en ging achter Ella staan, veegde een pluk haren weg uit haar nek en kuste haar achter haar oor. Ze rook naar vanille.

Ze stopte en begon te lachen. 'Jezus, man, ik schrik. Zo kan ik toch niet spelen.'

'Ik schrok net ook, jullie samen. Je moest toch repeteren?'

Ze sloot de klep van de vleugel. 'Afgelast. Waardeloos.'

'Het hele concert?'

Ze knikte. 'Gaat niet door. Maar we hebben een verrassing voor je, Amber en ik, vertrouw me. Zaterdag. Alleen maar leuk.'

Ze ging op de klep zitten, haar voeten op de pianokruk, met haar gezicht naar hem toe. Onder haar rok kon hij haar liezen zien, haar kousen en een smal streepje van een paars slipje.

Ella had haar huis in de Watergraafsmeer onderverhuurd, hoe zou hij haar zeggen dat hij zijn dochter niet kon weigeren? Dat ze helaas weer terug moest naar zolder? Hij kon onmogelijk met haar slapen als Amber twee kamers verder lag. Wenksterman liet zijn handen over haar armen glijden, trok haar blouse een stukje naar beneden. 'Weet je waar ik zin in heb?' Hij kuste haar schouders. Ella boog haar hoofd naar achteren, haar hals kwam vrij. 'Een jurk voor jou kopen.'

Ze legde haar hand op zijn voorhoofd, als om zijn temperatuur te meten. 'Wat is er met jou aan de hand?'

'Wat mooi is in een broek is nog mooier in een jurk.' Hij streelde haar kuit.

'Met jou in een winkelcentrum? In zo'n pashokje?'

'Ik zou er maar gebruik van maken; mijn vrijgevige stemming is alweer bijna voorbij.' Veerle had eindeloos gevraagd eens met hem te mogen winkelen. 'Ik dacht dat vrouwen graag verwend werden.'

Ella pakte zijn kaak vast, keek hem recht in de ogen. 'Als dat zo was, had ik dan zo'n stoïcijn als jij gekozen, zo'n kampeerder in eigen huis?'

'Keuzes, de vrije wil, het is de misvatting der mensheid: alles is voorbestemd.'

'En ik? Ben ik ook voorbestemd?'

Hij kuste haar hals. 'Het lot heeft je een weldoener geschonken. Ik heb zestigduizend euro voorschot voor de fundering gekregen.'

Ze trok hem omhoog en zoende hem. Haar mond zoog een beetje aan zijn tong, tot voor kort een onbekende techniek voor hem, weer zo'n stroomstoot. 'Als ik die gevel daar zie hangen, betwijfel ik of je zo rijk bent.'

'Geestelijk.' Zijn hand opende nu knoopjes, ter hoogte van haar borsten. 'Geestelijke rijkdom.' Ook zoiets, ze droeg geen bh. Deze vrijgevochten vrouw had geen bh nodig, haar tepels staken subtiel door de zijde van haar blouse.

'Zal ik vragen of ik een tijdje bij mijn zus kan logeren? Watergraafsmeer is vlakbij. Je kunt Amber niet in de steek laten. En om hier nou met z'n drieën te wonen.'

'We regelen iets,' zei hij, zijn handpalm vormde zich naar haar borst, stevig en zacht tegelijk, zijn ademhaling versnelde.

'Misschien moet je het gewoon vertellen. Van ons? Ik wil niet lang liegen, Bram, zeker niet over dit soort dingen.'

Wenksterman maakte zich los en ging in de vensterbank zitten. Hij keek naar de grond, naar de patronen in het afgeschaafde louvreparket. Ze had het hem vaker gezegd: het is geen schande gelukkig te willen zijn na al die jaren.

'Heb je gezien hoe moe Amber eruitziet? Ik ben bang dat ze haar moeders genen heeft...'

'Je moet haar niet onderschatten.'

Hij keek naar buiten. Een ekster landde op het zolderraam.

'Anders laat je haar hier in het tuinhuis slapen.' Ella's stem klonk nasaal. 'Ik denk dat het goed is, haar eigen plek. Laat haar gewoon hier zijn als ze dat nodig heeft. Ik zou haar niet dwingen om terug te gaan.'

'Hier?'

'Ja, lekker rustig voor haar. De slaapbank staat er al.'

'En je pianolessen dan?'

'Die geef ik toch niet 's nachts?'

'Vind je dat niet vervelend?'

'Ze is je dochter.'

Hij zuchtte opgelucht. 'Je bent geniaal, weet je dat?' Hij moest haar zoenen, voelen. Het was tijd dat hij haar liet weten waar ze hoorde: officieel, in zijn bed, eindelijk. Samen.

'Meekomen, jij.' Hij pakte haar hand.

'Pardon?'

'Als dit onze laatste avond alleen is, dan kom je mee.'

Hij tilde haar op en zij lachte, ze woog niks, deze vrouw, alsof ze zichzelf optilde in je armen. Zijn handen onder haar billen. Buiten hield hij haar niet meer en liet haar zachtjes op het gras landen. Ze liep achter hem aan, haar hand op zijn schouder, door het huis, de trap op, naar boven. Het vooruitzicht van wat komen ging wond hem op, steeds meer. Ze giechelde, en toch, hoe dichter hij bij zijn slaapkamer kwam, hoe meer hij de stem van zijn vrouw hoorde, hoe meer hij dacht aan haar opmerking vorige week, of beter gezegd haar dreigement. 'Dat je die plank neukt. Dat jij vrouwen haat en doet alsof dat liefde is, moet je zelf weten, maar als je het waagt, als jij het waagt, met haar in *mijn* bed te slapen terwijl ik weg ben, ik zweer je, je verliest mij, haar, Amber, iedereen. Iedereen. Al is het het laatste...' Hij was weggelopen uit Veerles bezoekkamer, zonder om te kijken.

Ella zoende hem in zijn nek. Ze fluisterde dat hij de zachte nek van een meisje had, hij kreeg er kippenvel van, en toch, terwijl hij de drempel overstapte en haar op het koperen bed liet vallen, het koperen bed van hem en zijn vrouw, op de rommelmarkt gekocht, moest hij weer aan Veerle denken. Hinderlijk. Het overkwam hem vaker de laatste dagen – kwellende gedachten die hem de lust ontnamen als het erop aankwam. Ella trok hem mee aan zijn overhemd, hij liet zich op haar zakken, het dekbed voelde lekker koud, het lag nog opengevouwen van vanochtend. Tot nu toe hadden ze het op de slaapbank gedaan. Het kraakte, dat onding, en hij kreeg er pijn van in zijn rug. Het was zijn huis, verdomme. Mocht hij liggen waar hij wilde?

Ze streelde de binnenkant van zijn polsen. Hij ging op haar liggen, voelde haar heupen tegen zijn onderbuik duwen en wurmde haar panty uit, gehannes met zijn gewicht op het hare, maar ze was lenig als een woestijnkat, ze trok haar panty met slipje en al aan haar eigen grote teen naar beneden. Acrobatisch. Hij probeerde zich te concentreren op haar borsten. Haar donkerbruine tepels. De kleur van een stuiver. Het gekke was: het vuur waarmee Veerle hem het laatste bezoek had gedreigd, het feit dat ze blijkbaar al die maanden van zijn verhouding had geweten, had luiken in zijn hart geopend, alsof er meer zuurstof in zijn borst terechtkwam, alsof hij jarenlang had getennist tegen een slap net, zonder tegenstander en maar ballen rapen in je eentje. En nu...

'Zeg, ga je me nog zoenen?' Ella trok hem steviger tegen zich aan. Wenksterman rukte zich los, wilde even ruimte, zijn broek en sokken uitdoen. Hij overwoog de deur te sluiten, stel je voor dat Amber toch terugkwam. Dat ze iets vergeten was. Dat is het eigenaardige van een geheim, de kromrechte logica van het geweten: je liegt tegen je eigen vrouw en je neemt haar vervolgens haar onwetendheid kwalijk. Dat Veerle zijn affaire al die maanden wel degelijk had doorzien raakte hem – het leek of de hitte uit de ene hartkamer de vrieskou in de andere delen begon te verwarmen.

'Welke filosofie bent u aan het uitdenken, professor Wenksterman?'

'Hier ben ik. Bij jou.'

Het was heerlijk, seks als de schemering valt, zomaar een moment op de dag, wie had dat gedacht, op zijn leeftijd, hij moest zich concentreren, op het matras, op deze jonge vrouw die al kronkelde bij de minste streling. Het licht van de beginnende avond op haar huid. Hoe weinig zij nodig had. Haar tepels die inmiddels hard waren. Zijn geslacht kwam alweer in schokjes omhoog. Met zijn wijsvinger gleed hij langs haar liezen het vocht in. Steeds dieper in haar. Hij had zijn leven geofferd aan zijn gezin, was altijd verantwoordelijk geweest, mocht hij eens. Mocht hij verdomme ook eens. Steeds gretiger liet hij zijn handen begaan, en terwijl alles vloeibaar werd, haar benen zacht als crème, vermengden de beelden zich met de herinneringen aan de wiebelborsten van zijn echtgenote. Met elke stoot in haar was het meer en meer alsof hij beide vrouwen tegelijk nam, hard, eindeloos, alsof ze samensmolten tot een en dezelfde Venus en waarom ook niet, vrouwen, hij hield van vrouwen, en terwijl hij het stromen van zijn zaad probeerde uit te stellen, kwam er een lach omhoog, een demonische lach, een lach die net zo makkelijk kon omslaan in een jankpartij, en vlak voor hij ja-schreeuwend klaarkwam, schoot hij haastig en met een vloek uit haar en dacht hij een kort, eigenaardig moment aan wat zijn dochter had gezegd over het ja-zeggen tegen het leven, de amor fati van Nietzsche.

4

Het was hun eerste keer samen in *zijn* echtelijk bed. De geluiden aan de voorkant van de gracht waren nieuw voor Ella, ze lag er wakker van. Het ronken van een bootje. Wegebbende dronkenmanspraat in de verte, gedempt door de stilte van de nacht. Ze had het koud. Blijkbaar was ze wel even in slaap gevallen zonder de deken over zich heen te trekken. Een moment was er de vraag: waar ben ik? Meteen de warmte van zijn adem, zijn neus vlak bij de hare. Ze deed haar ogen verder open en zag hoe het gordijn door het schuifraam naar buiten werd gezogen. Zijn geslacht lag verschrompeld op zijn onderbuik. Ze trok de deken over hem heen. Zo roerloos als hij lag, zijn handen over zijn borst gevouwen. Hij leek wel een opgebaard lijk.

Deze weerbarstige man, die bibliotheken volschreef over de Nederlandse natuurontwikkeling, lezingen gaf over het vrijlaten van de natuur, over hoe de wolf zal terugkeren als we gebieden verbinden, de man die de komst van de zeearend in Nederland had voorspeld. Alleen zij zag dat hij onverstoorbaar léék, maar dat dit slechts bescherming was voor de weke delen van zijn ziel. Geen vrouw was hem zo nabij geweest als zij vanavond. Dat wist ze.

Pas toen Ella rechtop ging zitten en een slok water nam, kwam haar droom terug. Een meisje dat naar haar zwaaide en riep: 'Ik kom naar je toe, mama', de kinderstem klonk als uit een luidspreker van boven, alsof het dak van haar schedel werd opgelicht. Haar schoot gloeide. Wat als deze droom over het meisje bewaarheid werd? Ze stelde zich voor hoe zijn voorvocht in haar reisde, ze trok haar bekkenspieren aan om de boel een extra zetje te geven.

Hij was snel uit haar geschoten.

Een strook licht van een straatlantaarn scheen precies op zijn gezicht. Ze keek naar de adertjes boven zijn ogen. Hij wilde absoluut geen kind. Hij had tegen haar gezegd: 'Bij de geboorte van een baby verliest een vrouw haar vrijheid, maar een man verliest zijn vrouw.' Hij kon het weten, hij had al een kind, maar zij was zijn eerste vrouw niet.

Zijn zaad plakte tussen haar benen. Het was niet nodig dat ze zichzelf kwelde, hij bedoelde het niet verkeerd. Als je zoveel had meegemaakt als hij.

Ze kreeg een rilling als ze dacht aan hoe bijzonder het was geweest, hoe hij haar deze avond in bed tilde, hoe hij haar droeg in het tuinhuis, en hier bij de slaapkamer de drempel over, als was het hun huwelijksnacht. Ze fluisterde in zichzelf: ik ben zijn minnares, zijn meesteres, in zijn ziel zijn enige vrouw, hoer en oermoeder in één, de jaren zullen het bewijzen.

Een pijnscheut in haar borst. Juist in zijn veilige omhelzing had ze zich laten gaan, die man was onvermoeibaar, zoals hij haar streelde, zijn handen woest knedend als een primitieve beeldhouwer, alsof hij God was geworden en zij van vloeibaar goud, daarna verstrengelden ze zich als in *De kus* van Gustav Klimt. Pas toen hij in haar stootte, werd het beestachtig, zo hardhandig dat het bijna pijn deed, maar ze liet hem begaan, en net voordat hij klaarkwam, hijgde ze in zijn oor – een zin die uit donkere gewelven omhoogkwam: 'Maak me een kind!'

Hij was met geweld uit haar geschoten, had gevloekt, verdomme geroepen, terwijl hij over haar onderlichaam heen spoot en was toen plomp van haar afgerold. Als een leeglopend luchtbed had hij naast haar liggen zuchten.

Voorzichtig begonnen haar ogen te wennen aan het donker, ze ontwaarde een kaal peertje aan het plafond, bungelend aan wat elektriciteitsdraden. Ze begreep dat hij geen kind wilde na het verlies van zijn zoontje, hij was bovendien bijna vijfenvijftig, had zijn portie gehad met de postnatale psychose van Veerle. De tragedie met dat jongetje Thomas, dat ongeluk waarmee hij zich niet kon verzoenen. En dan de onwetendheid van Amber over haar broertje, dat dolende meisje. Ella begreep hem heus, de vraag was of hij haar begreep. Zij wás dat mens niet, met haar pannenkoekbillen, zij was anders, nieuwe werelden kon ze hem schenken. Begreep hij dat het beminnen van een zestien jaar jongere vrouw niet vrijblijvend is? Dat háár leven nog moest beginnen, al was ze bijna veertig, dat hij haar vruchtbare jaren stal, zoals haar moeder bij elke gelegenheid herhaalde?

Ze schoof van hem weg, zijn adem werd zwaar. Dat snurken was misschien ook een reden dat zijn ex niet meer naast hem sliep. Of zei hij dat alleen, dat ze niet samen sliepen? Een geur van huidschilfers kwam uit de lakens omhoog. Aan het haakje boven het nachtkastje hing nog een ketting van Veerle. Er stond nog een pot dagcrème, vast opgedroogd. Hoelang had ze nu in de wacht gestaan? Een halfjaar? Elke keer die verontschuldigingen: 'Ik kan Veerle niet verlaten, dan heeft ze niemand meer.' Medelijden is geen liefde, wat het ook moge zijn, medelijden niet. Ella dekte hem verder toe, de deken bijna tot aan zijn kin, in de hoop dat hij niet wakker werd. Ze draaide haar rug naar hem toe. Mannen beloven dingen, ze weigeren dingen, ze hebben geen benul. Ze voelde met haar hand tussen haar benen, voorzichtig. Het was nog plakkerig van zijn zaad. Met haar wijsvinger duwde ze het vocht naar binnen, steeds dieper.

Zaad blijft vier dagen leven, ze had het opgezocht.

Stil ging ze op haar rug liggen en vouwde een kussen onder haar billen, opdat de natuur haar werk kon doen. Wat weet zo'n man? Ze liet zichzelf in het matras zakken en probeerde zich te concentreren op het beeld van het meisje uit haar droom, hoe lang haar krullen waren en hoe zijn ogen zouden stralen als hij zag hoe mooi ze was, deze kleine versie van haarzelf. Met zíjn intelligentie. Een man als hij moet je niet in zijn eigen taal bevechten, met ratio, maar raken in de zones van het hart.

Toen ze zijn dochter zag, haar achternichtje, in het tuinhuis, schrok ze een moment. En zaterdag dan? Daar ging hun avond. Ze had iedereen al uitgenodigd. Een huiskamerconcert, een verrassingsfeestje, met al zijn vrienden en de hare. Als klein meisje had Amber al dat feeërieke over zich, alsof ze andere werkelijkheden zag. Alsof ze dwars door haar heen keek. Algauw wist ze wat ze moest doen. Zaterdag was juist een kans. Samen optreden! Als ze Amber voor zich wist te winnen, zou hij overtuigd raken van haar oermoederschap. Ze ademde dieper en dieper. Streelde zichzelf. Als ze straks samen ontbeten, zou ze Bram tot het inzicht laten komen dat zijn dochter hier prima kon komen wonen, dat ze het gezellig konden maken. Gewoon met zijn drietjes.

Ze zuchtte diep en kroop weer tegen hem aan. Afdalend in een halfslaap mengde alles langzaam tot één kleur, de lucht eenzelfde temperatuur als haar huid. Buiten het slurpgeluid van het water tussen de woonboten en de kade.

5

Het was stil in huis toen Amber thuiskwam. Ze sloop naar boven.

De trap was breed. Alleen met gespreide armen kon ze beide leuningen aanraken. Ze gleed met haar hand langs het gladgesleten mahonie. In het midden van het trappenhuis hing een kroonluchter. De kaarsen had ze alleen brandend gezien toen haar grootmoeder begraven werd. Eenmaal boven ging ze de lange gang door, langs de slaapkamerdeur van haar vader, langs het statige portret van haar grootvader, langs de achterste deur, naar haar meisjeskamer.

De deurklink was klein en van koper. Een bol die stroef bewoog; was hij eenmaal dicht, dan kreeg je hem moeilijk open; was hij open, dan kreeg je hem moeilijk dicht. Zachtjes bleef ze draaien; toen hij meebewoog, stapte ze voorzichtig binnen.

De kleinste kamer van het huis. Dagen had ze hier weg gelezen, fluisterend gezongen. Behalve het kraken van het hout was het stil. Ze gooide haar jas over een stoel en maakte geluid, puur om de gapende stilte te ontzegelen. Op haar bureau stond een gouden kandelaar met het restje van een kaars. Ze stak hem aan. Met kleren en al liet ze zich op het bed vallen. Wat een vergissing, bij Johnno langsgaan.

Niet bewegen. Om de geluiden te analyseren lag ze stil,

en om te luisteren probeerde ze zachtjes te ademen; waren het muizen, het piepkraken van de houten panelen?

Maar één ding wilde ze nog: slapen.

Amber sloot haar ogen en langzaam vermengden de schuldgedachten van deze avond zich met het bezoek van morgen, aan haar moeder. Aan hoe ze werd meegenomen, de dag van haar opname. Volgens de dokter viel het reuze mee. Soms komen er zelfs handboeien aan te pas. Met een kopje thee en een plakje ontbijtkoek waren zij en haar vader die ochtend haar slaapkamer in geslopen. Hoe alleen haar haren onder het dekbed uitstaken. Haar vader die een stukje deken van haar af trok. Haar voeten die tevoorschijn kwamen. De restjes paarse nagellak op haar tenen. Het sjorren van haar vader aan haar moeders schouder. 'Veerle, wakker worden. Er zijn mensen beneden.'

'Mensen?'

Amber bleef op de drempel staan, op veilige afstand van het koperen bed. Haar vader deed het woord: 'Lieverd, ze komen je helpen.'

'Mensen?' Ze was rechtop gaan zitten, in dat mosgroene binnenblijfpak van haar.

'De dokter. Voor jou.'

'Binnen. Beneden. Ze wachten, mam.'

Haar vader aaide wat over haar haren en pakte de sloffen vanonder het bed. 'Kom, doe je schoenen aan.'

'Dat zijn jouw sloffen, pap.'

'Sloffen kunnen ook best.'

'Nee, dat wil ze niet. Ze wil er normaal uitzien.'

De blik van haar vader. Ik doe dit al maanden elke dag, jij niet. Geen vrouw wil op mannensloffen naar een inrichting. Amber was naar het bed gelopen.

'Waar ga ik heen?'

'Wil je schoenen aan of sloffen, mam?'
'Wie zijn er beneden?'
'Dit hebben we gisteren besproken, Veerle. Je gaat mee naar Vogelenzang.'
Het opgedroogde speeksel in haar mondhoeken. 'Ik wil niet. Ik wil hier blijven.'
Het bibberen. Dat was normaal. Dat kwam door het resolute stoppen met haar pillen, daar krijg je ontwenningsverschijnselen van. Haar dikke haren als een vogelnest op haar hoofd. 'Sta maar op, mam.'
'Amber.' Ze greep haar vast.
'Hup, Veerle. Ze staan beneden te wachten. We moeten nu gaan. We gaan met z'n allen naar beneden.' Het doorschakelen in haar vaders stem. Met dezelfde opvoerende druk als vroeger als je pleister per ongeluk vastzat aan je maillot, of bij het uittrekken van een loszittende tand. Het begon met een vernislaagje aardigheid op een bedje ongeduld, daarna volgde zijn onverbloemde dwang: 'Het moet gebeuren, ik heb niet alle tijd', dan werd je maillot in een ruk uitgetrokken met pleister en al, en als je huilde kreeg je te horen over beesten die ook geen pijnstillers nodig hadden of over kinderen in Afrika.
De ziekenbroeders die met haar de trap afliepen. Zij ertussenin. Wankele passen tussen brede schouders.
'Iedereen wil het beste voor je, mam,' had Amber haar nageroepen. De schuifdeur van de bus die dichtviel met de zelfverzekerde zwaai van mannen die dit vaker doen. De streepjes van het achterraam.
Haar moeder huilde niet.
'We komen morgen.'
Het zwaaien. Althans, Amber zwaaide. Haar vader met zijn loszittende broek stond daar maar. De enorme sleutel-

bos aan zijn riem. Waar waren al die sleutels voor? Hij leek wel een conciërge.

Midden op straat bleef hij staan, ook toen er een bestelbus aan kwam. Getoeter.

'Kom, pap.'

Daas ging hij op het bordes zitten. Zij ernaast.

De lege plastic zak die zwierf over de gracht, langs de stoep, wachtend op het volgende duwtje zomerwind. Van amsterdammertje naar amsterdammertje. Tot het in de verte bleef haken aan het skelet van een fiets.

Amber lag met haar armen achter haar hoofd gevouwen en keek naar het plafond. Het werd koud. Ze rolde zich op. Sliep haar vader al? Op zolder hoorde ze ook niks. Misschien was dat wel de reden waarom ze haar vader bijviel de volgende ochtend bij de dokter: om hoe hij op het bordes was blijven zitten. Zo eindeloos voor zich uitstarend. Met die verslagen blik, op zijn blote voeten. Ze knipte het lampje uit. Alleen het kaarsje flikkerde nog, golven van licht op het antieke stucwerk.

Opa Apeldoorn had direct bezwaar gemaakt tegen de opname. Haar moeder bleef maar vragen om haar eigen bed. Hij zei dat ze prima thuis kon blijven. Dat er betere zorg moest komen. Professionele zorg, en dat hij die zou betalen. De dokters twijfelden en wilden weten of Amber het ermee eens was dat haar moeder was opgenomen. Was ze een gevaar voor zichzelf?

Amber rolde op haar rug en wurmde heupwiegend haar spijkerbroek uit. Smeet hem naast haar bed. Pas toen ze zich uitgekleed had, voelde ze dat ze naar de wc moest. Het laatste waar ze zin in had was terug dat donker in. Als ze maar snel genoeg sliep, kwam ze de nacht wel door. Ze legde een kussen op haar hoofd om de gedachten te dempen. De beelden bleven komen. De praktijkkamer van de dokter. De uitgedroogde varen in de hoek. De doos tissues op de glazen tafel. De klok op de muur achter hen, zodat de man de tijd in de gaten kon houden en zij niet. Haar moeder zat erbij en zei niks, draaide rondjes met haar haren, probeerde vlechtjes te maken. Ze had haar gebreide vest aan en rilde nog af en toe. In de derde persoon spraken ze over mevrouw Wenksterman. Toen haar moeder weggebracht was, zei de dokter met gedempte stem: 'Bij een gedwongen opname moeten we zorgvuldig zijn. De vraag is of er sprake is van gevaar voor haar leven. Als zij blijft zeggen dat ze naar huis wil, vind ik het belangrijk dit te blijven onderzoeken met elkaar.'

Hij had iets jongensachtigs, de dokter, met dat rechte gebit en die symmetrische kaken. In hoe hij voorlas uit het dossier. In hoe hij zorgvuldig zijn vinger langs de tekst liet glijden, leek hij haar eerder een kamergeleerde dan een man die raad weet met vrouwen die sigaretten op zichzelf uitdrukken.

Toen was het aan Amber om iets te zeggen. Haar vader zat wijdbeens naast haar. 'Ze functioneert al jaren niet meer. We durven haar niet meer alleen te laten. Het is geen doen.'

'Dat vinden jullie?' De dokter keek Amber aan.

Haar vader antwoordde. 'Luister, we vinden niet zozeer wat. Ze heeft al meerdere pogingen gedaan. Het gaat niet. Amber studeert in Cambridge. Ik zorg voor haar, met haar niet.'

De man leek niet onder de indruk, schreef wat op, keek hen onderzoekend aan, schreef weer verder, alsof ook zij deel waren van zijn casus, vroeg wat over de laatste serieuze poging, of die inderdaad zeven jaar geleden was?

Haar vader knikte.

Op de vraag of ze toen te weinig pillen had genomen, knikte haar vader opnieuw en Amber weigerde mee te knikken, ze kreeg het gevoel dat ze haar moeder afviel, alsof ze zei: zelfs genoeg pillen slikken om te sterven kan mijn moeder niet.

De dokter sloeg het dossier dicht en toen weer open. Ging met zijn vinger langs de bovenkant van de pagina. Controleerde nog eenmaal haar naam.

'Amber was het, hè? Denk jij dat je moeder een gevaar is voor zichzelf?'

Twee mannen, de dokter tegenover haar en haar vader links, keken haar aan. Haar opa in gedachten. Haar moeder vanuit de gang.

'Ik weet het niet.'

Amber blies de kaars uit, kaarsvet lekte langs de kandelaar op het nachtkastje. In het donker staarde ze een tijdje voor zich uit. Steeds meer kon ze contouren ontwaren. De stoel, het bureau, de plankjes met stenen die ze had verzameld tijdens de wandelingen met haar vader. Even leek het of er een man zat in het donker. Een jongen, niet ouder dan zij. Het was de stoel waar de jas over lag. Haar eigen jas.

Het was hier, in deze kamer, de avond voor de opname. Haar moeder zat op de grond met blote benen op de vloerbedekking, ze neuriede. Ze droeg een huidkleurige onderbroek tot over haar navel. Haar benen schoor ze al jaren niet meer. Je vader houdt toch zo van wildernis?

'Het is deze kamer,' zei ze steeds. 'Het is deze kamer, Amber, voel maar, als je hier staat, je voelt de luchtstromen. We zouden een thermometer moeten ophangen.'

Amber had zich ongemakkelijk gevoeld. 'Doe normaal, mam. Laten we naar beneden gaan.'

Niet aan denken.

'Ik wilde niet dat je hier sliep. Daarom legde ik je in mijn bed. Je was zo klein als een kruikje. Een kruikje om tegenaan te liggen.'

Wiegend zat haar moeder met haar ogen dicht en neuriede op een manier die haar deed denken aan de vrouwen uit de sekte van Charles Manson die bleven zingen na hun arrestatie om de moord op die actrice, hoe heette ze ook alweer? Nog steeds kreeg ze er kippenvel van. 'Mam, je doet eng.'

Haar moeder stopte met zingen en sprak met haar ogen dicht. 'Denk je dat ik in die tijd over de kamers ging? Dat ik mocht beslissen waar ik de wiegen neerzette? Welnee, hier hadden de wiegen generaties lang gestaan en hier zouden ze blijven staan. Dat was zo beschikt. Ik ben de prinses Diana van de grachtengordel. Ha!'

'Wiegen?' Meteen had Amber spijt van haar vraag. Haar moeder had een keer verteld dat ze zwanger was geweest van een jongetje maar dat het misging. Ze had niet doorgevraagd. De vraag zong wat door de kamer en daar bleef het bij. Amber had er genoeg van en wilde weglopen, toen haar moeder haar hand pakte.

'Het is niet dat ik minder om je gaf. Al vanaf de eerste dag wist ik: jij lijkt op mij. Alsof ik in de spiegel keek.'

Amber had zich omgedraaid en met onderdrukte woede gezegd: 'Niet alles gaat bij mij hetzelfde als bij jou, ik ben jou niet. Ik mag hopen dat je me gunt dat ik jou niet ben.' De deur was met een klap achter haar dichtgevallen.

Sindsdien vond Amber haar moeder niet zozeer een gevaar, ze vond zichzélf een gevaar. Had ze haar driften die avond de vrije loop gelaten, dan had ze op dat moment met een kandelaar op haar hoofd geslagen.

Dus ja, ze had getekend. Ze had de tissues opzijgeschoven en geknikt en de dokter knikte terug. Hij schoof het papier naar haar toe en zij zette haar handtekening. Klaar. Het was maar voor een paar weken.

Amber knipte een lampje aan. Dit sloeg nergens op. Ze ging zitten. Je lichaam is een hond. Als je het leert dat het mag piekeren in bed, train je het. Ze sprong uit bed en liep naar de gang, naar de wc. Daarna rommelde ze net zo lang in haar moeders badkamerkastje tot ze een slaappil vond. Eenmaal in bed brak ze hem doormidden, slikte hem in, zonder water, eerst een klein stukje en toen de rest in één keer. Haar keel was droog. De smaak was bitter.

6

Het was de volgende morgen, het hoge gras was nog nat van de dauw en Amber stapte het tuinhuis binnen. De deur klemde.

Haar vader had haar verrast, net bij het ontbijt. Hij zei haar dat ze welkom was, dat ze in het tuinhuis kon logeren als ze wilde. 'Dan heb je tenminste je eigen plek.' Hij klonk alleraardigst.

De laatste jaren werd het tuinhuis alleen door nachtverpleegsters bewoond. Het rook hier naar stoffige kunstboeken en kliederverf van toen het nog haar moeders atelier was. Hier kreeg Amber als meisje likkaakjes uit het gouden blikje, soms mocht ze een tweede, als de smaak van het vorige van haar tong was verdwenen.

In de strepen zonlicht danste het stof. Ze keek om zich heen. Op de vleugel en de slaapbank na was het er leeg. Het licht viel goud-wit over de houten planken.

Met een paar keer duwen en trekken gooide Amber de tuindeuren open, er vielen lieveheersbeestjes uit de kieren. Amber zong hier als meisje graag. Het galmde mooi en in huis was het te gehorig; haar moeder verdroeg met de jaren steeds minder geluid.

Amber streek met haar vingers over het behang. De vogeltjes waren vergeeld en langs de randen was het papier afgebladderd, het behang dat haar moeder op de muren plakte in haar optimistische dagen: de wereld moest in haar manie meegaan, doen alsof alles normaal was, alsof ze niet somber was geweest, het huilen vergeten, of het op zijn minst verbloemen.

Ze stapte naar buiten voor wat frisse lucht. Het was niet echt koud. Ze keek omhoog. Een blauwe lucht. Een vlucht vogels in de verte, er miste een vogel, er zat een gat in de V. Het was wel eens in haar opgekomen dat een familie net zo is, zo'n V, soms in harmonie, tot er een vertrekt, een gat slaat, dan wordt het tijdelijk een W of helemaal geen letter. Pas als een andere vogel de plek inneemt, komt de V terug. Amber dacht vaak dat zij die ene moest zijn, de vogel die de gaten dichtvloog.

Ze stond er nog een tijdje, tot de vogels achter de huizen verdwenen, en liep terug naar binnen.

Over een deken van bladeren kwam Ella aangelopen. Ze droeg een lange rok. Waar kocht ze zulke kleren? Ze waren niet in de mode, en toch hing er een zweem van waardigheid om haar heen, als in een zwart-witfilm uit de jaren dertig. Ze hield ervan, mensen die niet te plaatsen zijn, tijdloos.

Met de jaren was ze nauwelijks veranderd, ze liep nog net zo rechtop, haar jukbeenderen waren nog net zo scherp. Ella vertelde gisteren dat ze een klein feest had georganiseerd, ze konden samen zingen. Een verrassing.

'Mijn vader houdt niet van verrassingen. En al helemaal niet van een feest.'

Het was meer bedoeld als een huisconcert, zei Ella. 'Een beetje muziek maken. Zo moet je het zien. Die man verdient ook eens iets leuks.'

'Ik zou het hem toch maar zeggen, als ik zag hoe hij gisteren op mijn thuiskomst reageerde.'

'Ach, je moet voorbij de woorden luisteren bij zo'n man.'

Sinds wanneer wist de nicht van haar moeder wat zijn gebruiksaanwijzing was? Ze moest eens ophouden met piekeren. Er steeds wat bij te denken. En daarbij, het vleide Amber dat zo'n geslaagde muzikante haar wilde helpen, ze keek naar de lucht en ademde door haar neus.

Ella schopte haar hakken uit naast de mat. Haar teennagels waren oranje gelakt, haar voeten nog bruin van de zon. Ze liep naar de pianokruk en ging er kaarsrecht op zitten.

'Zo, eerst maar eens de boel opwarmen.' Ze speelde wat toonladders. Amber sloot de tuindeuren en kwam bij haar staan, leunend op de vleugel. Haar vingers waren lang. Vol bewondering keek ze naar die handen. Zoals die vrouw kon spelen, benijdenswaardig. Ze was straks drieëntwintig; als dán je potentieel nog niet verzilverd is... De meeste zangeressen zijn dan allang ontdekt. Kan je bestemming vervloekt raken, of is dat ook weer voorbestemd? Een zinloze gedachtecirkel: concentratie!

Ella sloeg voor de derde keer de hoge g aan. Amber zong haar na, met een gorgelend geluid, bijna onhoorbaar. Haar stem klonk kruimelig, hees. Hoe hoger ze ging, hoe meer het schuurde in haar keel. Ze werd er warm van. Ella stond hoofdschuddend op en liep gedecideerd naar haar toe, ging voor haar staan, Amber kon haar zoete adem ruiken. Ella pakte haar kaak vast en draaide die naar de spiegel op de schouw. Een en al rode vlekken op haar eigen wangen, kinderachtige sproetjes, naast het karamel van Ella's huid.

'Als ik naar jou kijk, Amber, zie ik geen nachtegaal. Ik zie méér. Je hebt een roofvogel in je borst die naar buiten wil.'

In de spiegel zag Amber zichzelf slikken. De dikke wenkbrauwen die haar gezicht een serieuze uitdrukking gaven. Ze moest ze epileren, meer zoals Ella, gedistingeerd, vrouwelijker. Even dacht Amber erover om Ella te vertellen over hoe ze vroeger stil moest zijn in huis, de vloek van haar stem, het concert van stiltes hier, het zwijgen in alle toonsoorten, over het ondanks alles willen zingen, hoe ze zong in een kast vol dekens, om het geluid te dempen, dat het soms leek of ze alleen al door te ademen haar moeder verstikte. Dat haar moeder eens van boven riep: 'Wat zing je schel. Wil je me dood hebben?' Dat ze terug had willen gillen: 'Maak jezelf dan dood, mens, doe het gewoon!' Dat ze haar de laatste donkere maanden tot aan haar opname nauwelijks had geholpen, naar Cambridge was gevlucht en vanavond alles liever deed dan bij haar op bezoek gaan. Ze dacht aan tien jaar geleden, toen Ella haar van de ene op de andere dag geen pianoles meer mocht geven, ze had nooit begrepen waarom. Haar moeder had geschreeuwd dat haar nichtje als kind al niet te vertrouwen was. Hoewel Amber wist dat haar moeder waanbeelden had, vroeg ze zich af of ze gelijk had en waarom haar vader naar Ella's concerten ging; of het waar was wat ze vermoedde. Ze deed haar schoenen uit, misschien stond ze dan steviger, met blote voeten op het parket.

Misschien moest ze het Ella gewoon op de man af vragen, hoe het zat, of ze echt alleen de zolder huurde? Of er iets was tussen haar en haar vader?

'Hé hallo, Amber, is daar iemand? Hoor je me? Je doet te veel je best. Zingen is geen geluid naar buiten duwen. Het is het geluid naar je toe laten komen, alsof je een gouden draad naar binnen rolt. Ontspan een beetje.'

Amber dacht aan de roofvogel. Als ze dan toch in metaforen moest denken, zag ze zichzelf eerder als door een liftkabel verbonden aan haar moeder. Haar moeder het gewicht, zij de glazen lift. Hoe dieper het gewicht de bodem in zonk, hoe vrijer zij het licht in schoot. Een moment vergat ze alles en iedereen. Ze duwde en duwde, het geluid werd breder, kreeg een diepere kleur; als ze zo zong bestond niets meer. Tot haar stem brak. Het deed pijn aan haar keel en nog meer aan haar oren.

'Dit bedoel ik dus.'

Ella schudde haar hoofd. 'Amber, jij hebt een zeldzame vibratie, maar totaal geen controle. Waarom pak je het niet serieuzer aan? Zangles, het conservatorium?'

'Dat zei ik je toch? Ik ben afgewezen.'

'Ja, dus?'

'Dus ze wilden me niet.'

'Moet dat indruk op me maken? Elke kunstenaar wordt afgewezen, continu, dat is het vak. Afgewezen worden. Snap je? Als je daar niet tegen kunt, ben je geen zangeres.'

Amber glimlachte. 'Zo'n opleiding kost geld, mijn vader heeft het betaald, het is zonde als ik het niet eerst afmaak.'

'Geld.' Er viel een stilte. 'Hoelang moet je nog?'

'Twee jaar.'

Ella leek even na te denken, draaide zich toen naar haar om.

'Heb je wel eens ondersteboven gezongen?' Ella propte haar rok in haar onderbroek, alsof het de normaalste zaak van de wereld was. Haar blote benen glommen.

'Ondersteboven, als in?'

'Zo!' Ella wierp zichzelf met het grootste gemak in de handstand, tegen de muur. Ze hoefde niet eens te zwiepen met haar tweede been, dat volgde soepel, vanzelf. Als een kaars stond ze op haar hoofd, naast grootmoeders kastje met het geheime laatje. Haar blouse gleed over haar hoofd naar beneden. Ze had alleen een dun hemdje aan, geen bh. Haar voeten raakten bijna het portret van grootvader. Zijn doorlopende wenkbrauw, kenmerk van de Wenkstermannen. Amber moest een lachgolf onderdrukken bij deze heiligschennis. Uit Ella's keel kwamen bastonen, overdreven gearticuleerd, als van een operazanger.

Ella stond nog steeds op haar handen, haar hoofd werd paars. Ze begon een verhaal over hoe dit je bloed andersom doet cirkelen, alsof je je lichaam opnieuw aanzet, als een verwarmingsketel die je reset.

Amber lachte hartelijk om de vrije associaties van Ella, de woestenij van haar brein. Ze wilde ook een poging wagen en schoof de secretaire opzij; dat lukte niet, het ding wankelde te veel op de krulpootjes. Art nouveau, daar was grootmoeder weg van geweest. Haar voorouders hadden smaak, in hun tijd waren ze best vooruitstrevend geweest, pas in de afgelopen generatie was dit een huis van gammele relikwieën geworden. Van haar vader mocht er onder geen beding een afwasmachine op de Keizersgracht komen; hij weerde de moderne techniek in de misvatting dat je daarmee het verleden eert.

Amber deed haar schoenen uit, verzamelde moed en zocht verderop een stukje muur. Handen op de grond klappen en dan... Vroeger, op het schoolplein, deed ze dit zonder moeite, durfde ze niet meer? Waar was haar spontaniteit?

Ella kwam uit haar handstand omlaag om haar te helpen. Ze pakte Amber bij haar voeten en trok haar tweede been mee naar achteren. Straks stikte ze nog in haar eigen speeksel.

'Is dit gezond?'

Amber wist niet hoelang ze zo kon staan en ze begon. De gerekte tonen van een fadoliedje dat in haar opkwam, ze was dol op de klaagtonen, die lange uithalen van de Portugese volkszang, zoals ze ook dol was op Ierse folk.

Ze zong lange noten, steeds harder, het geluid werd breder en breder. Met kloppende slapen kwam ze omhoog. Toen ze met haar benen op de koude grond van het tuinhuis terugklapte, had ze een suishoofd. Ze bleef doorzingen, hard, en toen ze klaar was, klonk Ella geraakt: 'Halleluja, wat een stem. Groen. Als jouw stem een kleur had was hij donkergroen.' Ze was even stil. 'Je zong maar steeds zo lieflijk, zo zacht en hees, als een panfluit, alsof je je rauwheid weg wilde glazuren. Je hebt een stem als een... als een viool, nee, dieper, een cello.'

Het was waar. Ze had zich steeds op de hoogte gericht, alsof er een nieuw dakraam in haar strottenhoofd opengebroken moest. Ella leerde haar het tegenovergestelde. De kelders in jezelf openen door je voeten goed neer te zetten. Lelijk durven zingen, stampen, je lippen laten trillen, je tong ver uitsteken, hardop hijgen als een wild beest. Amber zou niet in de spiegel willen zien wat Ella haar die ochtend allemaal nog meer liet doen. Dat was het gekke, hoe harder ze stampte, hoe gesmeerder haar stem werd, hoe meer ruimte er vrijkwam in haar borst, alsof er riolen in haar werden opengetrokken. Haar stem was gaver dan ze vermoedde. Zo roestig als het begon vanmorgen, haar stem, zoals een waterleiding die na jaren weer mag stromen. Nooit geweten dat zich zo'n donker geluid in haar schuilhield.

7

Die middag vertrok haar vader. Hij ging naar de afscheidsdienst van Peter Verheiden en daarna wandelen. De vrouwen zwaaiden hem uit. Zoals hij de gracht op liep met zijn wandelschoenen, rugzak op de rug, een matje en een waterfles eraan vastgebonden. Haar vader had niet teruggezwaaid – dat vond hij aanstellerig.

'Pas op voor de wolven!' riep Amber hem na, toen ze zeker wist dat hij het niet meer kon horen. Zo was de middag verstreken en nu was het tijd voor wijn. Witte wijn uit de ijskast. Uit het bovenkastje van het tuinhuiskeukentje pakte ze twee glazen. Ze roken muf, wat zou het? Ze blies er wat stof uit en schonk in. Wat was het licht in huis nu haar vader weg was. Het tuinhuis was zonnig, zo licht, het leek wel een terras aan zee.

Amber had nog anderhalf uur voor ze naar het bezoekuur ging en ze dronk een tweede glas. Een schild van vrolijkheid. Onschendbaar, zo voelde ze zich. Ze zou wel met blote voeten over een steppe willen rennen. Het glas zette ze naast Ella neer, op de houten vloer. Zij was inmiddels op de grond gaan liggen, dwars over het berbertapijt.

In kleermakerszit ging Amber naast haar zitten. Ze schoof de glazen op, straks ging de boel om. Ella klopte op het tapijt naast haar, zo van: kom lekker liggen. 'Ik heb je laatste liedjes opgenomen. Als je te zenuwachtig bent zaterdag, laat ik ze Kussendrager een andere keer horen. Dan kan hij niet meer om je heen.'

Amber twijfelde of ze zou gaan liggen, het zag er kriebelig uit. Het tapijt moest een orgie aan huismijten zijn. Ach, niet zo tuttig, het beste medicijn tegen smetvrees was te bedenken hoeveel beestjes er allang in háár rondzwierven. In haar mond, in haar oksels, overal. Amber ging omgedraaid naast haar liggen: haar hoofd ter hoogte van de voeten van Ella.

Van onderen bezag Amber haar lichaam. Ze observeerde deze vrouw door haar wimpers en besefte: schoonheid is iets raadselachtigs. Ella was niet echt mooi. Haar gezicht was langwerpig, haar neus scherp. Haar lichaam was jongensachtig recht, ze bewoog bovendien in rechte hoeken. Als ze vooroverboog, was dat in negentig graden, haar rug bleef een plank. Toch had ze nog nooit zo'n sensuele vrouw gezien. De waardigheid waarmee ze zichzelf leek te dragen. Het zat in haar houding. Het was een eigenaardige bewondering die Amber voor Ella voelde, van lichte walging doortrokken. Als te veel siroop en te weinig water. Wat was ze voor dochter? Stel je voor dat haar moeder haar zo zag.

Amber telde de balken tegen het plafond. Zes, zeven, acht stuks. Waarom voelde het toch vaak alsof ze tussen haar eigen dromen en die van de anderen moest kiezen, alsof ze haar moeder dieper de blubber in duwde als ze zelf als een lotus naar het licht toe bewoog? Waarom jezelf nog langer in troebel water laten zinken? Dit was háár moment: overmorgen zou ze haar stem laten klinken. Misschien was dat wat ze in Ella waardeerde, ze zette de zaken naar haar hand.

Ella stond op. 'Ik ga een dutje doen.'

Ging ze nu al weg? Amber keek hoe ze haar blote voeten

in haar pumps schoof. Omdat Amber lag en Ella stond kon ze een beetje onder haar rok kijken. Ze had geschoren benen, nergens haar. 'Mag ik je iets persoonlijks vragen?'

Ze keken elkaar in de ogen, Ella ver boven haar.

'Tuurlijk.'

'Heb je bewust geen kinderen?'

Ella leek te schrikken, ze wendde haar gezicht af. Het duurde even voor ze antwoord gaf: 'Ik baar zoveel kinderen, elke dag, met mijn muziek.'

Amber knikte. Ze wist niet zo goed waarom ze dit had gevraagd. Ella was eind dertig, een impertinente vraag.

Het was een tijdje stil, toen Ella aarzelend zei: 'Ik vind ze leuk, hoor, kinderen. Ik laat mijn eigenwaarde alleen niet afhangen van wel of geen kind.' Iets in haar intonatie leek te botsen met de stelligheid van haar woorden.

'Nee, snap ik. Ik bedoelde meer... Het was zomaar een vraag.'

'Het is oké.' Ella staarde naar buiten, naar het huis. Zo in dit licht, van onderen bezien, had ze rimpeltjes boven haar lip. 'Ik zie wel, weet je. Mensen maken zichzelf zo afhankelijk. We richten ons voor het geluk altijd maar op zaken buiten ons. Schijnidentiteit, jassen om je in te hullen. Daar wil ik me van bevrijden, van het juk dat er ook maar íéts buiten mij nodig is waaraan ik me moet vastklampen.'

Het bleef leeg in Ambers hoofd, ze had geen idee wat ze hierop moest zeggen. Een bittere onderstroom klonk door in Ella's stem. Een ander onderwerp, minder leeftijdgebonden. En 'heb jij wat met mijn vader?' was geen vraag.

'Wil je wel trouwen?'

'Je bedoelt in een witte jurk beloven wat niet te beloven valt? Prinses voor een dag? En dan decennialang aan elkaar vastkoeken op een doorgezeten bank?' Ella plukte pluisjes van haar rok. 'Je houdt per moment van iemand, het ene moment is het zus, het andere zo. Volgens mij is de enige ware belofte aan een man: ik beloof dat ik mezelf niet zal verloochenen. Ik beloof dat ik je niet zal gaan plezieren ten koste van mezelf, en ik gun jou dat je dat ook niet hoeft te doen.'

Ella stond al in de opening van het halletje.

'Johnno en ik hadden vier jaar wat. Ik heb het uitgemaakt. Ik kon het niet meer met hem,' zei Amber.

Ella klonk fel nu. 'Hoezo niet kunnen? Niet *willen*! Dat is het verschil tussen een vrouw van twintig en een vrouw van bijna veertig: de werkwoorden kunnen en willen.' Ze liep naar Amber terug en gaf haar een schopje met de punt van haar pump. 'Je maakt jezelf onnodig klein, jij.'

'Ik kon niet meer met hem naar bed. Het ging al een tijdje niet meer. Of nee, ik wilde niet. Misschien heb je gelijk. Ik wilde niet.'

'Alsjeblieft, zeg, als je lichaam al geen kompas is, wat dan wel?'

Amber wist niet of dit aardig bedoeld was of niet. Ze had geen flauw idee gehad hoe dat moest, het uitmaken na vier jaar. Johnno had verbijsterd op zijn bed gezeten. Zijn brede schouders hingen. 'Ik dacht dat we het geweldig hadden.' Dat vond ze zielig, vooral hoe hij het zei. Hij zei het zo eerlijk en dat miste ze de afgelopen weken in Engeland wel, zijn gouden eerlijkheid.

'Ik vond hem te aardig. Bizar hè?'

'Je bent veel te jong. Doodzonde, een vaste vriend. Ga eerst eens leven, joh! Zingen en leven, jij.' Ze bleef staan, schopte nog een keer. 'Beloofd?'

'Beloofd.'

De deur viel dicht. Ella zwierde weg over het gras. Hoe

laat was het? Een uur of vijf? Ze moest zo naar het bezoekuur en tegen haar moeder zeggen dat ze niet naar zijn verjaardag moest komen, dat het gewoon een borrel werd met alleen mannen, niks voor vrouwen. Of nee, liegen, dat kon ze niet, nee, nee, dat *wilde* ze niet. Zo was het. Ze zou gewoon zeggen: 'Alleen een klein concert, mam, niks bijzonders.' Ze moest stellig zijn voor een keer, niet tegen een ander, maar voor zichzelf.

Toen Ella verdween in het grote huis, graaide Amber in haar reistas op zoek naar kleren voor het feest. Wat eerst een stapel was, werd langzaam een brij. Ze gooide wat kledingstukken op de bank, probeerde wat aan. Niks stond leuk. Ze probeerde terug te komen in de euforie van zojuist, maar haar stemming zakte als droesem in een wijnglas. Om zichzelf wat omhoog te roeren zong ze hardop de liedjes van vandaag. Gehaast, zonder aandacht, deed ze haar voeten in de gaten van de panty, eerst de ene, dan de andere. De stof voelde glad, toen klonk er een scheurgeluid. Een ladder, net bij haar knie. Met blote benen gaan? Een nieuwe kopen? Die mooie lange rok, die meerminnenrok, strak om haar heupen, en dan de sjaal van mama. In plaats van weer een rokje met een braaf vestje, zo'n halve staart. Ze aaide over haar gladde heupen en probeerde zich voor te stellen dat het mannenhanden waren. Ze keek naar haar borsten, zoveel groter en plomper dan die van Ella.

Zin om te dansen had ze, zin om te vrijen, ze had zin om tegen Johnno te zeggen: wil je me? Hij zou niet weten wat hem overkwam, niet eens geloven dat zij zoiets vroeg: Amber, preutse Amber, die bij een voorzichtige kus al op slot ging. Ze nam nog een slok en keek naar buiten. Het pand leek steeds dieper in de Amsterdamse klei te zinken. Ze stelde zich voor dat de hele boel door zijn voegen zakte bij de eerste de beste windhoos. Wat kon het ook verrotten, hoe dit zat, met Ella, haar vader, dit huis, haar ouders. Ze hing over de schouw, leunde op haar ellebogen, met haar gezicht tegen de spiegel. Het glas besloeg. Ze keek naar haar mond, raakte de spiegel met haar lippen, het puntje van haar tong gleed over het glas, heupwiegde daarna met haar blote dijen en liep terug naar de fles wijn. Ja, ze had écht zin om Johnno te bellen en naakt voor hem te dansen. Dan kon hij zien hoe vrij ze kon zijn. Ze streelde haar borsten. Eerst zachtjes, steeds heftiger. Tot ze besefte dat er geen gordijnen waren en dat straks die buurman, die Kussendrager, haar nog zag. In dit aquarium van licht. Ze moest naar de trein, wat stond ze hier ook.

8

Wankelend liep Amber over de grachtenkeitjes. Haar hakken waren te hoog voor deze onregelmatige ondergrond. Het stoffen tasje van Ella schommelde tegen haar been. Ze was blij met het stuk vijgentaart dat Ella had meegegeven, dan hadden ze wat te kauwen straks, zij en haar moeder, dan hoefde ze minder te praten. Haastig stak ze over, slalommend tussen een stroom fietsers. Langs de bakker, waar ze eens om vijf uur in de ochtend meehielp, voor haar spreekbeurt over brood. Het landschap van haar jeugd. Eenmaal bij het station was er het zijtrappetje van perron 1. Ze kocht een kaartje en plofte in de stoptrein op het enige lege bankje.

Pas toen de trein vertrok, kwam een magere vrouw tegenover haar zitten. Smal glurende ogen. Haar knie raakte de hare. Amber schoof tegen de zijkant. De vrouw nam alle ruimte met haar schuin gevouwen benen en vouwde haar handen stijf op haar tas. Een lange neus. Amber leunde tegen het raam. In de spiegeling van het glas observeerde ze haar strenge lijnen, ze vervormde tot haar grootmoeder met dat langgerekte gelaat. De wenkbrauwen in een streep, evenwijdig aan haar mond. Haar grootmoeder was nu tien jaar dood, ze dacht zelden meer aan haar. Als ze aan haar dacht was dat met een mengeling van respect en kilte. Ze kende niemand die zo kritisch was als haar grootmoeder, ze was een van de eerste studerende vrouwen geweest en verbitterd geraakt in de oorlog – haar tomeloze energie en gefrustreerde talent had ze in een zuur dominante houding omgezet.

Buiten trokken rijen baksteen voorbij. Vierkante flats, steeds dezelfde, hoge spijlen voor de ramen.

Ze sloot haar ogen en zag in gedachte de plek waar ze haar moeder achterlieten. Die ramen met aluminium vensters en tralies ervoor. INRICHTING GESLOTEN stond er op het bord bij de ingang. Het had even geduurd voor ze begreep dat je de woorden moest omdraaien. Het leek meer een militaire uitvalsbasis, alsof de recht- en hoekigheid tegenwicht moesten bieden aan de waanzin van de bewoners. Was je al niet somber, dan werd je het daar wel. Voor de ingang een plantsoen met wat bankjes. De blik waarmee de patiënten je aangaapten. Ze had er zo ontspannen gelopen als vroeger door een kinderboerderij met loslopende geiten: met bijeengeknepen billen, je glimlacht alsof je ze schattig vindt, je speurt uit je ooghoeken en weet dat ze het ruiken, je angst. Je wilt niet rennen. Je hebt het idee dat ze zo stil staren juist omdat ze elk moment kunnen opspringen. 'Hé lekker stuk!' riep een dikke vrouw uit een raam, haar borsten over de reling. Binnen rook het naar pleisters en aardappelpuree. De lange systeemplafondgang vol met schilderijen in weeïge pasteltinten met schimmige handen en vrouwenlijven, in kotskleuren.

Een golf van misselijkheid, ze was vergeten te eten, met haar hand voelde ze in haar tas, frummelde de folie van de vijgentaart en brak op de tast een zijkantje af, zo voorzichtig mogelijk, duwde het in haar mond, er vielen wat kruimels op haar schoot. In de ruit zag ze de vrouw tegenover haar fronsen. Snel sloot ze haar ogen en zag haar moeder in die kamer zitten. Enkel een bed, een locker en een wasbak. Een gevangenis was gezelliger. Zelfs een tandenborstel mocht ze er niet hebben. Op de enige poster aan de muur stond: 'Ooit een normaal mens ontmoet?'

De laatste keer dat ze haar bezocht had haar moeder één sok opgetrokken tot over haar knie, de andere lubberde op haar enkel. Haar stem klonk monotoon. 'Vind je me dik, Amber?'

Amber trok haar andere sok omhoog. 'Heb je een beetje kunnen slapen, mam?' Ze keek niet graag naar de sinaasappelhuid op haar dijen. In de cadeaula thuis had ze een oude adventkalender gevonden, die ze had volgeplakt met fotootjes. Fotootjes voor vierentwintig dagen. Het was een middag priegelen geweest. Haar moeder zou drie weken op deze afdeling zitten, zei de dokter, daarna kon ze naar de open inrichting.

Haar moeder zei dat ze niets mocht ophangen. Je kunt je schijnbaar al verhangen aan een punaise, zei ze.

'Wat dacht je van een elastiekje, levensgevaarlijk,' had Amber gezegd, terwijl ze haar haren losschudde en haar elastiekje om haar pols liet glijden. Haar moeder glimlachte vanonder haar ongekamde haren. Even was de stilte geladen met wederzijds begrip. Toen zei ze: 'Behalve met mijn gewicht natuurlijk. Zo'n dikke.'

Amber ging achter haar moeder zitten en begon haar haren te kammen, haar rug tegen de kale muur.

'Hou nou eens op over dat dik.'

'Je vader vindt me dik en nu ben ik officieel gek. Wie wil er nog een gek? Jouw vader wil echt geen gek. Geen man wil een gek. Zeker geen dikke.'

'Je bent niet officieel gek.' Amber keek in de kast of er

nog iets was om aan te trekken. Misschien konden ze een stukje over de gang lopen samen, dat zou toch moeten mogen.

'Dus je vindt me dik. Zie je!'
'Niemand vindt je dik.'
'Omdat niemand meer naar me kijkt, nee.'

Onmogelijk was ze, en dikker dan ooit. Maar sinds het kandelaarmoment op haar kamer besloot Amber dat ze de grens over was van gelijkwaardig mens naar patiënt. Van de medicijnen was haar buik opgeblazen, haar benen waren stokjes, ze leek op zo'n aardappelpoppetje waar je vroeger satéprikkers in duwde. Een immense romp. Het kwam door de pillen. Ze kon er niets aan doen, bijwerkingen, en daarom was haar moeder voor de zoveelste keer gestopt. Waarom en wanneer, de toedracht kende Amber niet precies, zij zat toen al in Cambridge, maar ze vermoedde dezelfde reden als de andere keren: als het beter ging werd haar moeder overmoedig en wilde ze haar vader terugwinnen. De Man van Puur Natuur. Hij ontkende dat hij haar beïnvloedde met zijn oordelen over pillen, hij beweerde dat iedereen vrij was te doen wat hij wilde, hij onderschatte zijn dominante onderstroom, hij, de Grote Roerganger van een natuur die vrijgelaten werd, alles vond hij flauwekul, alles wat riekt naar opsmuk: het scheren van bikinilijn of okselhaar, zonnebrand, deodorant. Hij was de enige man die zelfs een bh onzin vond. Als hij een paracetamol al te veel vond, was het dan gek dat zijn vrouw geen kunstmatig door pillen getemde wilde zijn?

Toen een verpleegster binnenkwam had Amber haar kans schoon gezien, ze kon weg. 'Even opstaan, mevrouw. We gaan uw bed opmaken.' De vrouw praatte op de toon die mensen aanslaan als ze iemand minder serieus nemen, een overdreven heldere articulatie die zegt: er is een waterscheiding tussen jou en mij. Mijn wereld klopt en dat wil ik graag zo houden.

Amber had de adventkalender met witte chocolaatjes voor haar vertrek snel onder het bed verstopt. Haar moeder knipoogde. Hun geheimpje.

Ze fluisterde: 'Elke dag één, mam. Over dertig dagen ben ik er weer.'

'Dertig dagen?'

'Papa komt om de dag. Opa komt elke vrijdag. Als ik weer uit Cambridge terug ben, kom ik meteen.'

Toen de verpleegster zei: 'Zwaai maar naar uw dochter. Zeg maar dag', bleef haar moeder roerloos zitten. 'Ik hou niet van dag.'

Amber had een luchtkus gegeven, haar moeder had niet opgekeken. De kamerdeur viel traag dicht en pas een paar seconden later klonk de klik van het slot. Een tijd bleef ze tegen de deur geleund staan. Volgens haar vader was de kalender de volgende ochtend door de directie gevonden, leeggevreten en de foto's van haar vader eraf gescheurd en versnipperd.

Op de weg terug had ze de uitgang niet kunnen vinden. De gangen leken gedraaid en de kotsschilderijen verhangen. De lift van plek veranderd. De dikke vrouw van de reling stond midden in de smalle gang. 'Niet verdwalen, hoor, lekker stuk!' Amber had het op een rennen gezet, weg hier, maffe zooi, en op de boot naar Engeland, in de zeewind op het bovendek, had ze zichzelf verteld dat het voor iedereen beter was als zij hier eens een tijdje niet meer kwam en hier eens even niet meer aan dacht.

Een tijdlang was het goed gegaan, niet aan haar moeder denken. Schrikbarend goed zelfs. Op King's College was er afleiding, en gesterkt door de overmoed van het keurige Engelse landschap van kastelen en meanderende paden tussen het met de hand geknipte gras, kwam ze tot de slotsom dat zelfmedelijden een keuze is, dat niemand het lot van een ander kan dragen en het leek of dat gebouw en haar moeder verder weg raakten, of haar genen schoongewassen de hare werden, en mochten er toch wat smoezelige restjes van haar ouders in haar vezels zijn achtergebleven, dan geloofde ze vurig dat mensen de vrije keuze hebben in hoe ze met dingen omgaan, in wie ze willen zijn en door welke principes ze zich laten leiden.

Amber staarde wat naar buiten, een paard in een weiland, in de verte een bos, ze waren er bijna. Ze nam nog een hap van de taart en likte haar vingers af, ze had het kunnen weten: zoet helpt niet tegen misselijkheid. Haar vingers bleven plakkerig. Pas nu zag ze hoe de vrouw haar aanstaarde. Ze zat rechtop, als een geslepen potlood.

De vrouw tikte op haar knie. 'U knoeit.' Amber excuseerde zich, vouwde het plastic dubbel, en frommelde de taart terug in haar tas en sloot haar ogen weer. Ze voelde de haartjes tussen haar wenkbrauwen. Familiewapen. Misschien maar eens epileren.

De trein minderde vaart.

Zorgvuldig, om de vrouw niet aan te raken, schoof ze alvast zijwaarts het bankje over. Voorzichtig stond ze op, ze schuifelde het gangpad in en drukte al op de groene knop lang voordat de trein begon te stoppen. Een steeds krachtiger remmen, een trekkracht naar achter, en toen ze met het hervinden van haar evenwicht, zonder de vieze paal aan te raken, stilstonden aan het uiteinde van een verlaten perron, drukte ze weer. Ze bleef drukken en de deuren bleven dicht. Nog een keer. Kom op.

Station Vogelenzang. Dit is het eindpunt van deze trein. Denkt u bij het verlaten van deze trein aan uw eigendommen.

Met geraas schoven de deuren open. Daar kwam de oude vrouw aan, Amber wilde uitstappen, het piepen was zo luidruchtig dat ze pas toen ze het trappetje af stapte, hoorde dat de vrouw haar riep: 'Jongedame!' Ze keek om. De lippen van de vrouw krulden omhoog, ze had wel degelijk lippen. 'Vergeet u niet iets?' Ze reikte een stoffen tas aan.

'Wat aardig, dank u wel.'

Het tasje met Ella's vijgentaart.

9

Lekker, het huis was leeg, even het hare. Met een stofdoek streelde Ella de toetsen van de vleugel, zoals een meisje de manen van haar paard kamt. Van de gouden krulletters op de Bechstein waren alleen de B en de s niet versleten, en al haperde het fortepedaal, het instrument had zijn volle klank behouden. Dat het ivoor eindelijk weer door vingers werd beroerd was niet alleen mooi, het was een basisrecht. Al die jaren had de vleugel hier in het tuinhuis staan stof happen. Ella tilde het bovenblad op en zette het op de klepstok. Ze blies in de klankkast. Een droge geur steeg op.

Haar blik gleed over de meubels in het tuinhuis. De taartbordjes stonden opgestapeld, zestien stuks. Rijen klapstoelen in een halve cirkel om de vleugel. Ze klakte voldaan met haar tong tegen haar verhemelte. Zoals de keukenkastjes eergisteren nog uitpuilden. De afwasborstel waar het vet van af droop. Hoe geduldig had ze de zilveren taartvorkjes gepoetst en vazen met tien jaar oude vuilranden schoongemaakt en voorzien van verse bloemen. Het harige kleed opgerold en onder de vleugel geschoven. Ze had een doosje wormen voor hem in de prullenbak gegooid.

Dit huis had de handen van een vrouw gemist.

Deze zorgzaamheid was een wezenlijk andere dan die van de Veerles in deze wereld. Dit kwam voort uit het tegenovergestelde, iets wat haar nicht vreemd was: zelfstandigheid. Ze sneed een roos schuin af en zette die in een smal vaasje op de schouw. Als je de wereld over reist en in anonieme hotelkamers slaapt, weet je hoeveel koestering er schuilt in het eren van details. Steek ik een kaarsje aan, kook ik voor mezelf of smeer ik gedachteloos een boterham? Dat een roos lekker ruikt, ook als er niet aan geroken wordt – noem het de wet van lingerie: niemand weet van je kanten slipje en toch loop je er sensueler bij.

Het stofdoekje hing ze over de kraan, symmetrisch, daarna veegde ze haar handen af aan haar rok. Zo, wat moest er nu nog gebeuren? Dat was waar ook. Ze kon nog citroenen snijden. Lekker voor in de waterkannen morgenavond, misschien wat muntbladeren. Al hoorde ze Bram al pesten: waarom drijft er konijnenvoer in mijn water? Ze wist hoe dankbaar hij was om de gouden dauw die zij in deze vertrekken liet neerdalen. In de ijskast van het tuinhuis lagen ze koud te wachten, zes citroenen. Haar vingers krulden om de bolling en ze keek naar de subtiele rimpellijntjes in haar handpalm. Het leken er meer te worden. Blijkbaar liet de naderende veertig ook haar niet onberoerd. Er was alleen een broodmes, te groot en te bot. Ze sneed, legde de citroenschijfjes in een schaaltje, onder een laagje cellofaan, hup, terug de ijskast in. Een druppeltje zuur gleed langs haar pink. Ze likte het af.

'Een feest?' had hij gisteren gezegd. Zijn linkerwenkbrauw opgetrokken, zoals alleen hij dat kon – met die borstelige haren als een permanent cynisch vraagteken.

Hij stond wormen te graven achter in de tuin.

'Een stuk of twintig mensen die jij leuk vindt. Een glas wijn drinken en de lichten uitdoen wanneer je zin hebt. Meer niet. Je wordt vijfenvijftig, kom op, man! Hoelang is het geleden dat je een feestje gaf? Of nou ja, een feest. Een concert, eigenlijk is het meer een concert.'

Ze was naast hem gaan staan. 'Het is geen schande, de liefde. Waar ben je bang voor?'

'Ik ben nergens bang voor.' Hij groef verder.

'Dus?'

'Dat wil niet zeggen dat ik iets te vieren heb.'

'Mag je niet leven dan? Mag je niet genieten?'

'Het is maar wat je genieten noemt, een feest.'

'Luister, als jij nou chagrijnig doet, fleur ik hier de boel op. Kijken wie het langer volhoudt.' Ze was teruggelopen. En niet veel later, na haar verzekering dat zij alles zou regelen, dat hij kon gaan wandelen, om zich bij thuiskomst te laten verrassen, volgden zijn met een kus bezegelde akkoord en de woorden 'in orde'.

Dat 'in orde' van hem mocht haar nu al twee dagen kosten (ze had zelfs haar pianolessen voor morgen afgezegd), het deerde niet, zij zou de gastvrouw zijn, en met haar zoete adem werd het huis nieuw leven ingeblazen. Voor de ogen van zijn vrienden samen optreden – met zijn dochter – zou de nieuwe status quo inwijden. En wat zij en Bram samen hadden was vrij van etiketten, behoefde geen naam. Of ze nou een koppel heetten, zielsverwanten of huisgenoten voor haar part, zolang er hier maar weer vooruitgeleefd werd in plaats van achteruit.

Hoelang woonde ze hier? Een maand of zes? Ze begon van het huis te houden. Zeker na zo'n nacht zonder hem, ze had in de stilte rondgedwaald, genietend van de zuchtgeluiden van de lambrisering, en toen ze vanochtend wakker werd en door haar zolderraam keek, was er het ochtendlicht in de tuin, overwoekerd door blauweregen. Ze had nooit geweten dat zo'n plant in het najaar een tweede bloei kende. Ze had hier voor het eerst gespeeld toen ze vijftien was, op het huwelijk van haar achternicht. Veerle had hier nooit kunnen aarden, ze klaagde altijd over het kraken in de nacht, over zogenaamde muizenvoetjes. Veerle die naar de cd van *De vier jaargetijden* luisterde uit de graaibak bij de drogist, Veerle die potpourri in de wc zette in zo'n paasmandje met een strik erom. Je moest zo'n huis op waarde weten te schatten. Pannen waarmee nauwelijks te koken viel, het was gehannes gisteren, maar weer verbazingwekkend goed gelukt, haar chili con carne. Ella schudde haar haren los.

Bij gebrek aan geld hoefden ze alleen maar het uiteinde van de tuin aan de achterbuurvrouw te verkopen. Drie ton had Esther geboden. Een royaal aanbod. Ze zag het voor zich, hoe ze samen met hem zou schetsen, verbouwen, de nostalgische elementen weer zouden terugbrengen, in stijl, een strak witte keuken, maar wel met de charme van zo'n stoofkachel, de authentieke koffiemolen teruggehangen, hedendaags.

Zorgvuldig legde ze de camera neer en stelde het zich voor: zij en haar nicht, blozend, zingend, vertederend, dat moest vastgelegd.

En zou ook maar iemand haar zaterdag raar aankijken, dan zou ze recht terugkijken en in stilte vragen: wat wil je dán? Mag een instrument nog bespeeld, moet een begaafd man zich met zijn vrouw mee laten zuigen, de Amsterdamse bagger in? Iedereen die Bram goedgezind was, zou hem gunnen dat er eindelijk weer gloed over zijn dagen lag, dat er weer leven door zijn aderen stroomde, dat hier muziek klonk in plaats van kattengejank. Is het gek dat deze man een keer naar het licht draait? Na twintig jaar? Je zou eerder zeggen: gek dat hij dit nu pas deed, een plant zou het nog geen week volhouden.

Wij mensen draaien onszelf een loer met woorden als 'schuld'. Is het woord 'schuld' niet de enige ware zonde van de christenen? Ach, mensen zijn slechts met zichzelf bezig en zolang Amber en zij het goed met elkaar konden vinden...

Jezus! Amber, dat was waar ook. Ze had haar beloofd dat ze Kussendrager zou uitnodigen!

Hoe laat was het? Ze keek op de keukenklok.

10

Een roze lucht boven de velden van Vogelenzang. Het was zes uur en het schemerde toen Amber het trappetje van het perron af liep. Het weer in Vogelenzang leek zachter dan in Amsterdam, misschien door het briesje, de zee zo dichtbij. Huize Hoe het Groeide lag naast het station. Amber keek op de stationsklok en bedacht redenen om zo snel mogelijk weer te kunnen vertrekken. Het was donderdag. Studeren was niet goed genoeg, het moest iets tijdgebondens zijn. Iets waar ze niet onderuit kon.

De oprijlaan was lang.

Ze liep door de poort. Een ander deel van het landgoed. Een klassiek pand. Hoe het Groeide kwam uit de Gouden Eeuw en was pas gerenoveerd. Voordat Amber door de draaideur stapte, haalde ze diep adem, alsof ze onder water ging zwemmen. De receptioniste nam net een hap van haar boterham.

'Goedendag, ik kom voor mevrouw Wenksterman, kamer 19.'

Met volle mond knikte de dame. Ze wees naar de tuin. Daar bukte iemand, ze verzamelde bladeren en gooide ze in de kruiwagen. Een vrouw in felrood. Was dat haar moeder? Normaal kwam ze alleen buiten om een sigaret te roken, op het bankje achter het gebouw, dan zat ze tegen de muur, in een deken gewikkeld.

Amber bedankte de vrouw, stapte de tuin in en liep over het grindpad. Met elke pas nam ze zich voor: wat er ook gebeurt, een zachte stem opzetten, meelevend knikken, niet te veel in gesprek gaan, niet uitvallen, een cirkel om jezelf trekken als ze begint te huilen, een schildpad worden waar tranen van afglijden. Begint ze over naar huis willen: een klopje op haar schouder, een glaasje water pakken. Je niet laten verleiden tot bekentenissen en onder géén beding zelf huilen.

Het was een schitterend aangelegde Engelse tuin. De natuur in korset, zou haar vader zeggen. Van planten wist Amber weinig, maar dat er esdoorns en rododendrons stonden was zeker. Er schenen hier zelfs herten rond te lopen. Haar moeder herkende ze aan haar platte billen en aan de manier waarop ze stond: door één heup gezakt. Verder leek het haar moeder helemaal niet. Ze zag er anders uit. Zo in het rood. Lang vest. Bijpassende schoenen zelfs. Bepaald geen kledij om in te tuinieren. Amber liep traag om tijd te winnen en zag hoe haar moeder een man dirigeerde die op een ladder een tak uit een boom zaagde. Het tafereel had iets aandoenlijks. Haar moeder had ooit als tuinarchitecte gewerkt, daarna in een kunstbloemenwinkel, totdat haar passie haar pijn juist vergrootte, zoals de zon haar herinnerde aan de schaduw.

Amber volgde braaf het pad, wat een omweg was, vanwege de bochten. Ze schopte een steentje met zich mee. Zou het makkelijker zijn als ze in reïncarnatie geloofde, in een onzichtbare orde die ze alleen hoefde te verdragen, is het gemakkelijker als je je lot niet hoeft te bevechten? Dat het klopt zoals het is? Ze had geen benul, maar de woorden 'oude ziel' leken rust te geven. Had haar moeder misschien een piepjonge ziel, als een pasgeboren vogeltje in een nest, was het Ambers bestemming haar verse wormen te brengen?

Haar moeder herkende haar, ze begon uitbundig te zwaaien.

Amber hield het bakje met vijgentaart hoog in de lucht. 'Tadaa!' riep ze, eenmaal dichtbij genoeg. Onder de grote boom stond een picknicktafel. Amber begon demonstratief twee papieren bordjes te dekken. Daar had Ella aan gedacht, ze had een picknicktas voor Amber gemaakt, een thermoskan met thee, dat soort aardigheden, ze zou er zelf niet eens opkomen.

Haar moeder gooide de laatste tak in de kruiwagen en liep naar haar toe. Bij de tafel trok ze de handschoenen uit en ze liet ze nonchalant voor zich op de grond vallen. De man in de boom kwam de ladder af, sjokte rustig langs met de wagen en raapte de handschoenen van haar moeder op.

'Jij denkt: vetmesten dat oudje, het maakt nu toch niet meer uit hoe ze eruitziet.'

'Je ziet er goed uit, mam.'

'Onkruid vergaat niet.' Haar moeder ging boven op de picknicktafel zitten, als een tienermeisje. Wat was dit voor joviaal gedrag? Ze streek een lok uit haar ogen. Zelden droeg ze haar haren meer los. De man stopte even met de kruiwagen en stak zijn duim op naar haar moeder. Zij glimlachte zelfverzekerd.

'Als je vader zo komt, zal ik jullie laten zien wat we allemaal gedaan hebben.' Had haar vader haar niet laten weten dat hij niet kwam vandaag? Mocht zij het opknappen?

'Ik heb zo'n zin om straks ook onze eigen tuin onder handen te nemen...' Ze liet parmantig haar nagels zien. 'Wat dacht je hiervan?' Waar normaal een afgevreten stuk vel boven haar nagels uitstak, zat nu een uitstekend randje nagel. Knalrood gelakt.

'Wauw.'

'Een maand niet gebeten.'

Amber schoof het grootste stuk op het bord van haar moeder. Zo opgemaakt was ze een mooie vrouw: dikke haren, een prachtige oogopslag. Als je beter keek en zo zonder dat vogelnest op haar hoofd, had haar gezicht iets aristocratisch met die jukbeenderen.

Haar moeder duwde het bord van zich weg. 'Vijgen, mijn lievelings... hoe wist je dat?'

Een moment twijfelde Amber of ze Ella zou noemen. Haar moeder sprak er al overheen. 'Een offer is iets goeds laten zitten voor iets beters. Dat leer ik van Steven. Nog twee kilo en ik dans zaterdag in mijn paillettenjurk.'

Amber wist even niet wat ze moest zeggen. Zaterdag, op papa's feest? Haar moeder keek naar de bordjes, alsof ze net zo lang bleef tellen tot het er vanzelf drie werden. Daarna tuurde ze naar de oprit. 'Je vader is zeker nog aan het parkeren?'

Zo nonchalant mogelijk antwoordde ze: 'Hij kon niet, helaas.'

Haar moeder leek te verstijven. Ze bleef naar de parkeerplaats staren en trok in gedachten verzonken een stuk van de vijgentaart. Met haar gelakte vingers. Een hap. Nog een hap. Nog een. In drie happen was het stuk op, er zat bruin om haar mond.

Amber zette de twee plastic bekertjes zo recht mogelijk op de scheve tafel. Ze wiebelden toen ze er thee in schonk.

'Opa vertelde dat papa een feest voor zijn verjaardag geeft. Ik bedoel, de tent lekt. Weet hij dat onze feesttent lekt? Thuis. Als het regent, bedoel ik. Het is begin oktober, je kunt mensen in oktober niet...' Haar blik keerde steeds verder naar binnen.

'Mam, je bent hier voor je rust. Ik zou dat feest even laten.'

'Het is begin oktober, je kunt mensen in oktober niet...'

'Het is niet eens een feest, het is niks, een borrel, papa heeft niet veel mensen uitgenodigd, een tent gaat hij al helemaal niet opzetten.'

Haar moeder blies in de thee. 'Ik had me gewoon verheugd hem de tuin te laten zien.' Ze keek lang in haar bekertje, blies weer, nam een slok, zette de thee neer, pakte een servet en vouwde het dubbel.

'Ik ben een knokker, Amber. Vind je me geen knokker?'

Amber staarde naar de picknicktafel. Met haar vingertoppen verzamelde ze kruimels en veegde die in de doos. Ze bukte, keek onder tafel en deed zo net alsof ze iets bij haar schoenen moest pakken. Alleen van die afstand lukte het haar om bemoedigende woorden uit te spreken.

'Je bent een knokker, mam.'

'Dat zegt Steven ook steeds.'

'Fijn. Dat je hier goede mensen hebt, toch?'

'We lachen samen, Steven en ik. Hij zegt dat de pillen een vakantie naar niemandsland zijn, en dat hij mijn klimaatbeheerser is. Leuke man, hoor, lieve man, grappig.'

'Is hij psychiater? Heeft hij gestudeerd?'

'Hij noemt zichzelf promovendus in het leven.'

Hemel. Amber schoof over het harde bankje, nam een slok thee.

'Hij zegt dat ik het kan. Zeg maar tegen je vader wat ik allemaal kan. Vertel maar over mijn nagels, de tuin. Alleen dat ik stop met mijn pillen, zeg dat nog maar even niet, dat wordt een verrassing. Zijn verjaardagsverrassing.' Ze staarde in de verte.

Amber verslikte zich en schoot van de picknickbank.

'Amber, ik kan niet blijven hangen in het oude. Ik moet opnieuw beginnen met je vader. Met...'

Ze hoestte, klopte zichzelf op de rug.

'Mag het goed met me gaan?' zei haar moeder en ze snoof diep. 'Het lijkt of je het me niet gunt.'

Waar Eskimo's honderd woorden voor sneeuw kenden, was Amber expert in honderd toonsoorten gejank, en ze herkende de opmaat tot de dreigendste variant: overmoed.

'Gunt?' zei Amber.

'Ik snap het wel, jij denkt dat ik zwak ben, hè, dat denk jij, een slapjanus. Dat ik alleen maar gordijnen kan naaien en verse bloemen neerzetten. Graai mij maar leeg, joh, als een zak chips, neem maar, neem maar. En nu leer ik het zelf te doen, zonder troep in mijn lijf, puur op wilskracht. En dan...'

Dat woord 'wilskracht', zie je wel, haar vader... daarin hoorde Amber haar vader resoneren. Zonder pillen, naturel, dat waren mooie principes, theorettes. De realiteit was dat haar moeder zo'n beetje sinds haar geboorte aan de pillen was. De pillen kanaliseerden. Na haar laatste zelfmoordpoging had ze beloofd er niet meer mee te stoppen.

'Vind je een suikerpatiënt ook zwak omdat hij insuline nodig heeft?' Amber had zin om de picknicktafel om te gooien en de resten van haar taart in haar moeders gezicht te duwen. Rustig. Ze dacht aan haar eerder geformuleerde mantra's: geduld bewaren, het beeld van de schildpad, een cirkel om jezelf trekken.

'Waarom trilt je wenkbrauw?' zei haar moeder. 'Als je boos bent, gaat je wenkbrauw trillen.'

Amber werd misselijk, ze had geen zin meer in deze kliederboel. Ze likte stukjes karamel van haar vinger. 'Oké mam, luister, ik zeg dit omdat ik je respecteer. Het is simpel: je kunt niet zonder pillen.'

Haar moeder duwde de randjes van haar nagels terug, strekte haar armen, draaide een beetje met haar handen om ze extra trots te kunnen bekijken.

'Gun mij...' Haar moeder snoof met dichte ogen, ze hief haar neus op, als een waarzegster die iets diepzinnigs ging zeggen.

Amber wachtte niet, ze sprong haastig haar moeders adempauze in: 'Wat ik jou gun is de realiteit, zodat je wat aan je leven kunt doen. Zodat je je leven terugkrijgt. Je man bijvoorbeeld.'

'Je doet alsof ik daar niet mee bezig ben. Steven...'

'Kappen over die Steven.'

'Mag ik iemand hebben die ik vertrouw? Iemand die begrijpt hoe het is om jezelf elke ochtend...'

'Eerst papa en nu ene Steven... Je wint mannen niet door ze na te praten.'

'...hoe het is om elke godganse ochtend moeizaam uit bed te kruipen, waarin je vastkleeft als een vlieg in de stroop, en dat je dan opstaat en je duizend kilo zwaar voelt en de anderen die maar roepen: vlieg, vlieg, vlieg! Nou, ik zal je zeggen: vind me maar een slapjanus, vind dat maar, maar geloof me, ik vind mezelf altijd nog een grotere slapjanus, ik vind het afschuwelijk, dat leven op pillen, levenslang, de vrouw met de pillen.'

Amber zuchtte.

Haar moeder trok haar blouse recht. 'Ik geloof niet dat jij begrijpt wat een depressie inhoudt.'

'Sorry?'

'Steven zegt dat hij het raar vindt dat jullie zo weinig komen en ik herhaal steeds dat hij jullie ook moet begrijpen. Dat ik begrijp dat jullie een eigen leven hebben. Dat leer ik hier, dat ik niet kan verwachten dat mensen die dit niet meemaken het begrijpen...'

'Dat is mooi. Dat is fan-tas-tisch van Ste-ven.' Amber stond op, begon het bakje in de tas te proppen. Dit moest ze niet zeggen, dat zou te lomp zijn, ze moest zich inhouden, ze voelde het aankomen, het begon in haar borst en het barstte eruit, onvermijdelijk, en toch was het niet meer tegen te houden: 'Vraag Steven anders of hij je doodmaakt. Ben je er meteen van af. Zal ik de kist vast bestellen?'

Met grote passen liep Amber tot voorbij de lindeboom. Ze zag de kruiwagenman op een bankje zitten kijken. Het sloeg nergens op, ze had niet eens haar tas meegenomen. Wat was ze aan het doen? Die vrouw was een patiënt. Diep inademen. Het kon niet anders. Rustig blijven. Een tijdje stond ze stil. Haar adem tot bedaren te brengen. Ze draaide zich om en liep aarzelend terug, ze was ineens doodmoe.

Haar moeder staarde roerloos voor zich uit. Toen Amber weer naast haar stond, begon haar moeder in haar zak te rommelen en stak een sigaret op. Ze zwegen even.

In de verte liep de man weg. Met de kruiwagen. Na een tijdje in het niets kijken nam haar moeder een hijs en begon te spreken. 'Denk je dat ik het niet weet? Dat ik niet meeging naar je zwemles, niet naar je optredens kwam?' Met een waterige blik keek ze Amber aan. 'Ik verwijt mezelf dat elke dag.' Haar haren zaten inmiddels verwilderd. Nog een hijs. 'Maar waarom moeten we steeds beginnen over wat er gebeurd is? Je moet mensen de kans geven opnieuw te beginnen.'

Haar moeder aaide de plooien uit haar rok, ging voor haar staan en stak haar hand naar Amber uit. 'Laten we niet in het verleden blijven hangen.'

Amber zuchtte en gaf met wat tegenzin haar hand. 'Ik hoef niet in het verleden te hangen. Alleen dit is het nu. Dat je pillen nodig hebt en dat je niet naar een verjaarsfeest kunt.' Het luchtte op, die waarheid. 'Ik kan gewoon niet meer tegen leugens, mam.'

Haar moeder liep naar de struik en begon lukraak bladeren los te trekken. Dit keer zonder handschoenen en zonder kruiwagen. 'Leugens! Ha. Ze heeft wel platte borsten, hè? Voor een gastvrouw, bedoel ik.'

Wie bedoelde ze? Ella? Amber liep naar haar moeder toe, pakte haar schouder. Ze sprak zacht. 'Ik zou me eerder op jezelf concentreren, mam.' Een roodborstje trippelde over de picknicktafel.

Zonder hem uit te maken gooide haar moeder de sigaret in een struik en liep terug naar de tafel. 'Zijn feest met een lekke tent. Wedden dat het gaat regenen?'

In de verte klonken kerkklokken. Het was al donker. Ze moesten naar binnen, Amber moest gaan, dit had geen zin, de trein ging zo. Kijkend naar haar moeders handen voelde ze een weemoed die haar verbaasde. Misschien deelden ze dat: het kijken achter de realiteit, vonden ze het gewoon allebei moeilijk om zich op de feiten van alledag te concentreren. Alsof er een subtielere werkelijkheid achter de dingen schuilging. Misschien was haar moeder niet gestoord, maar te beschadigd. Lijken gevoelige mensen in deze wereld niet algauw gek?

Amber dacht aan haar moeder in bed, op deze desolate plek. Wat als het waar was? Van Ella? Hoe meer Amber tegen zichzelf zei: niet huilen, hoe meer de tranen stroomden.

'Meisje.'

'Ik ben bang als je zo praat, mama.'

'Hé.' Haar moeder kwam naast haar zitten. Amber legde haar hoofd tegen haar moeders schouder, haar borst, steeds lager, tot ze schuin lag op haar schoot.

Ze had hoofdpijn. Ze moest nadenken. Ze moest met iemand praten. Een normaal iemand.

'Je moet gaan hè?'

Ze schudde nee en knikte daarna ja. 'Sorry, als ik weinig kwam. Ik kom gauw weer. Ik blijf toch een tijd. Overmorgen. Volgende week.' Toen, als vanzelf, zonder afspreken, zetten zij en haar moeder hun handen recht tegen elkaar – ze waren precies even groot. Dezelfde breekbare vingers.

'Ga maar en zeg hem dat de tent lekt.'

'Ja.' Amber bleef staan. Ze bleven allebei staan. Amber pakte haar tas. Ze liep traag. Het grind knarste onder haar voeten. Ze moest niet omkijken; pas toen ze ver genoeg was keek ze. Haar moeder zwaaide met haar volle arm. Grote halen, alsof ze kilometers van elkaar waren, alsof het de vorige eeuw was en haar dochter per schip naar Nieuw-Zeeland emigreerde.

Ineens wist ze van alles te vragen. Of Steven die man met de kruiwagen was en of ze wel een beetje sliep. Of ze bang was hier. Of ze begreep dat ze het gewoon niet had kunnen opbrengen, niet meer.

Bij de receptie vroeg Amber om pen en papier. Nu pas, bij de mevrouw van de balie, merkte ze dat ze schor was. Ze schreef: 'Ik zeg het van de tent, mam. Knap van je nagels!!!' Boven de 'j' maakte ze een hartje en zette er schuine streepjes in, net als op de lagere school. Op het laatste moment maakte ze het hartje dicht van boven, zodat het een rondje leek. Een uitgelopen inktvlek. Ze stopte het briefje achter in postvak 19. Achter de kaart die opa Apeldoorn wekelijks stuurde – naar zijn dochter in Hoe het Groeide.

11

Ella vouwde het laatste restje taart in folie en liep naar het voorhuis. Een man als Kussendrager hield vast van vijgentaart. In de hal deed ze nog gauw een beetje lippenstift op. Buiten stond ze stil, genietend van hoe de lampjes van de brug weerspiegelden in het zwart. Ze hield van de lichtjes in een halve cirkel, het deed haar denken aan de showspiegels uit de kleedkamers voor ze moest optreden. De gracht gaf haar het gevoel van een huiskamer, een salon voor mensen met smaak.

Pas voor zijn deur werd ze zich bewust van de zeurende pijn in haar onderlichaam, die doortrok naar haar rug. Ze was moe, ze wilde zitten, maar dit moest gebeuren en wel vanavond, ze had het beloofd, het was voor iedereen van belang. Nu Kussendrager met een bouwadvocaat dreigde, moest ze Bram helpen, honing lokt meer dan azijn, ook daar was ze vrouw voor. Bram ging morgen geld vragen aan zijn schoonvader. Hoewel hij er alle vertrouwen in had, voorvoelde ze dat de oude man zou weigeren. Als haar man iémand nodig had, was zij het.

Met haar kin opgeheven belde ze aan, ze streek nog gauw haar haren naar de goede kant. Haar blouse een knoopje verder open. Hier deed de bel het wél. Hoe fijn zou het zijn als ze konden samenwerken met zo'n georganiseerde buurman? Door het raampje zag ze een strak geschilderde gang. Gouden deurknoppen. Een energieke, frisse vent, zo stelde ze zich de jonge Kussendrager voor. Een yup noemde Bram hem.

De man deed niet open. Hij was een bekend pianist met een eigen zangschool in Kopenhagen, dat soort mensen doet toch niet aan kantoortijden, daar kan je 's avonds toch wel aanbellen?

Het was fris zo in een blouseje en een rok, zeker boven aan de trap, de wind stond verkeerd. Schiet op, buurman. Ze wilde haar gezicht nog stomen vanavond, dat moest twee dagen van tevoren, anders trok de roodheid niet bijtijds weg. Ze belde nog een keer. Misschien had hij haar niet gehoord. Als hij zou weten dat er een medepianiste in de kou stond, zou hij haar haar ongeduld vergeven. Hij scheen als een monnik te leven, tenminste, onder orkestgenoten werd gefluisterd dat hij de vrouwen had afgezworen omdat ze hem zouden afleiden van zijn missie om zijn school, zijn zangmethode, over de wereld te verspreiden. Een instituut in Kopenhagen. Zangers uit de hele wereld, jazz, pop, klassiek, stroomden toe. Een speciale techniek die stemmen wist te bevrijden. Ze had er medemuzikanten hoog van horen opgeven. Nu hij in Amsterdam was om de familiebezittingen te verkopen, gaf Kussendrager gastcolleges aan het conservatorium. Meer wist ze niet van hem. O ja, dat hij zijn vader niet meer had willen zien, in Denemarken was opgegroeid bij zijn grootmoeder en dat hij het pand van zijn dode vader ging verkopen om het geld in de school te steken. Het leek haar geen man die direct naar een kantonrechter stapt.

Ze trok aan de koperen hendel. Hoelang bleef ze hier nog staan? Ze rechtte haar schouders en ademde bewust in haar buik. Wat was het? Zenuwen, kramp?

Toen ging de deur open. Een lange gestalte stapte naar buiten. Omdat ze de geveltrap al was afgedaald, en het lantaarnlicht alleen plaatselijk licht gaf, was het eerste en enige wat ze van hem zag zijn schoenen. Beetje gezondheidsdingen, tussen gymp en veterschoen in, iets waar in Nederland alleen leraren op lopen. In eigen land zou je dit geen man vergeven, bij hem had het iets.

Ze keek langs zijn spijkerbroek omhoog. Was híj jaren concertpianist geweest? Als je een bokser had gezegd, had ze het ook geloofd. Er was iets brutaals in zijn verschijning. Hij deed haar aan iemand denken.

'Hallo?'

'Ja, hallo, ik ben de buurvrouw.' Kussendrager hing over de trapleuning op zo'n manier dat hij in de weg stond, een hangende portier. Zelfs in het lantaarnlicht kon ze zien dat hij witte verf op zijn vingers had en op zijn haren allemaal witte stipjes. Hij had geschilderd. Hij bleef hangen en zij bleef dus staan. Op straat, in de motregen.

'Ik wilde je iets vragen.'

'Zeg maar.'

Dat was het: Gergjev, de dirigent. Daar leek hij op. Dat dierlijke. Misschien door zijn opengesperde neusvleugels.

'Nou, we geven morgen een feest.' Ze kon niet inschatten of hij haar als oudere vrouw bekeek, of als vrouw-vrouw die nog meedeed. Hoeveel scheelden ze, vijf jaar? Hij was jonger, dat was zeker. Hij liet haar gewoon buiten staan.

'We?'

'Wenksterman en ik.'

Hij draaide zijn hoofd naar rechts, alsof hij nu pas begreep dat het om het pand rechts ging. Het verwaarloosde pand. 'U bent zijn vrouw?' Hij zette eindelijk een stap naar achteren, waardoor ze enigszins vrij zijn trap kon betreden. Ze hield het stukje taart voor haar borsten.

'Nou, nee. Ik ben een vriendin. Ik speel piano en nou ja, ik woon hier.' Een vriendin, zijn vriendin. Over dit soort terminologie moesten ze het voor zaterdag nog even hebben.

'Geen probleem.' Hij veegde een lok uit zijn gezicht. 'Ik ben toch aan het klussen en als ik wil spelen zet ik wel een koptelefoon op.'

Ella werd zich bewust van haar lippenstift. Het leek of ze lijm op haar lippen had, ze waren droog en aan elkaar geplakt. 'Je bent uitgenodigd. Dat bedoelde ik. We vinden het leuk als je komt.'

'Jij of hij?' Hij keek haar recht aan nu. Waarom zou een man als hij vrouwen afzweren? In een interview scheen hij vrouwen te hebben vergeleken met een goede maaltijd.

'Ik verras hem, maar ik weet zeker dat hij het fijn vindt als je ook komt.'

'Een paar dagen geleden kreeg ik een andere indruk.'

Ze keek naar zijn stoppels. Kon zij het helpen, mannen die vrouwen beledigden wonden haar op. 'Ja, ik hoorde het. Hij was boos. Nou, geschrokken meer. Je was nogal, nou ja, duidelijk, zullen we maar zeggen. Mag ik misschien even binnenkomen?'

Hij zette een stap naar achteren en knikte ingetogen, wat ze maar opvatte als een uitnodiging. Ze kwam op de drempel staan en gluurde door de gang naar binnen. In de woonkamer stond een cello. Een lekkere geur. Verf. Wat hield ze van deze schone geur, de begin-opnieuw-lucht van verf. Door de lichtval kon ze zijn gezichtsuitdrukking beter zien, ze zette nog een stapje. Ze zag hem in gedachten verzonken, alsof hij nog steeds twijfelde of hij haar serieus moest nemen als afgezante. Wat kon ze zeggen als bewijs? Ik vrij met hem, ik leef met hem, ik hoorde al twintig jaar geleden met hem te leven? Ze knikte met haar kin naar beneden, naar de taart: 'Als je een bordje hebt, dan...'

'Ik heb al gegeten, dank je.'

'Luister, ik denk dat jullie hetzelfde willen. Hij wil ook niks liever dan een oplossing, hij slaapt er nauwelijks door.' Kussendrager keek haar strak aan. Zijn rechteroog was iets kleiner dan zijn linker, wat hem een doorleefde indruk gaf.

'Ik praat hier liever met hemzelf over.' Hoe hij *hier* uitsprak. Pas nu viel zijn accent op. Als ze niet wist dat het Deens was, zou ze denken dat het Zwitserduits was of iets dergelijks.

'Ja, dat begrijp ik. Er komt een oplossing. Als hij maar wat tijd heeft en...'

'Tijd. Ik geloof dat hij al flink wat tijd had. Maar nogmaals, we spreken hier samen over.'

Samen, alsof zij er niet bij hoorde; begreep hij niet dat je een man bereikt via zijn vrouw? 'Jullie willen hetzelfde en ik kan bemiddelen. Ik sta er toch neutraler in. Flexibeler.' Ella raakte zijn schouder aan. 'Misschien kunnen we een deal sluiten.' Haar vingertoppen gleden zachtjes langs haar lippen.

'Ik hoef geen deal. Ik wil dat dit huis rechtop blijft staan, dat is alles. Palenpest is iets serieus, dat kun je niet op z'n beloop laten.'

'Dat vind ik ook. Dat vindt hij ook. Hij neemt het serieus.'

Zelden keek een man zo weinig naar haar. Was het tien jaar? Was hij jonger dan ze dacht? Irritant, hij was niet te plaatsen. Als ze iets had geleerd in al die jaren als vrijgezel, was het mannen lezen. Waarom glibberde hij van haar radar? Dat is het rare met een buitenlander, alsof je je register kwijt bent. Die kaken. Hij had iets superieurs maar op een andere manier dan Bram, die was van de wereld afgekeerd. Deze man leek ermiddenin te staan. Sommige mannen vallen samen met hun lichaam. Normaal zag je dat meer bij sportmannen, of bij bouwvakkers. In haar beleving had je twee soorten kunstenaars. De waarnemers, die overdreven beschouwelijke wandelende hoofden zoals Bram, topzwaar, die hun lichaam nauwelijks bewoonden, en van die weeë gevoelslieden, die zo ten prooi vielen aan hun eigen hartstochten dat jij de spiegel werd waarin ze zichzelf vergaten en jou al helemaal.

Er stond een ladder midden in de kamer en er lagen lakens op de grond. Hij was blijkbaar het plafond van de woonkamer aan het schilderen. Ze likte nogmaals haar lippen nat en liep vlak langs hem toen ze de woonkamer binnenstapte. Een balzaal. 'Deftig hier.'

'Mijn vader was deftig. Althans, zo leek het. Allemaal schone schijn.' Hij ging op de vensterbank zitten. Naast wat gestapelde dozen.

'En nu wil je zijn erfgoed snel verkopen?'

'Wat moet ik anders? Hij stikte van de schulden. En volgens de aannemer...'

'Wenksterman is gehecht aan dit huis. Zijn hele familie ligt hier in de tuin begraven, het is zijn leven, en om er dan zomaar publiek erfgoed van te maken...' Zachter voegde ze toe: 'Of een stuk tuin te verkopen.'

Had hij haar verstaan? Hij was in het buitenland opgegroeid, dan gaat het wat trager, het taalbegrip. Ze wilde het plan van de tuin niet nog een keer noemen. Dan zou ze Wenksterman verraden, die wilde dat absoluut niet. In plaats daarvan zei ze: 'Zijn vrouw is net opgenomen, er is nogal wat aan de hand.'

Hij bekeek haar onderzoekend. Toen hij eindelijk vroeg of ze 'anders wat wilde drinken' en zij neerstreek op een fluwelen bank, leek hij milder. Ze zat met haar heupen zijwaarts, zodat hij niet onder haar rokje kon kijken en ze voelde duidelijk dat haar billen nat waren. Dat kon onmogelijk van de motregen zijn, en als het was wat ze dacht dat het was, was ze bang dat ze een vlek zou achterlaten op de bank. Voorzichtig bracht ze een hand onder haar billen, langs de stof van haar rok, langs haar slipje, naar binnen, het was vochtig, ze keek terloops naar haar vingers, waren ze ook gekleurd? Ja, ze vloeide. Hoe kon dit? Alweer? Het leek of ze gisteren nog ongesteld was. Of haar cyclus elke maand korter werd, of ze vaker ongesteld was dan niet. En hoewel ze in zijn lichaamshouding kon lezen dat hij de brief niet onaardig had bedoeld, dat hij gewoon gewend was zaken goed te regelen en slechts duidelijkheid wilde over een object dat geen erfgoed was maar een *erflast,* moest ze hem onderbreken toen hij vroeg hoelang Wenkstermans vrouw al uit huis was.

'Pardon, is hier een toilet?'

Op de wc was het wc-papier op en er was geen fonteintje, en ze ging steeds harder vloeien, ze moest naar huis en wel nu.

'Het spijt me, ik moet gaan. Ik hoop dus dat je komt zaterdag. Uur of halfnegen.' Uit puur ongemak, om zijn verbaasde blik, en om te laten merken dat ze dit gesprek ook anders voor zich had gezien, gaf ze hem een zoen op zijn wang. Hij stapte achteruit, verbaasd, en zij duwde haar borsten naar voren en haar schouders recht en liep haar modellenloopje. Ze voelde hoe haar heupen wiegden en ze stelde zich voor dat hij haar billen bekeek in het felle ganglicht, en in de hoop dat hij geen vlekken zag, draaide ze zich wild om, om hem af te leiden en nog eenmaal aardig te zwaaien.

Toen ze buiten omkeek was zijn voordeur al dicht.

Het was rood in de wc, vers rood en ze vroeg zich af of het door het katoen van haar rokje te zien was. Ja, vast wel, als je goed keek. Kon hij goed kijken? In de wc-spiegel zag ze dat haar mascara was uitgelopen. De trekken van een treurend paard. Ze kreeg al echt zo'n bekje, van die langwerpige lijnen langs haar mond, ze had gedacht dat ze haar bespaard zouden blijven. Op het koude marmer, leunend tegen het antieke fonteintje, wurmde ze haar slip en panty uit en dacht aan wat Amber had gevraagd. 'Heb je spijt dat je nooit kinderen hebt gekregen?' Die onnozele blik van haar, de hertenogen van haar moeder. Bij gebrek aan een tampon probeerde ze een stuk wc-papier op te rollen. Te hard, goedkoop schuurpapier. Denk je dat je zoiets even krijgt, Amber? Denk je niet dat er dan een geschikte man voorbij moet komen?

Ze liep de wc uit met een verfrommelde panty in haar handen. Blote voeten op koud marmer. Dat ze nog Mahler moest studeren, dat ze morgen twee lessen had afgezegd, dat ze net een vermoeid meubelstuk was. De dag was op. Ze ging met een kruik naar bed. Eerst een tampon zoeken. Dat laatste stukje vrouwelijkheid bezat Veerle toch nog wel? Ze stoof de trap op, bibberend, en liep naar Wenkstermans slaapkamer. Boven in de inloopkast schoof ze het gordijntje onder de kaptafel weg. Op het plankje van Veerle vond ze allerlei bakjes met vrouwenattributen. Een doos met krulspelden, geen tampons. Een mandje met verschillende soorten kammen, geen tampons. Het sieradendoosje van oma en een zilveren borstel, geen tampons. Ze had het verdomme koud en ze trok Veerles peignoir aan. Hij rook naar kleren uit een verkleedkist vermengd met haar rozenparfum. Al zoekend tussen haar spullen dacht ze aan vroeger, toen ze samen bij oma in Apeldoorn logeerden. Herinneringen kwamen terug, zeker toen ze de amulet voorzichtig omdeed. Veerle had het van oma geërfd, natuurlijk, haar lievelingetje, haar oudste kleindochter. De amulet stond Ella mooi. Prachtig zelfs. Ze aaide de smaragd op haar sleutelbeen.

12

Toen Amber terugliep van de inrichting naar het station, had de kerkklok nog niet geslagen. Op het kronkelpad ruiste het bloed in haar oren, die rusteloze adem in haar borst. Als ze rende kon ze de trein halen, hoefde ze geen halfuur te wachten op het avondverlaten perron van Vogelenzang, kon ze nog in bad thuis, dit bezoek van zich afspoelen, verdwijnen onder een dikke laag schuim. Maar rennen met hakken, waarom zou ze? Het was niet alsof er iemand op haar wachtte op de Keizersgracht. En bij Johnno langsgaan in de Kerkstraat was ondenkbaar, hoezeer ze zijn heilzame strelingen ook kon gebruiken, handen die haar eraan herinnerden dat ze een rug, billen, voeten had.
 Niet aan denken.
 Ze stopte, trok een stukje nagelriem van haar duim en keek naar een enkele ster boven haar in het peilloze zwart. Alleen een iel streepje maan. Haar voeten waren op, ze was zélf op van dit bezoek. Als het niet zo donker was en zo ongepast, als dit geen publieke straat was in een dorp dat ze nauwelijks kende, als dit een voor haar uitgestrekt bed was, als hier geen nachtdiertjes ritselden in de struiken, was Amber midden op deze weg gaan liggen en duizend jaar gaan slapen.
 Toch was ze ook opgelucht. Haar moeder in die inrich-

ting maakte het makkelijker, duidelijker. Zij en haar vader hoefden in ieder geval niet meer te doen alsof het een normale situatie was. Rood met zijn allen groen noemen put de mens uit. Vroeger, toen ze nog thuis woonde, had ze wel eens verzucht dat het makkelijker was geweest als haar moeder kanker had gehad. Een objectieve ziekte. De ingehouden woede omdat je nooit wist of ze nou ziek was of zich aanstelde, vermengd met je eigen schuldgevoel dat je hieraan twijfelde. Depressie was iets geheimzinnigs, zeker omdat haar moeder die verbloemde voor de buitenwereld. Ze had een speciale stem aan de telefoon, een geaffecteerde intonatie voor bij de slager, een koninginnenarticulatie voor bezoek en zelfs voor zichzelf – in de spiegel trok ze haar wenkbrauwen en mond geforceerd omhoog. Alleen aan tafel bij Amber en haar vader liet ze haar pose als een pudding zakken en smeekten haar ogen. Zelfs Johnno nam Ambers vroeger-was-alles-slechter-verhalen pas serieus sinds moeders opname. Ook bij hem had Veerle haar buitenwachtgezicht opgehouden. En soms was haar moeder écht vrolijk, wekenlang, kinderlijk vrolijk bijna. Die periodes waren het moeilijkst, omdat je dan moest veinzen dat het de gewoonste zaak van de wereld was en er daarna niks meer zou komen.

Het station was vlakbij. Dat haar moeder toegaf dat ze nooit was komen kijken bij Ambers optredens! Het gaf lucht. Hoeveel makkelijker is het iemand te accepteren die zichzelf accepteert? De mooi gekapte haren, het rode vest, het stoppen met de pillen, wat als ze ditmaal wel genas? Nee, het was een kwestie van tijd, het was steeds een kwestie van tijd, het waren zandkastelen wachtend op de vloed, het gaf hoop, en wie weet niet dat hoop de opmaat tot teleurstelling is. Of misschien zat het anders. Ze las eens over een onderzoek in een klas met twee leraren: de ene verleent de groep een gunst, de andere vraagt zelf om een gunst. Na afloop bleken de leerlingen de man die om een gunst vroeg meer te mogen. Oftewel: de gever voelt zich het lekkerst. Dit soort onderzoeken zijn flauwekul, wetenschap om te weten wat we al weten, maar misschien zat hier wat in, ging het niet om wat haar moeder *haar* niet had gegeven, maar andersom. Ja, ze had thee gehaald, ze had taart meegenomen, het waren plichtplegingen. Misschien is dat wel waarom depressie zoveel afkeer oproept. Je investeert in troost, in beter maken, maar als het niet werkt, wordt iemand een wandelende confrontatie met je eigen falen.

Haar mond proefde zanderig, alsof de vijgentaart was blijven steken in haar keel.

Wat zei opa Apeldoorn ook alweer, door de telefoon gisteren? 'Mensen hebben elke tien jaar een andere jeugd, Amber. Ook jouw perspectief op je moeder zal veranderen.' Ze had hem gebeld om te overleggen over het feest. Ze waren het meteen eens, zo min mogelijk erover tegen Veerle zeggen, die moest maar niet komen, ze zou maar ontregeld raken.

'Volwassen zijn betekent dat je je ouders niet ophemelt of afbreekt, Amber, maar ziet zoals ze zijn: doodgewone mensen gedreven door angst, verkeerde verwachtingen en seks.' Hij had om zichzelf gelachen. Seks, wat had dat er nou mee te maken? Een raar woord ook uit opa's mond: seks. Geen ontkomen aan, zelfs haar ouders moesten seks hebben gehad, anders liep ze hier nu niet. Ze stelde er zich iets vermoeids en eenmaligs bij voor. Haar vader was waarschijnlijk te futloos geweest om de foetus weg te laten halen en cynisch genoeg om in te zien dat elke vrouw gedonder geeft. Haar moeder vond het oproer interessant, alle aandacht voor een zwellende buik, en zo was haar verwekking verlopen. De enige die een mening had was grootmoeder. Maar wat had ze te zeggen over Veerles buik?

Geraas in de verte.

Wat opa probeerde te zeggen wist ze wel – volwassen worden, ze moest zich losmaken van haar ouders. En dan? Doen waar ze zin in had? En wie ging er dan nog bij haar moeder langs?

Ze was echt doodmoe.

De kerkklok. Halfnegen. Ze keek achter zich, de straat was leeg. Traag volgde ze het weggetje naar de zijkant, zelfs toen het hese zuchten van een remmende trein al klonk, haastte ze zich niet. Sloffend liep Amber het trappetje van het donkere station op. Deze moest naar Amsterdam gaan. Toen ze eenmaal boven was, sloten de deuren net, alleen de conducteur stond nog buiten. Hij wachtte op haar, nu moest ze wel opschieten.

'Zo'n mooie dame, daar wacht ik graag even op.' Zonder gêne nam hij haar op, van boven naar onder en weer terug. Ze vouwde de flappen van haar vest dicht en kreeg nauwelijks een glimlach op haar lippen geperst. 'Dank u wel.' Wat had ze er een hekel aan als mannen zo ongegeneerd keken, haar nadrukkelijk aan haar borsten herinnerden. Buiten adem ging ze op de eerste stoel zitten, alleen, direct naast de deur. Het nepfluweel van de stoel leek te plakken en rook naar melk.

Ze had de puf niet om te gaan verzitten.

'Wat is er mis mee dat mannen graag naar je kijken?' hoorde ze Johnno zeggen. 'Waarom trek je anders iets met zo'n decolleté aan?' Ze wist waar hij op doelde: het lingeriedebacle. Hij had haar een pakketje opgestuurd, ze vond het in haar postvak op King's. Was zij de enige die zich hierin een paasei met strik voelde? Ze had nooit met cadeaus kun-

nen omgaan, het verplaatsen van schuld in een pakpapiertje, het ontneemt de ontvanger handelingsruimte, zoiets als bij een mop, na de pointe is de verwachting een lachsalvo, en bij het uitpakken van pakpapier is het onvermijdelijk: dankbaar doen. Iedereen weet dat je waarschijnlijk schijnlacht, of schijnblij bent. Lingerie ging nog verder – ik draag blauwe kant en nu moet je mij lekker vinden.
Je mag wel wat vaker sexy doen.
Alsof je andermans kleurplaat wordt. Er zat ook een suggestief briefje bij: 'Kan niet wachten je te zien.' Walging. Diezelfde middag had ze Johnno een brief gestuurd en gezegd dat het beter was als ze elkaar loslieten. Uitmaken per brief mocht laf zijn, en ongepast na vier jaar, dat mocht Johnno vinden; hij kende het middeleeuwse vacuüm niet waarin een studente filosofie in Cambridge leefde. Alleen de tutor had hier een telefoon. Johnno wilde steeds dat ze naakt voor hem danste. Dat fascineerde haar aan Ella, dat ze er zo schaamteloos vrouwelijk bij liep, vanmiddag tijdens het dansen voor de spiegel was ze even geïnspireerd geraakt. Misschien moest hij zo'n vrouw zien te vinden. Als Johnno op haar lag, keek ze vaak naar zijn natte mond en hoe hij op soloreis ging, en soms, als ze in de juiste fantasie belandde, stelde ze zich voor dat ze zelf een andere vrouw was, dat hij met een ander vrijde, alleen dan lukte het, alleen dan vertrok zij ook. Maar vaak gebeurde er iets wat haar afleidde, iets uitwendigs: een zuchtje wind, het werd net te warm, of te koud, of hij zei ineens hoe mooi ze was, waardoor ze weer wist dat ze echt in dit bed lag. Zijzelf. Met haar eigen lichaam.

Na het posten van de brief was ze één middag opgelucht geweest, helder, haar instinct had gesproken, maar de eerste avond was het begonnen: ze kon niet meer slapen. De dagen erna kwam het steeds eerder, al als het donker werd, een unheimlich gevoel. Het leek of ze een korset droeg dat steeds nauwer om haar sloot. Door haar neus ademen lukte niet. Hoe nerveus de wekker tikte in de nacht. Het leek of de deken wegwandelde. De waterkoker sprong aan, uit het niks. Niks klopte meer. Ze rilde en zweette tegelijk. Soms telde ze haar hartslagen, die gaven rust, soms liep haar hart synchroon met de wekker, dan probeerde ze in ritme te ademen, een symfonie van lichaamsgeluiden. Soms stoof ze op, liep ze naar het raam om haar hoofd eruit te steken. Een enkele keer ging ze douchen, midden in de nacht, om het tollen weg te spoelen. In bad lag ze plat op haar rug en liet ze het water uit de douchekop van ver boven op haar storten. Een keer vergat ze het douchegordijn naar de binnenkant van het bad te vouwen. De volgende ochtend werd ze bij de tutor geroepen. Ze dacht dat het over haar essay ging – over 'de eeuwige wederkeer' van Nietzsche. Het kon briljant zijn of helemaal verkeerd. Het was wat anders. Ze was blijkbaar naar bed gegaan en had de douche laten druppen aan de buitenkant van het bad. Haar kamer lag precies boven de aula van King's College en het water lekte door de vloer, langs de antieke ornamenten.

Uiteindelijk ging ze naar haar tutor om uit te leggen dat ze niet meer sliep. Dat dit haar essays niet ten goede kwam. Of hij haar kon helpen aan wat slaappillen. Ze moest openhartig zijn, deze man had de hele universiteitsbibliotheek van voor naar achter gelezen; als híj haar niet kon helpen.

Zijn kamernummer vond ze bij de W van Williamson. 600 C Department. Hij zat in zijn torentje, uitkijkend over de binnentuin, zijn vingertoppen tegen elkaar, precies als bij zijn colleges waarin hij elke zin eindigde in highbrow-Engels: 'and so on and so forth'.

Hoe bezeten hij kon spreken over filosofie, vooral over Kant, ze kon er eindeloos naar luisteren; uit zijn mond leken het lekkernijen, en haar respect voor hem groeide alleen maar als ze die rauwkost zelf probeerde te lezen. Toen ze hem eens zag fietsen, keek hij enkel naar de lucht of naar zijn trappers. Net als zijzelf, niet gemaakt voor verkeer. Cambridge was het tegenovergestelde van het Nederlandse studentenleven: alles werd voor je geregeld opdat de ware denkers in de dop konden denken. Je hoefde niet te koken, alleen maar duizelig van de letters langs het avondbuffet te lopen. Lang leve de dromer! Het was een plek waar ze kon zijn wie ze was, maar na het verzenden van de brief aan Johnno steeds minder.

Williamson zat achter zijn bureau, een leeg bureau. Als je goed keek, leek hij op een reptiel, dat was haar al eerder opgevallen, als hij een bladzijde omsloeg en eerst zijn wijsvinger aflikte. De snelheid van zijn tong.

Ze had een essay geschreven over de menselijke verhouding tot pijn. Elke traditie, religie, zo stelde ze, verhoudt zich ertoe, meestal door het vermijden, het onthechten van pijn. We moeten pijn niet ont-willen, maar omarmen. Pijn is onvermijdelijk; wie de pijn uitsluit, sluit het leven uit. Alles bestaat bij de gratie van contrast. Blablabla. Hij citeerde blijkbaar: 'What if pleasure and displeasure were so tied together that whoever wanted to have as much as possible of one must also have as much as possible of the other?' Hoe goed je een andere taal ook beheerst, het vreemde is, als je moe bent, worden het op elkaar gestapelde klanken. Waar wilde hij heen?

'Het is associatief en op zich verrassend.' Op zich. Ze onderzocht het bewegen van zijn lippen op het verpakte commentaar. 'Zoals je weet is dit een universiteit, een plek waar de mens tracht zijn ratio te gebruiken, af te wegen, niet de eerste plek om serieuze onderwerpen te bezingen, een lofzang op het lijden af te steken.'

Ze herinnerde zich hoe buiten de grasvelden leeg waren, liniaalrecht, een gevangen vierkant tussen de kastelen, moest ze hier nog drie jaar blijven, soms had ze het idee dat ze hier enkel het verleden bewierookten. Het gras werd dagelijks netjes bijgeknipt – door oude mannen in kreukloos pak, het was verboden erover te lopen, laat staan dat er eens iemand een radslag deed of een kleedje uitspreidde voor een picknick.

Hij nam een slok en sprak, meteen nadat hij hoorbaar slikte, over haar, hij noemde haar een vrouw met het temperament van een kunstenaar, verdwaald in de krochten van de wetenschap. Op een merkwaardige manier die ze niet kon thuisbrengen, vervormde het gesprek, en hoewel ze nauwelijks meer kon terughalen wat hij zei, raakte ze er, hoe meer zijn lippen bewogen, steeds meer van overtuigd dat één ding wel degelijk zeker was, jazeker Socrates, een filosoof was ze niet.

'Anyway. U had een vraag. Vertel!'

'Mijn vraag is wel beantwoord inmiddels.' Ze vouwde haar papieren op en wilde de kamer uit lopen.

'Is de wereld tegen u, miss Wenksterman?' had hij gevraagd toen ze in de deuropening stond. Wat bedoelde hij? Was dit een filosofisch gesprek: is de mens goed of slecht van nature?

Ze dempte haar stem: 'Ik denk dat de wereld druk genoeg is met zichzelf, mister Williamson.'

Hij opende een laatje en pakte er een formulier uit. 'Last van een leeg gevoel?'

Waarom had hij voor zulke vragen een formulier nodig?

Waarom keek hij haar niet gewoon aan en zei hij: wat zit je dwars, kind? En waarom was ze toch weer tegenover hem gaan zitten?

'Wie niet?' Ze lachte en zocht zijn blik.

Bijna zou ze er sneller van gaan praten, of juist stoppen, wachten tot hij haar aankeek. Dat deed hij niet. Hij keek op zijn papier alsof *hij* het essay af moest schrijven.

Ze zakte in de stoel. 'Als u het weten wilt. Ik ben moe, dat is alles. Ik krijg geen zin uit mijn pen. Thuis pakte ik dan slaappillen van mijn moeder, maar die heb ik hier niet.'

'Pardon', hij schraapte zijn keel, 'u slikt pillen?' Hij kruiste iets aan op het formulier. Werden *zijn* wangen nou rood? Ze keek naar hem en realiseerde zich: al die maanden speldde ze hem medailles op en nu raakte ze teleurgesteld door zijn gebrek aan autoriteit, juist omdat hij zich zo opzichtig achter zijn autoriteit verschool.

Ze glimlachte en knikte. 'Mijn moeder heeft voorraden thuis. Stapels.'

'Hoelang al, wat voor pillen, hoe vaak?' Hij keek schichtig omhoog, naar het plafond, en daarna weer naar het formulier. Ze werd er rebels van, alsof ze in een lachspiegel keek.

'Het zijn mijn mond en maag toch?'

Hij lachte niet, vroeg of ze ook andere pillen slikte. Deze man kende Kants *Kritik der Urteilskraft* op zijn duimpje, maar even een raampje openzetten in een gesprek, ho maar. Andere pillen? Ze dacht aan Johnno en zijn verzuchting: of er geen viagra voor vrouwen was. Wat vindt u, meneer Williamson: is drie keer per maand voor bejaarden? En terwijl ze hem observeerde, drong het tot haar door dat je voor wijsbegeerte amper wijs hoeft te zijn, laat staan begeerlijk.

Hij vinkte iets aan, draaide het blad om. Weer die natte

vinger en die tong. 'Mevrouw Wenksterman, hebt u de behoefte om uzelf pijn te doen?'

Ze had verder geweigerd. De groeten. Hoe zit dat met u, meneer Williamson? Doet u uzelf wel eens pijn? Al die letters, zijn dat soms medicijnen, pillen desnoods?

Hij schoof met zijn vinger naar een volgende vraag. Toen hij vroeg of er depressies in haar familie voorkwamen, pakte ze haar tas en ging op het puntje van haar stoel zitten.

'Meneer, ik ben een normale persoon, met een normale wens: wat slaappillen en tijdelijk wat minder studiedruk.' Ze trok de rits van haar tas dicht. 'Kunt u mij helpen of niet? Ik zou het fijn vinden als u wat concreter...'

Hij had wat in zijn la gerommeld. Toen kwam het foldertje.

'Leest u dit anders eens op het gemak door, dan praten we binnenkort verder.'

Depression and Young Adults.

Ze had het nog aangepakt ook. 'En de pillen?'

'Slaappillen zijn de oplossing niet. Vergeet die.'

De volgende dag had Johnno bij de ingang van de collegezaal gestaan. Met een schoudertas en ongeschoren kaken. Hij rook naar tandpasta. De eerste boot had hij genomen, dat was Johnno: linea recta de Noordzee over. Hij wilde op zijn minst met haar praten. Wat had ze?

Het was vochtig op het terras van The Eagle, de stoelen waren nat, maar hij was gewoon gaan zitten. Hij maakte een stoel voor haar droog. 'Een natte broek is wel het laatste wat me boeit,' zei hij. Het was fijn om buiten te praten, want al kon niemand hen verstaan, dat het weinig ontspannen was, was in alle talen duidelijk. Ondanks zijn wallen zag hij er strijdlustig uit. Omdat ze allebei niet wisten waar ze moesten beginnen, vertelde ze hem over de tutor en de slaappillen. Johnno nam net een hap van zijn pizza. Met volle mond zei hij dat zo'n vent gewoon een standaardlijst opsomde. Dat ze niet depressief was, hoogstens een dramaqueen. Dat ze zich niet zo druk moest maken.

'Misschien moet je een paar weken tot rust komen in Nederland. Gezien je toestand,' had hij gezegd.

'Welke toestand?'

'Gewoon. Dit. Jij. Zo. Kijk naar jezelf.'

Het was makkelijker geweest als hij er niet zo goed uitzag, als hij lullig had gedaan, of erger nog, kleinzerig. Een getourmenteerde Johnno bleek aantrekkelijker, dus toen ze in haar kamer in het enkele bed stapten – waar moest hij anders slapen? – had ze ineens zin om achter de kastdeur het lichtblauwe setje aan te doen. Misschien moest ze het hem maar teruggeven. Wat doe je met zoiets? Zeggen: 'Alsjeblieft, voor je volgende.'

Johnno zat rustig op bed en bladerde in een boek over de historie van King's College. Fascinerende gotische bouw, vond hij. Vanachter de kastdeur gleed ze in een T-shirt en ze kroop naast hem. Toen zijn handen haar onder de deken zochten, deed ze of ze sliep.

'Ik heb je geur gemist, jezus, wat zal ik je missen,' fluisterde hij, en hij viel in leesstand in slaap, net zo makkelijk, tegen het kussen, en met het kalmeren van zijn adem begon het weer bij haar, het suizen, het tollen. Na wat aarzelen en het bestuderen van zijn lieve rijzende en dalende borst, wilde ze hem aanstoten, zeggen dat hij gelijk had en dat ze zichzelf niet was sinds de opname van haar moeder. Ze wist dat hij niets asocialer vond dan een ander wakker maken. Aan de andere kant, wat was een lange relatie zonder troost?

Ze bleef porren.

'Wat wil je nou eigenlijk? Wel, niet? Het is nacht.' Hij sprak slaapdronken.

'Niks, alleen je ligt zo rechtop. Tegen het kussen, bedoel ik. Je krijgt nekpijn zo.' Hij pakte haar hand en vouwde die uit op zijn borstkas, zoals in het begin.

Ze zag de wekker naar 2:38 verspringen en moest daarna gedoezeld hebben, want in een halfslaap droomde ze dat ze stilettohakken aanhad en bleef steken in een tramrail. Ze moest kiezen tussen de pumps en zichzelf, want er kwam een tram aan. Ze kon haar hakken niet achterlaten en hield ze aan; toen reed de tram over haar been. Bloed. Plotseling stond meneer Williamson voor haar. Hij had een soort kikkerhanden en kraste met schubbennagels over het verbanddoosje. Ze schreeuwde: 'Dit was geen automutilatie, hoor! Echt niet!'

Klam van het zweet stond ze op en begon doelloos heen en weer te lopen, tot ze zich het foldertje herinnerde. Het rook naar de smeerkaas die ze iedere ochtend op haar boterhammen deed en die ze zelden opat. Ze had het foldertje weggegooid en het de volgende ochtend weer uit de prullenbak gevist.

Het treinraam was haar spiegel. Rode vlekken op haar neus. Verward meisje terug van bezoek aan verwarde moeder. Ze zuchtte bij de gedachte aan hoe haar moeder zwaaide. Die grote uithalen, kinderlijk enthousiast. Een zwaairelatie hadden ze. Als ze de goede momenten moest noemen, zag ze haar zwaaien, vrolijk in de verte, vanachter een raam. Met sommige mensen heb je dat, dat het pas begint te stromen als ze op afstand zijn, als je van ze wegloopt, of zij van jou, en voor zover Amber kon nagaan, was dat met vrijwel iedereen.

De trein reed Amsterdam al binnen, ze had geen huis of kerktoren voorbij zien komen, slechts het treinenkerkhof bij Haarlem en een verlaten brugwachtershuisje.

13

Het was bedtijd. Tegen halfelf. Ella kreeg het koud achter de kaptafel. Ze bond de peignoir van Veerle dicht en kamde haar haren voor de spiegel. Op de antiek geslepen randen zaten zwarte krasjes. Ze bekeek zichzelf. Het was geen gunstige spiegel, daar moest ze het maar op houden. Hoe jong was ze de zomer dat ze Wenksterman voor het eerst had gezien, veertien? Veerle moest negentien zijn geweest. Ze zei dat ze zin had om te logeren in de Watergraafsmeer, zogenaamd om 'op haar nichtje te passen', zoals ze dat de zomers ervoor had gedaan. Ella had eigenlijk allang geen oppas meer nodig. Ze was gewend om alles zelf te doen, haar moeder was vanaf haar vroege jeugd altijd aan het werk, maar dit oppasmodel met Veerle was een ideale witwaspraktijk voor alle betrokkenen: haar moeder (die graag tegen anderen wilde kunnen zeggen dat ze een betrokken moeder was); haar nicht (stappen in de grote stad); zijzelf (meegaan met grote nicht naar de disco). Alleen die avond mocht ze ineens niet mee, want Veerle was met 'iemand', een docent landbouwsociologie van de universiteit in Wageningen. Ella stelde er zich een ei met een zachte g bij voor, tot ze hem na middernacht in de gang zag. Een knappe man, duidelijk een intellectueel. Die wenkbrauwen. Hij liep straal langs haar heen, naar haar kamer, want de afspraak was dat Ella in het logeerbed zou slapen en Veerle in het hare, dat breder was. Als er een oerbeeld van de man bestond – dan hij. Deze Wenksterman zag eruit als een robuuste schipper, met intelligente ogen. Ze hoorde hem achter de muur oreren, en Veerle maar lachen.

En toen Ella in de kamer naast hen lag, tegen het bordkartonnen wandje, en het gegiechel in haar bed langzaam overging in smakgeluiden, was ze roerloos tegen de muur gaan zitten. Het kraken werd bonken en de hoge kermgeluiden vervloeiden met een diep gegrom. Het was een vreemde gewaarwording, die hoge geluidjes van haar nicht, met wie ze met barbies had gespeeld en die vroeger te dik was om te rolschaatsen. Toen ze hem na een lange kreun zijn keel hoorde schrapen en opstaan, was ze de gang op geschoten en had ze haar zijden hemdje zo laag mogelijk getrokken.

Halfnaakt op de wc deed ze de deur niet op slot.

'O,' zei hij toen hij de deur opendeed en zij er stond. 'Sorry.'

Maar hij had de deur niet gesloten en zij ook niet. In haar beleving staarden ze minutenlang naar elkaar.

'Geeft niet,' had ze gezegd, en ze was met haar arm expres langs zijn lijf gegleden en zogenaamd slaapdronken naar de logeerkamer teruggegaan. Hij was naakt en had een halve stijve. Ze vond het een huiveringwekkend object, glimmend en met een rode kop, huiveringwekkend en machtig tegelijk.

De avond dat ze hoorde dat Veerle zwanger was, aten zij en haar moeder macaroni. Macaroni met ketchup, zoals elke dinsdag. Ella wist het nog precies, hoe geschokt haar moeder de telefoon ophing.

'Lieve hemel.'

'Wat?'
'Een moetje.'
'Wat?'
'Veerle is zwanger, van een of andere promovendus uit Wageningen. Landbouwsociologie. Hij woont in Amsterdam. Aan de gracht. Lieve God.'

Zwanger zijn leek Ella op die leeftijd even erg als kanker hebben. En toch verbaasde het haar niet. Veerle had altijd iets onnozels gehad, alsof er 'red me' op haar voorhoofd stond. Als haar overbuurjongens zeiden: mond open, ogen dicht, deed Veerle haar mond open, ogen dicht en kreeg ze een regenworm naar binnen geduwd. En al die keren dat ze samen naar de disco gingen: jongens dachten altijd dat Ella ouder was, al was ze vijf jaar jonger. En uit de handen van hoeveel sukkels had ze haar nicht wel niet gered, haar nicht die nog nauwelijks in een tram had gezeten? Ze zag voor zich hoe ze nu in soepjurken ging lopen en op een boerderij ging wonen. Tot haar moeder zei dat ze uit Apeldoorn naar de Keizersgracht zou verhuizen.

'De Keizersgracht?'

Pas toen drong het tot Ella door. Was híj het, was die mooie man de vader? Ze verslikte zich in een hap macaroni.

Na de geboorte van de tweeling zag ze het meteen, in de blik van Veerle was iets verdwenen. Het kinderlijke, ontwapenende. Er was alleen weinig volwassens voor in de plaats gekomen, ze leek alleen maar fletser met die ongekamde haren. Het was niemand opgevallen, maar Ella zag het meteen. Veerle pakte Thomas veel vaker op, terwijl Amber het meest huilde. Toen Ella naast haar op het kraambed ging zitten en vroeg of ze Amber niet moesten troosten, zei

Veerle toonloos: 'Waarom heb ik twee kinderen? Ik ben zelf nog maar een kind.'

In haar wilde jaren, in New York, was Ella Wenksterman vergeten en Veerle ook. Ze vond het slaapwandelaars, een weinig benijdenswaardige toestand. En toen ze vorig jaar, twintig jaar later, kwam helpen om Veerle te verplegen, en uiteindelijk bij Wenksterman in bed belandde, zei hij dat hij nog nooit zulke mooie borsten had gezien.

'Je hebt ze al eerder gezien, hoor.'
'Niet zulke.'
'Toen ik vijftien was.'
Hij lachte alsof ze fantaseerde. Ze liet het erbij.
Hij stond haar mooi, de amulet. Het was ongelooflijk, zoveel smaragden. Of hij ook goed zat, een hele avond, was de vraag. Ze waren loodzwaar... Ze ontblootte haar borst en streelde haar tepel met ronddraaiende bewegingen. Ze vond dat Amber het moest weten, de ware toedracht. Hoe Veerle deed na haar geboorte en wat hier was gebeurd. Pas dan kon ze begrijpen hoe zwaar het was, ook voor Bram. Dat het niet aan hem lag. Als Bram het niet vertelde, had ze zelf de drang om het Amber toe te schreeuwen. Wij hoorden altijd al bij elkaar! Niet boos zijn op je vader! Hij kan er niets aan doen! Je vader is hier de dupe van en niet alleen door de dood van je broertje, daarvoor ook al, daarvoor was ze al ziek. Hij heeft zich nota bene aan zijn belofte gehouden, door bij haar te blijven, hij hield niet van haar, hij is erin geluisd, zogenaamd per ongeluk zwanger en zij, zij... Ze had jou het liefst de hele dag in die wieg laten liggen en misschien zelfs liever gehad dat *jij* was gestorven. Natuurlijk zou Ella zoiets nooit zeggen, maar het was noodzakelijk dat Amber van de toedracht met Thomas wist, want

het zou een ander licht werpen op wat die vrouw had gedaan, en daarmee op de relatie, van haarzelf en Bram, op de toekomst. Dat *zij* boven op dat kind ging liggen, omdat *zij* te veel dronk en *zij* te veel pillen nam, dat ze haar man binnenhield, als een gevangene, geen kant kon hij meer op, dat *zij* gek was, dat ze duidelijk veel doller was op Thomas dan op jou, dat ze jou niet eens vasthield, zogenaamd bang dat je ziekelijk was, dat ze jou soms ver weg in het huis legde, soms was je paars van het huilen, dus toen je broer die nacht blauw werd gevonden... Dat mocht hij allemaal jarenlang compenseren, dus mag hij misschien een beetje, langzamerhand, wat recht hebben op een nieuw leven? De eerste helft van zijn leven vergald, eindelijk gelukkig met mij?

Ze ging naar bed. Een laatste maal kamde ze haar haren.

14

Eenmaal thuis was het stil. Op de tast wist Amber de lichtknopjes te vinden, de ribbeling op de lambrisering, de ouderwetse bol met het scheve piemeltje moest je schuin induwen. In de hal de geur van nat tentdoek, zelfs als haar vader weg was en zijn regenjas er niet hing. In de keuken was het donker. Hoe kon dat? Was Ella al naar bed? Ze keek op de klok boven de oude koffiemolen. Bijna halfelf.
'Hallo! Is daar iemand?' riep ze het trapgat in.
De zwart-wit geblokte tegels in de keuken, ook hier zakte de vloer steeds verder in.
Ze gooide haar sleutels op tafel. Gauw de lichten aan, van donkere kamers kreeg ze kippenvel, zeker als de gordijnen naar de tuin open waren – dan leek het of er vingers van dode mensen langs haar gleden.
Op de planken boven het fornuis stonden potten met bonen en rijst en pasta, spullen waar geen datum op stond, en dat was waarschijnlijk maar goed ook. Het luik naar de opkamer stond open. Het gaf een bespied gevoel. Ze sloot het zonder het donkere gat in te kijken.
Ze ging een kop thee zetten. Water in de fluitketel. Wachten op haar eigen vaste plekje, in de hoek, tegen de koude verwarmingsbuis. De kruk schraapte over de stenen vloer.
'Niet snerpen!' hoorde ze haar moeder roepen.

Haar moeder verdroeg geen geluid, en toch, als Amber aan vroeger dacht, klonk er een hoorspel aan klanken op stille zondagen, het zwijgzame lot van een enig kind. Een suizend zwijgen, lepels en vorken tegen elkaar, dit schuiven van krukken. Het kraken van muren, met daarachter vaders muziek. Zijn platenspeler met vooral Mahler, de stoffige naald die vaak bleef hangen, precies bij het derde deel. Kalm verlegde hij dan de naald en sloot zijn ogen weer, zakte terug in zijn luie stoel.

Hoorde ze iets?

'Ella?'

Sliep ze al, zo vroeg? Uit de fluitketel klonk schor geblaas, een ouderwetse klank. Ze draaide het gas uit en pakte een mok op de houten plank naast de bordenrekken en de stapelpannen. Allemaal nog in de opstelling van grootmoeder. Ze schonk water op, pakte een zakje, liet het uitdampen op tafel en hoorde grootmoeders schelle stem zeggen: geen mokken op tafel! Onderzetter gebruiken. Geen theezakje in kokend water doen, maar het water op het zakje schenken. Geen deur open laten staan. Geen stoel van grootvader gebruiken. Een Groot Reglement Van Geen was het leven hier. Zelfs toen grootmoeder er niet meer woonde en haar ouders het huis voor zichzelf hadden, wist die vrouw tijdens haar bezoeken duidelijk te maken dat elke ademhaling in dit pand er een van verstikkende dankbaarheid moest zijn. Deze eerbied verlangde ze in het bijzonder van haar schoondochter. Veerle mocht nog geen kussen in haar eigen lievelingskleur neerleggen – al liepen de oude slopen weg van de huismijt en was de stof in de jaren twintig al oudbakken.

Hoeveel maaltijden had ze hier uitgezeten? Dat schouwspel van blikwisselingen, kauwende monden en slikgeluiden.

Stel dat je je jeugd zou mogen samenvatten met één zintuig, dan zou ze kiezen voor haar gehoor. Een geschiedenis van het zwijgen zou ze het noemen.

Gelukkig had ze een eigen kamer in een uithoek van het huis, een kleine kamer met een grote kast, waarin ze speelde en later zong. Ze zat daar naast een lieveheersbeestlampje, dat rood licht gaf. Steeds was daar haar eigen stem, die haar meevoerde naar een wiegend niemandsland.

Amber nam snel een slok en brandde haar tong net niet, doordat ze de thee in haar mond van wang naar wang verplaatste – hoe oud was ze op mama's verjaardag? Zeven, zoiets. Gek idee, haar moeder werd die avond vijfentwintig, twee jaar ouder dan zij nu was. Ze was zowaar uit bed gekomen en kreeg van papa een fiets. Niet dat haar moeder ooit fietste, maar haar vader gaf graag cadeaus ter aanmoediging – hoe hij zijn vrouw wilde hebben: een sportieve natuurliefhebster. Mama had haar haar opgestoken en droeg haar kobaltblauwe strapless jurk. Ze deed alsof ze blij was met de fiets. Grootmoeder kwam binnen en zong met haar nasale kopstem 'lang zal ze leven'.

En toen zag Amber het. Op de wedgwoodribbelschaal. Vier roze gevallen. Schubbige gevallen. Het begin smaller, dan breed toelopend en daarna weer smaller. Even dacht ze dat het taart was, taart voor het avondeten? Het waren koeientongen. Er hingen draadjes aan.

Amber had naar haar bord gestaard en toen naar de strakgespannen mond van haar grootmoeder. Kun je om mensen geven en hun dit tegelijkertijd voorzetten?

'Een delicatesse,' had grootmoeder gezegd op een toon die zei: als je dit niet opeet, heb je duidelijk de oorlog niet meegemaakt. Amber had zich voorgesteld hoe een rund ('koe' zeggen was een deformatie van deze tijd, volgens haar vader, het waren runderen) hiermee gras had vermalen en hoe dit spuugding na jaren dienstdoen nu op haar bord was beland.

De tong van het dooie dier en de hare zouden elkaar moeten raken. Ze keek naar papa's rimpels en zijn bewegende lippen. Omringd door vrouwen, alle drie verdrietig op hun eigen manier. Ze had extra veel sla genomen en ingecalculeerd dat het wel zou lukken met vijf happen groen en wat vlees verstopt onder de lepel – misschien kon ze op een strategisch moment afruimen? Al happend met haar ogen dicht beloofde ze zichzelf dat ze dapper zou leven en haar kinderen nooit vlees zou voorzetten en dat ze na deze tong nooit meer een hap van welk lichaamsdeel van welk beest dan ook zou eten. Melk, melk!

'Mag ik wat melk?' Ze wilde inschenken en haastig drinken, maar vader pakte haar arm. 'Metselen doen we niet, meisje.' Ze probeerde aan kinderen in Afrika te denken. Dat hielp niet. Aan snoep, maar in haar keel werden het wormen, rabarberachtige draden, ze kokhalsde de hap eruit.

Haar moeder had het gezien en zei: 'Mensen, ik vind dit geen kindermaaltijd. Zal ik de rest nemen, Amber?'

Om haar te bedanken – de opluchting was zo immens dat die overliep in overmoed, ook omdat mama zo'n mooi kobaltblauw lijntje boven haar oog had – besloot ze dat ze het durfde, dat dit het moment was dat ze haar zou verrassen. Omdat ze wist dat haar moeder helemaal niet blij was met de fiets, ging ze zingen. Het slaapliedje dat ze uit haar geheugen had opgegraven, het was die ochtend zomaar teruggekomen, uitgerekend die dag, op haar moeders verjaardag. Amber was opgestaan en had gezegd: 'Mam, mijn cadeau is dit liedje. "Noyana Phezulu".'

De eerste Noo hield ze lang aan, zoals mama vroeger ook altijd deed. De stem zo breed mogelijk, wat vibratie op het einde. Haar moeder klemde zich vast aan de tafel alsof ze op een schip zat dat hevig deinde. Haar schouders begonnen te schokken. Mama is ontroerd, dacht Amber en ze sloot haar ogen, want zingen ging beter met haar ogen dicht, in de kast was het tenslotte ook donker. Een moment was er het idee dat alles goed zou komen, dat haar klanken de mensen aan tafel bijeensmeedden.

Tot het snerpen van stoelpoten over steen. Papa riep: 'Veer!' Amber schrok en opende haar ogen. Haar moeder stoof de keuken uit, haar vader achter haar aan. Zij en grootmoeder bleven achter, met het liedje dat onaf in de lucht hing. Haar grootmoeder keek naar Amber, schudde haar hoofd en propte de laatste restjes tong in een bakje. 'Zo jong al zo'n stem. Als je dat als moeder al niet weet te waarderen...'

Toen haar vader terugkwam en haar bij de schouder pakte, zei Amber sorry.

'Nee. Het was mooi, Amber, alleen beter een andere keer.'

Later kwam haar moeder nog even in ochtendjas naar beneden, bedankte voor de fiets en het liedje en zei dat ze naar bed ging.

Met haar vingers streek Amber langs de afgebladderde keukenmuur. Als haar stem het zaterdag maar deed. Niet dat slijmerige gegorgel, tussen mensen werd ze schor. Net als bij de auditie, ze zong, en haar stem sloeg over. Ze hadden niet op- of omgekeken. Vriendelijk bedankt en tot ziens.

Ze moest maar gaan slapen. De mok zette ze in de gootsteen en ze liep de trap op. De kraaktree sloeg ze over. Het was eigenaardig stil in huis.

'Hallo? Is daar iemand?'

Was haar vader al terug van het wandelen?

Kon Ella dit twee verdiepingen hoger horen? Moest ze even naar haar toe om zich melden? Maar waarom? Ze kwam nog zelden op zolder.

Op haar sokken sloop ze de trap op, in de donkere gang keek ze bewust niet naar het schilderij van haar grootvader, zo snel mogelijk naar haar kamer, de deur stond open. Ze schoot naar binnen. Haar stippendekbed lag nog in een prop. Ze nam zich voor het tuinhuis straks opgeruimder te houden. Vooralsnog sliep ze hier. Ze was net gewend. Nu maar hopen dat het lukte, slapen, dat het vannacht wel ging. Anders was liggen ook rusten. Ze trok haar vest, T-shirt en bh tegelijk uit, gooide alles op de grond en bekeek haar cup D in de spiegel. Toen ze jong was had ze zich plechtig voorgenomen deze joekels niet te nemen: haar moeders bungelborsten, naar beneden wijzend. De tepels te groot en te laag geplaatst. Ook daarom liep ze niet graag bloot voor Johnno, om die grote eierdooiers op haar borsten. Met haar handen trok ze haar tepels hoger. Was het hetzelfde met depressieve genen? Onontkoombaar? Ach kom! Ze wilde haar spijkerbroek uittrekken en het duizelde haar.

Even zitten.

Boven in haar onuitgepakte reistas glom het setje van Johnno.

Je bent niet depressief, hoogstens een dramaqueen.

Haar spijkerbroek zat strak. Zittend ging het niet. Ze stond op, wurmde hem over haar heupen, vloekte inwendig en hield daarmee op toen er geschuifel in de ouderslaapkamer klonk. Zo stil mogelijk, de oren gespitst, deed ze de knoop weer dicht en gauw het T-shirt aan. Voorzichtig liep ze de kamer uit, keek eerst het hoekje om, sloop toen stapje voor stapje de gang in. Onder de deur van haar vaders slaapkamer, op de vloerbedekking, kwam een streep licht vandaan. Waarom had ze die net niet gezien?

Het rook vreemd toen ze er binnenstapte, zoeter. Zoet als vanille in een buitenlandse taxi. Het was donker. Door een kier licht uit de inloopkast zag ze dat haar moeders kobaltblauwe jurk op bed lag.

Zat er iemand in de kast? Haar slapen klopten. Aan de kaptafel, ze zag alleen contouren en de bewegende glinstering van moeders zilveren borstel. Amber bevroor toen Ella's geneurie klonk. Logisch, wie anders? Een zucht van opluchting. Amber stapte onhoorbaar dichterbij. Ella had een klein hemdje aan en een kanten onderbroek; daaroverheen, halfopen, moeders ochtendjas. In dit flatteuze kaptafellicht leek Ella een Madame Tussauds-pop, met een dooie glimlach om haar mond, zo'n glimlach die is blijven hangen nadat je iemand hebt gegroet.

Hoe Ella erbij zat, gracieus, haar kin omhoog. Had ze nou moeders amulet om? Ze verstijfde. Ella gooide haar hoofd een moment naar achteren en met een stalen glimlach bekeek ze zichzelf in de spiegel. Ze tuitte haar lippen. Nu wist Amber zeker dat Ella zich onbespied waande. Waarom deed ze net alsof het normaal was, halfnaakt zingen aan haar moeders kaptafel?

'Ella?' Amber rukte het gordijn weg. Ella vouwde gauw haar hand om de ketting. 'Wat doe *jij* hier?'

'Niks, gewoon.' Haar stem klonk dun. Haar armen sloeg ze voor haar half ontblote borst.

Amber bleef staan en keek naar Ella's glimmende huid, het uitsteken van haar sleutelbeen. Haar lange hals.

'Ik zocht even wat, dat is alles. Er is in dit huis geen normale spiegel te bekennen en...' Ella's wangen liepen rood aan. Het lichaam liegt niet.

'Die is van oma.' Amber wees naar de amulet.

'Ja, dat weet ik ook wel.' Er was iets in haar blik, een vanzelfsprekendheid die niet vanzelfsprekend zou moeten zijn.

Ella plukte zwarte haren uit de borstel, legde die terug op de kaptafel en stak de kam er schuin in, zoals haar moeder dat ding neerlegde, naast haar rozenparfum. De gouden spiegel boven een oudroze gedrapeerd tafelkleed met een glasplaat erop. Haar moeder had een pompeuze smaak, nou en? Het was haar moeder. Dit was háár stilleven. Ella probeerde de amulet af te doen, maar kreeg hem niet los met één hand.

'Jezus, ik schrik me rot, man.' Ella bleef maar pielen. 'Je doet of ik hier illegaal ben.' Amber stond er demonstratief naast, geen vinger zou ze uitsteken om haar te helpen. 'Trouwens, je vader vindt het geen probleem en je moeder heeft ook wel andere zaken aan haar hoofd.'

'Mijn moeder... Wat weet jij van mijn moeder?'

Toen het slotje losschoot en Ella de ketting haastig terughing, bleef Amber staan.

'Weet je wat jij doet? Bespreek dit maar mooi met je vader.'

'Dus het is waar: jullie hebben iets?' Ze schrok van haar eigen stem, zo laag en donker.

Ella liep weg, haar rug nog rechter dan eerst.

'Niet normaal, Ella.'

Ella keek om. 'Weet je dat ik net bij Kussendrager vandaan kom? Speciaal voor jou. Hij wil komen luisteren naar ons optreden zaterdag.'

Die zangdirecteur kon Amber even gestolen worden. Wat haar beangstigde was die valse glimlach van Ella, de vanzelfsprekendheid waarmee ze aan haar moeders spullen zat. In háár ochtendjas.

'Weet je waar ík net vandaan kom? Van mijn moeder. En ik zal je zeggen: het gaat goed met haar, mocht je dat nog niet weten, ze komt binnenkort weer thuis als het zo doorgaat, dus haal je maar niets in je hoofd.'

'Ik... haal ik mezelf iets in m'n hoofd? Probeer het jezelf maar niet te moeilijk te maken, Amber, voor je je belachelijk maakt.'

'Moeilijk? Belachelijk? Denk je nou echt dat ik al die tijd geloofde dat jij zo-ge-naamd de zolder huurt? Denk je dat?'

Ella sperde haar ogen. 'Het is jouw zaak niet, Amber.'

'Mijn zaak niet?'

'Nee.'

'O, en jouw zaak is het wel. Incest.'

'Doe niet zo bespottelijk.'

'Bespottelijk? Ranzig is het. Ik hoop dat je dat zelf ook ziet als je zo voldaan in de spiegel kijkt.'

Ella knipte het grote licht aan. Zo zag ze er anders uit, vond Amber, andere ogen. Deze vrouw, haar vader, de hele toestand, alsof er een tl-lamp in haar brein aanging. In één klap alles helder. Waar was ze geweest, zeg... Hoe naïef. De afgelopen maanden flitsten door haar hoofd, de toestanden om de pillen, mama's opname, de gesprekken met de psychiater, zijn witte tanden, het huilen, het weigeren. Haar vaders doordrammen. Haar eigen handtekening. Zijn geknipte haren.

'Het ligt allemaal een tikje genuanceerder, Amber. Ik kan me voorstellen dat je dat niet begrijpt, maar...'

'Volgens mij is het dierlijk eenvoudig.'

Ella's stem schoot omhoog. 'O, o, wat is ze zielig, hè? Jij denkt altijd maar dat zij zielig is. Je moeder het willoze slachtoffer en je vader de boeman. Je hebt geen idee, Amber, geen idee hoe de dingen werkelijk zijn.'

Waarom klonk Ella zo woedend? Waar zou zij in godsnaam woedend om mogen zijn?

'Waarom denk je dat je vader zo gebroken is? Heb je je dat wel eens afgevraagd? Een beschermd prinsesje ben je. Een verwend, naïef vogeltje dat terugvliegt naar papa's nest als ze haar zaken zelf niet meer kan regelen. En je vader...'

'Dus nu ben jij de expert van mijn vader! Mijn vader trapt er misschien in, maar ik niet, hoor. Jij hebt de boot gemist en nu denk je: ik ga in andermans leven infiltreren.' Ze pauzeerde even. Dit moest ze niet zeggen. 'Misschien heb jij er wel voor gezorgd dat mijn moeder weg is.' Niet doen. 'Vreemd genoeg noemde ze je naam nog vandaag. Nou, denk maar niet dat mijn vader nog een kind wil. Denk dat maar niet.'

Ella verstijfde.

Ambers stem werd met elk woord zachter, omdat ze in de loop van die zinnen besefte dat ze dit helemaal niet wist, dat zij het niet was, zijn expert, misschien wel nooit was geweest, dat ze er zelf hoegenaamd naast had gezeten. Ze rilde van woede. Rustig worden. Misschien was ze alleen maar geschrokken, vergiste ze zich, was het niet zo erg, was het normaal dat haar vader na al die jaren een vriendin had, was het juist prima, een familielid, dit komt immers vaker voor, dat mensen troost bij elkaar zoeken, toch? Juist bij familie?

Ze had zin om te huilen. Ella liep langs haar. Als een ijskoningin besteeg ze de zoldertrap, nog eenmaal draaide ze zich om: 'Ik denk dat we vandaag lekker hebben gezongen, ik denk dat je blij mag zijn dat ik Kussendrager voor je heb geregeld. Ik denk dat ik nu ga slapen en ik raad je aan dat ook te doen. Je kunt wel wat slaap gebruiken, dát denk ik.'

Amber viel neer op het bed van haar ouders, boven op de

jurk van haar moeder, die Ella had uitgestald. En zo lag ze een tijdje, tot haar gewone ademhaling terugkeerde.

Ze kwam omhoog, ze wilde geen kreuken maken in de zijde en keek naar het plafond. Er hing alleen een draad met een peertje. Het was alsof haar nicht in een seconde van een witte een zwarte zwaan werd. Geen twijfel: Ella sliep de laatste weken hier, in dit bed. Onder, boven, naast haar vader. Ze greep de stang van het koperen bed en hield zich een tijd stevig vast. Het bed van haar ouders, tot haar moeder er rugpijn van kreeg. Haar vader vond het flauwekul het te vervangen. Toen ging haar moeder in een andere kamer slapen.

Daar lag ze dan met haar diepzeeogen, zichzelf al die jaren vertellend dat zij de dingen wist, kon vertrouwen op haar intuïtie. Volwassen. Niks wist ze, onnozele.

Amber hing de jurk aan een hanger en streek over de zijden stof.

Het telefoonnummer van de inrichting kende ze uit haar hoofd. Ze belde en liet zich doorverbinden met haar moeder, al was het laat, ze was vast nog wakker.

'Mam, even kort.' Ze hoorde haar eigen stem. 'Je moet gewoon komen, hoor, naar het feest. Kwart voor acht komen we je halen. Zorg dat je klaarstaat. Geen feest zonder jou. Je bent welkom. Hartstikke welkom.'

'Wat is er? Is je vader daar, Amber? Wil hij dat ik kom?'

'Wat zeg je?'

'Vroeg je vader me te bellen?'

'Tuurlijk wil papa dat je komt, je hoort hier, dit is toch jouw huis, of hoe zit dat.'

'Je klinkt overstuur... Mag ik je vader even?'

'Die is weg. Kom gewoon.'

'Ik weet het niet.'

'Nou, ik weet het wel. Je komt, hoor je me, je hoort hier en we gaan samen een liedje zingen. Ik vraag aan opa of hij je ophaalt, met de auto, je hoeft alleen maar klaar te staan. Zorg dat je klaarstaat. Je zorgt maar dat je er bent, mam. Ik reken erop, jij en ik. Tot morgen.'

'Amber?'

'Ja.'

'Lief van je.'

Vóór haar moeder er meer over kon zeggen, had ze opgehangen. De blauwe jurk nam ze mee naar haar kamer, die zou ze zaterdag aantrekken, ze had dezelfde maat als haar moeder toen ze jonger was, hij moest ongeveer passen. Als Ella en haar vader dachten dat haar moeder zo makkelijk te vervangen was: laat de boel maar escaleren, laat haar vader Ella neuken, laat de hele goegemeente zien wat een versplinterde familie dit is, laat het een knalfeest worden! Deze zwanendans! Laat ons tezamen door de parketvloeren zakken! Maar eerst... zelden had het Amber zo helder voor ogen gestaan wat ze moest doen. Het was niet verstandig en toch zou het gebeuren: ze ging haar vaders dagboeken lezen om te weten hoe dit zat, dit tot op de bodem uitzoeken. Hoelang waren die twee samen, hoe zat het met de pillen? Hadden zij haar moeder het huis uit gewerkt? Het kwam ze wel verdomd goed uit. In dat geval zou ze medeplichtig zijn, als het expres was, hadden zij haar bewogen te stoppen? Haar langzaam overgehaald? Als het waar was wat ze dacht, was ze deelgenoot aan iets misdadigs. Ze had altijd geweten dat het er was: een geheim. Een rottend geheim. De tijd dat ze dacht dat ze beter kon leven met een comfortabele leugen dan met de pijnlijke waarheid was voorbij.

15

Het grachtenpand was leeg toen Wenksterman de volgende morgen binnenwandelde. Lekker thuiskomen vond hij dat. Hij riep hoe-hoi. Het bleef stil. Die stilte beviel hem. In de hal schopte hij zijn laarzen uit en wreef zijn handen warm. Een nacht in zijn vogelhut had hem verkwikt, op de eigen ruggengraat zitten in plaats van op zo'n schuimrubber bank, de dag doorkomen met wat roggebrood en water, de kou door de kuiten laten trekken en doorwandelen. Eindeloos had hij door zijn verrekijker getuurd naar het nest van de zeearend.

Het was alsof hij zijn ziel sinds tijden weer hoorde kraken, onder die paar sterren boven het verlaten moerasland. De ziel van een kluizenaar. Waren er geen beslommeringen die hem opwachtten hier, geen geliefden die zijn vrijheid belemmerden, dan was dat zijn bestemming: de wereld de wereld laten.

In de keuken wilde hij op zijn gemak een boterham smeren. Waar waren de vrouwen? Ella had iets gezegd over boodschappen. Amber was nergens te bekennen. Toen hij de eerste hap van zijn marmiteboterham nam, zag hij het briefje liggen. Op de keukentafel. In het handschrift van zijn dochter: 'Vanavond laat thuis. Morgenochtend halftwaalf wil ik graag met je praten.'

Onder de 'graag' stond een streep.

Wenksterman nam een douche, deed een broek aan en een coltrui. Toen hij beneden kwam om koffie te zetten, herinnerde hij het zich pas. Allemachtig, dat was waar ook: zijn schoonvader. De man zou om tien uur komen, hoe laat was het? Tien voor tien. Wenksterman liep kauwend en vloekend naar zijn bibliotheek. De trap van de keuken af, de lange gang door. Haastig schudde hij wat kussens op.

Hij had zelf om zijn bezoek verzocht. Hij moest er wat van maken, hij moest koffie zetten, de koffie kon zijn schoonvader niet sterk genoeg zijn.

Wenksterman deed heet water in de kan en kieperde zes scheppen koffie in de filter.

De brievenbus klepperde, te vroeg, die man kwam altijd te vroeg.

'Er staat hier een negentigjarige in de regen.'

Het moest hem zijn. Niemand anders kondigde zichzelf in de derde persoon door de brievenbus aan.

Weer geklepper. Hij zuchtte. Na de rust van de winderige dijken... Zijn schoonvader met zijn platitudes was als modderpoten op een wit tapijt.

Wenksterman liep de hal in. Hij weigerde snel te lopen, zich door andermans ongeduld te laten leiden. Kalm raapte hij een folder van de mat, legde die op de secretaire, symmetrisch naast de andere ongelezen post, en deed de deur open.

Zijn schoonvader had een paraplu in de hand en gaf die aan. Hij was droog, het regende helemaal niet.

'Jongen.'

'Vader.'

De man was mager en klein. Wat vroeger een krullenbos was, waren nu engelenharen die statisch alle kanten op sprongen. Hij had ouderdomsvlekken op zijn gezicht en een hees geworden stem, maar alles in zijn houding, zijn borst bronstig naar voren, verried de branieschopper die hij onverminderd bleef, een straatvechter in een oud mannenlijf. Hij droeg een bruine regenjas – zo'n regenjas die alle bejaarden dragen –, maar om te weten dat zijn levenslust nog even fel was als in zijn topdagen bij de bank, hoefde je maar in zijn ogen te kijken. Deze man met de inborst van een achttienjarige deed er alles aan om te bewijzen dat de jaren hem er niet onder krijgen. Zijn schoonvader spelde nog dagelijks de krant, hield zich bezig met technologisch vernuft, en over elke verandering in de ruimtelijke ordening – vooral het vele asfalt – schreef hij een bezwaar naar de gemeente. Bleek dat heilloos, dan bestookte hij de krant met ingezonden brieven. Vaak publiceerden ze die nog ook, stond die eigenzinnige naam weer onder zijn stuk in *de Volkskrant*: Fons van Gelder.

Wenksterman werd al moe bij zijn aanblik. Mensen in je huis is altijd een slecht idee, omdat je zelf de vertrektijd niet kunt bepalen.

Zijn schoonvader draaide zijn rug naar Wenksterman, zo van: je mag mijn jas uittrekken. Wenksterman nam de regenjas van zijn schouders en liep naar de kapstok.

'Stervenskoud hier, man, doen ze op de gracht niet aan verwarming?'

Onder de regenjas had zijn schoonvader een wollen jasje aan en een gilet, uit zijn borstzak stak zijn gouden kettinghorloge. Al zat zijn schoonvader in een zorglandgoed achter het raam, hij ging altijd als heer op pad. Alsof hij wilde beweren: elke dag is een gelegenheid. Of beter, elke plek waar ík kom is een gelegenheid. Onder die voorname keurigheid en de opgeheven kin school de zoon van een voddenboer die het tot bankier had geschopt. Wie beweert dat er geen rangen en standen meer bestaan in de eenentwintigste eeuw moest zijn schoonvader ontmoeten. Dat Haagse accent was hij nooit verloren.

Wenksterman ging hem voor naar zijn bibliotheek. Zijn werkkamer bestreek de volledige diepte van het pand, aan de voorkant het water, achter de tuin. Zijn boeken stonden op alfabetische volgorde gerangschikt, de klassiekers vooraan. Al had hij ze niet allemaal gelezen, ze gaven hem troost. Gelijkgestemden vind je in het fijnmazige van de taal. Een handdruk dwars door de tijd, dat brengt een goed boek. Hij werd al rustig bij het aangezicht van een goede titel, lezen hoefde dan niet eens.

Zijn schoonvader sloeg de handen ineen en ging op de grootste stoel zitten. 'Ze zeggen dat kunstenaars over geld praten en bankiers over kunst. Waarover praten een gepensioneerd bankier en een vastgelopen kunstenaar? Brand los. Een man als jij laat zo'n ouwe niet zomaar opdraven.'

Wenksterman liep naar de pantry achter zijn *National Geographic*-verzameling. 'Wat dacht je van koffie?'

Zijn schoonvader hief zijn handen op, als wilde hij zeggen: aan vanzelfsprekendheden verspil ik mijn stembanden niet.

De koffie was zwart en korrelig, had het filter gelekt? Wenksterman schonk gewoon in. 'Vier klontjes suiker nog altijd?'

'Niets zo onveranderlijk als de mens.'

'Goed idee, veel suiker op jouw leeftijd.' De klontjes liet Wenksterman een voor een de mok in plonzen.

'Een mens moet ergens aan doodgaan. Ik mik op mijn bloedvaten.'

'Dan zitten we nog wel even met je opgescheept.'

'Reken maar, ik word honderdzes. Maar dat betekent niet

dat ik mijn tijd vergooi aan ruis en smeermiddel. Zeg op. We hebben te veel respect voor elkaar om te doen alsof we elkaar mogen, jongen. Wil je geld voor mijn kleindochter? Of is er nog meer narigheid met Veerle?'

Wenksterman ging zelf maar op de wiebelstoel zitten. Hij hoefde niet nerveus te zijn. Ze waren familie. Dit was geen rare vraag. Voor zijn schoonvader was een paar ton wat voor een ander een parkeerboete was. Had Veerle niet al jaren geleden gezegd: je moet het hem gewoon vragen? Mijn vader wil niets liever dan ons steunen. Dat geld ligt daar maar te liggen. Hij wil dat we het goed hebben en niet langer verpieteren in dit pand. Verpieteren. Zijn vrouw leefde in een rijksmonument met vier verdiepingen en noemde dat verpieteren.

Met een grote zucht kwam het eruit: 'Het is banaler en groter tegelijk.'

Zijn schoonvader keek hem aan, leunde naar voren met de ellebogen op de knieën.

'Het pand.'

'Aha.'

Wenksterman keek uit zijn ooghoek of zijn schoonvader glimlachte. Wat moest die man genieten, dat zijn schoonzoon eindelijk zwichtte voor zijn materialisme. Hij liet zich niet van de wijs brengen.

'De fundering. Er schijnt een agressieve houtrot in de fundering geconstateerd te zijn, en hoe langer we...'

'We?' Zijn schoonvader leunde achterover en vouwde de armen over elkaar.

'De constructeur, ik.'

'Hoelang?'

'Binnen een paar weken moet er wat gebeuren. Of zoals de constructeur zegt: het moet niet gaan stormen.'

'Hoeveel?'
Oude mensen worden werkelijk een karikatuur van zichzelf. Zat er vroeger al geen poëzie in deze man, hij werd alleen maar erger, hij deed of hij Kissinger was in de Koude Oorlog. Hij zuchtte, hij had weinig keus: 'Twee ton. Iets meer misschien.'
'Twee ton?' Zijn schoonvader begon te lachen. 'Ik moet zeggen: je hebt een hoge dunk van me. Jij denkt, die Dagobert...'
'Leuk is anders, ja.' Wenksterman zei het vermanend, dat was niet de bedoeling. Hij wist ook wel dat hij niet in de positie was, nu hij zijn dochter in een inrichting had geplaatst. Aan de andere kant, er moest een keer wat gebeuren en er was geen geschikter moment, juist nu ze een tijdje weg was. De benedenverdieping moest gestript, kaal, de vloeren open, het water eraf, het gas. Dat zij dit niet aankon in haar conditie begreep haar vader ook.
Zijn schoonvader keek hem onbewogen aan.
'Door de verzakking is er een scheur van de bovenste etage naar beneden. Stutpalen moeten verdere scheuren tegenhouden.'
'Twee ton... en de rest, bedoel je.' De oude man stond op, wees naar de reiger die op het dak van een woonboot zat. 'Geweldig toch, zo'n brutaal beest.'
Wenksterman bleef rustig zitten en keek naar zijn riem. Als je beter keek, zag je dat zijn wollen jasje te groot werd. Zijn broek zakte bijna af. Geen greintje vet op dit negentigjarige lichaam. Deze oude man zwoer bij efficiëntie, hij geloofde dat mensen die ouder dan honderd worden spaarzaam met hun lichaam omgaan. Hij drukte zich waarschijnlijk nog dagelijks op, op de vloerbedekking van het deftige ouderenhuis. Al sinds hij hem kende at deze man alleen in

de ochtend en de middag; hij geloofde dat oud worden te maken heeft met de spijsvertering met rust laten – en hij hád een energie! Net als Napoleon had hij aan een paar uur slaap genoeg. Midden in de nacht stond hij op om te timmeren, klokken te repareren. Mensen kwamen van overal antieke klokken brengen. Wat deze man aanraakte werd goud, dat moest hij toegeven, dat was bijzonder. Hoe Veerle zo weinig van zijn discipline had kunnen erven was een raadsel.

Wenksterman keek hoe zijn schoonvader langs zijn boeken liep zonder naar de titels te kijken. Met de handen in zijn zakken wandelde de man door naar het achterraam om wat te staren naar het tuinhuis of de eiken.

Misschien moest hij de haard aandoen. Hij wreef in zijn handen. Hij besloot het vuur aan te maken, het was inderdaad koud hier en het gaf iets om naar te kijken; weinig zo rustgevend als vuur. Hij pakte wat dennenappels en een stuk krant. Vuur is de eerste levensvorm, dacht hij toen hij de lucifer aanstak. Hij wapperde, het wilde maar niet vlam vatten. Om er beter bij te kunnen ging hij op de grond zitten.

'Nou, dat lukt lekker,' zei Wenksterman.

Geen reactie.

Wenksterman was de afgelopen dagen gaan kamperen om na te denken. Over het huis, de oplossing, het geld, de fundering, zijn vrouw, zijn nachten met Ella. Maar zo is het nu eenmaal met de wind op je wangen, de geur van naaldbomen, het immense moeras, het grasland: er lijken geen vraagstukken meer te bestaan. Als je tussen het krakende hout op een kleedje zit en buiten slaapt, stromen alle gedachten weg. Wenksterman had geen blikopener bij zich gehad en had met zijn sleutel en een puntige steen een blik bruine bonen geopend. Het enige woord dat hem toeviel was nederigheid. Dat de verlossing in de nederigheid zit, daar was hij de afgelopen dagen, starend naar het nest van de zeearend, weer van doordrongen geraakt. Opgaan in een groter geheel. Jij bent niets. Hij geloofde niet in een ziel, het voortbestaan van zijn zoon, goddank was er geen God, het leek hem overvol in de hemel. Het niet-zijn. Het niets, de nietigheid. Dat gaf hem troost.

Hij schraapte zijn keel. Was hij alleen, had hij geen wortels en geen nazaten, dan zou hij zijn rugtas pakken en het grachtenpand wegschenken, zoals zijn voorouders het hadden bepaald. Maar zo was het niet.

Hij had aan zijn zoontje gedacht. Zou Thomas ook zo'n natuurliefhebber zijn geweest? Zou hij zijn verwondering delen? Gek, altijd als hij buiten was, leek de afwezigheid van zijn zoon aanweziger.

De secondewijzer leek trager en trager te tikken, vast te kleven aan het uurwerk, en Wenksterman keek naar de afgeschaafde vloer.

Zijn schoonvader draaide zich om en leunde met zijn hand op de vensterbank. Hij was misschien fanatiek en te veel aan het wereldse gehecht, hij was niet dom. Via de matrassenindustrie was hij bankier geworden, een geslaagd bankier. Dat was knap, zonder opleiding, zonder een boek te lezen. Wenksterman wist welke oplossing de man zo zou aandragen: verkoop de hele zooi. Zeven generaties familiebezit, graven in de tuin, dat waren sentimenten voor een man als hij, hij moest zich op de feiten concentreren. Denken zoals een zakenman dacht. Om hem voor te zijn zei hij: 'Ik zou een stuk tuin kunnen verkopen aan de achterbuurvrouw. Dan moeten de eiken gekapt. Het is niet leuk, maar het kan. Alleen... het huis verkopen kan niet. Zo is dat door mijn overgrootvader bepaald. Nazaten kunnen het niet verkopen. Nadat het laatste familielid hier vertrekt wordt het een stichting voor theaterschrijvers. Een schrijvershuis.'

Zijn schoonvader stond daar maar. Wenksterman pakte dropjes uit het schaaltje naast zijn pennenbak, liep naar hem toe en bood zijn schoonvader er een aan. Die merkte het niet op. Met volle mond sprak Wenksterman door.

'Ik krijg maximaal zestigduizend subsidie en de erfenis is op.'

Zo, de kaarten lagen op tafel. Als je een prik van de dokter nodig hebt, dan ook maar liever meteen.

Zijn schoonvader ging op de vensterbank zitten. Als stilte macht is, wist hij die tot het maximale op te rekken.

Wenksterman wilde niet langer dralen. Hij ging naast hem staan en keek naar buiten. Het tuinhuis was mosgroen in het zachte licht van de morgen. Overschaduwd door de bomen die hun laatste bladeren vasthielden. Zag die man hoe mooi het hier was? Hoe ongerept? De eerste keer dat Veerle hier kwam, vierentwintig jaar geleden, was ze onder de indruk van het pand, van de diepte van de tuin. Hij had haar meegenomen naar het stille deel, het geheime plekje achter het tuinhuis waar de hangmat hing. Middagen hadden ze er samen gelegen, uit het zicht van zijn moeder. Prachtig had ze het gevonden, zijn verhalen, de historie, hoe er bomen waren geplant en hoe de traditie behouden bleef.

Ze was gaan lachen. 'Je praat zo plechtig.'

Hij hield van haar gouden klaterlach. Ze had een band in haar wilde haren en ze was tijdloos mooi. Haar karamelbruine ogen. Hij hield van vrouwen die wat ongeremds hadden. Ze zag er mooi uit in die hangmat in de tuin, met die dikke buik, schommelend tussen grootvaders eik en het tuinhuis. Haar spontaniteit verwarde hij toen nog met vrijheid, haar levendigheid met moed.

Met de jaren begon Veerle er een punt van te maken. 'Ik wil niet in dit mausoleum wonen. Al die doden. Zoiets gaat in de muren zitten. Het kruipt in je bed.'

'Het is mijn familie.'

Op een dag wist Veerle zeker dat ze een dode zag. In het tuinhuis. Het was haar atelier, ze hadden het samen behangen in een vogeltjesmotief, zodat ze haar eigen plekje had, met haar eigen meubels, wat verder van zijn moeders kamers en haar prangende blik. Na die dag weigerde Veerle in haar atelier te komen, ze weigerde boven, ze weigerde de tuin, ze weigerde hele vleugels van het huis, tot ze zelfs zijn lichaam weigerde. Hij had een vrouw die dit huis als een levend organisme zag. Te lang had hij haar waanzin als een rijke verbeelding opgevat. Het zou wel overgaan. Misschien viel hem dat te verwijten, dat hij niet eerder zag hoe ze eraan toe was. Veerle was nu drie maanden opgenomen en met de dag werd het inzichtelijker: hij had zijn best gedaan, onbeholpen misschien, maar hij was bioloog, geen ziekenbroeder. Zoiets is genetisch, er mist een stofje in de hersenen, zo noemde de psychiater het. Harde woorden, maar verhelderende woorden. Het had lang genoeg geduurd, ze hadden alles geprobeerd, er was weinig mee te beginnen, een niet te dempen put, niemand trof blaam. Er waren geen keuzes. Er waren geen plannen. Het vermogen tot kiezen wordt chronisch overschat. Er zijn slechts natuurwetten. Haar nicht was een natuurwet. Een wereldse man als zijn schoonvader moest dat begrijpen.

Zijn schoonvader stond in gedachten verzonken, voor zijn boekenwand, en liep naar de voorzijde van het huis.

'Hoe vind je het zelf gaan met je vrouw?'

'Ze gaat vooruit. Het is goed voor haar daar, dat zeggen de doktoren ook.'

'Wie gelooft een dokter? Wie ziek wil worden moet naar een ziekenhuis.'

'Ik had niet het gevoel dat ik een keuze had, pa.' Wenksterman liep hem achterna.

'Keuzes zijn er altijd.'

'Ik wist het niet meer.'

'Nee, dat is duidelijk.' Zijn schoonvader ging zitten in de grote stoel bij het raam, legde zijn armen achter zijn hoofd, zonk achterover en staarde een tijd naar het riet dat uit het ornamentenplafond stak.

'De eerste keer dat ik hier was, was op jullie huwelijk. Je moeder was de week daarvoor bij ons in Apeldoorn geweest, om te overleggen over servetten en strikken, dat soort flauwekul. Marjan had de hele dag draadjesvlees laten trekken, maar je moeder at niks. Marjan praatte en praatte, ze wist niet wat ze anders moest met die stijfdeftige vrouw. Midden in haar verhaal stond ze op en zei: "Als jullie nou eens betere muziek draaiden en wat minder kaarsen brandden."'

Wenksterman kon een glimlach niet onderdrukken. Hij hoorde het haar zeggen.

'Je moeder gaf ons te verstaan hoe ze over ons dacht. Ik bood aan het huwelijk te betalen. Ze zei: "Dat oorlogsgeld van jullie, daar wil ik niets van." Ze at geen hap, ze moest zelfs ons eten niet.'

Ze zwegen.

Hij hoorde de man slikken. 'Nee, als uithuwelijken had bestaan, hadden deze families elkaar niet uitgezocht. Ik vond je iemand die zich wentelt in talent vóór hij iets heeft uitgevreten. Mijn vrouw zag dat anders, ze zei: Zijn ouders lieten hem een last na. Je moeder was zo'n bittere vrouw na de oorlog. We erven elkaars hiaten, elkaars bitterheid. Pas nadat Marjan stierf, begreep ik haar. We zijn meer met onze voorouders verbonden dan we denken. Individualisme is de misvatting van deze tijd.'

Zeg, hoelang ging dit college duren?

Zijn schoonvader begon te wippen op de stoel, hij sprak steeds harder, enthousiaster, alsof hij met elk woord jonger werd. 'Als ik iets heb geleerd in mijn jaren als bankier, is het dit: talent is niet zoveel. Je moet mensen nooit zeggen dat ze talent hebben, dan gaan ze naast hun schoenen lopen. Niet omdat ze arrogant zijn, maar omdat ze onzeker worden. Dat is hetzelfde. Als je alles hebt, durf je niet te bewegen. Dan wil je wat je hebt behouden: je zit stil en je verroert je niet.'

Hij was buiten adem, zijn stem viel soms midden in een zin weg. Hij vervolgde dat er altijd maar twee redenen zijn waarom je vastzit: er is iets wat je niet wilt voelen of er is iets wat je niet wilt zeggen. 'Bij jou, Wenksterman, is het allebei.'

Wat was dit voor modern psychologisch gereutel?

'Pa. Ik begrijp dat het een genoegen is mij de waarheid te zeggen en ik zal die ondergaan. Neem de tijd. Maar wat mij interesseert is het huis. Niet mezelf. Ik vraag het niet zomaar. Het gaat niet om mij. Het gaat om het behoud, en als behoud in íémands belang is, dan is het dat van je kleindochter.'

Zijn schoonvader antwoordde met een relaas over Amber. Hij zei dat meisjes als Amber het niet makkelijk hebben. Ze is te eerlijk, te romantisch, ze is zoals jij, Wenksterman, maar met de sensitiviteit van haar moeder. 'Haar zelfmedelijden, of hoe je het ook wilt noemen, is gevaarlijk, want ze heeft jouw intelligentie om daar een mooi verhaal van te maken. Dat meisje is geen wetenschapper. Waarom gaat ze niet naar het conservatorium? Ik dacht, je gaat me om geld vragen voor het conservatorium van Amber. Ik wilde zeggen: ja graag.'

Wenksterman schoof op zijn stoel. Dit ging alle kanten op.

'Als ze al stopt met haar studie, lijkt het me tijd dat ze gaat werken, een leven opbouwt. Ik maak me zorgen om de realiteit. Net wat je zegt.' De verwarming mocht uitstaan, het werd benauwd hier.

'Bouwen doe je op rechte palen, Wenksterman. Daar gaat het mis, bij de palen, begrijp je. Weet je wat de realiteit is? Veel mensen laten zich tot appelmoes vermalen terwijl ze geen appel zijn. Kijk maar om je heen: mensen laten zich appelmoezen. Dat meisje denkt dat ze een appel is, ze is de kers op de taart...'

Wenksterman begon te verlangen naar de oude versie van zijn schoonvader. Wat was dit voor gewauwel van iemand die de man met de hamer werd genoemd? Normaal had je je beginzin nog niet uitgesproken of hij gaf er een klap op. Waren dit de eerste tekenen van dementie?

'Vader. We spreken over het huis, niet over appelmoes. Ik wil graag eens met je filosoferen, over Amber, Veerle, de oorlog, wat je maar wilt, maar nu stelde ik je een simpele vraag. Wil je me geld lenen of niet?'

Zijn schoonvader schoof naar voren en keek hem indringend aan. 'Simpel antwoord: Amber. Je krijgt het van me. Als je haar vertelt wie ze is. Als je haar vertelt wat hier is gebeurd twintig jaar geleden, praten we verder.'

Wenksterman schrok. Hij had rentepercentages verwacht, inzage in zijn kasboekje, niet dit. Hij hoorde zichzelf slikken. Een gesprek met Amber, wat had dit ermee te maken? Moest hij eerst met Amber praten en dan pas ter zake komen? Dat ging allemaal wel even duren.

'Dit is een urgente kwestie. Je bedoelt... dat ik eerst met Amber ga zitten, en dat we dan pas over het huis...? Ik zie niet helemaal...'

'Het is mijn enige en eenvoudige voorwaarde.'

Wenksterman friemelde aan zijn handen. Een tijdlang keek hij naar het vloerkleed. Hij bleef naar het vloerkleed staren terwijl zijn schoonvader zei dat iedereen weet hoe verbonden tweelingen zijn.

'Je bent een bioloog. Ze kan zichzelf niet helemaal kennen en ze zal het je kwalijk nemen. Jezelf kennen, dat is het enige wat we hier proberen te doen. Je steelt haar waarheid met je zwijgen.'

Wenksterman keek nog steeds naar de grond. 'Ik heb het haar vaak geprobeerd te vertellen, alleen...'

'Alleen je doet het niet.'

'Het gaat niet lekker met haar studie. Ze slaapt slecht. Of dit nou het geschikte moment is...'

'Dat is het nooit.'

'Ik vertel het haar binnenkort, prima. We zijn het met elkaar eens, alleen...'

'Mooi dat we het eens zijn...' Zijn schoonvader hing naar voren en keek hem recht aan. Hij schudde wat van zijn broek.

'Zeg, ik moet naar bezoekuur. Mijn dochter. Ze wacht op me.'

Nerveus ging hij verzitten. 'Wat vertel ik de aannemer in de tussentijd?'

Zijn schoonvader trok zichzelf aan de stoelleuning omhoog.

'Dat hij tot de weergoden moet bidden dat het niet gaat stormen.'

Wenksterman liep hem achterna en raakte in de hal zachtjes zijn schouder aan. 'Ik heb het haar willen vertellen toen ze zestien werd, we gingen naar haar lievelingsrestaurant. Ze kreeg pizza. Ik zei: je moeder voelt zich schuldig, ik wil je wat vertellen. Ze begon te huilen, alsof er een stop uit het bad werd getrokken, ze hield niet op. Ze heeft geen hap gegeten. Ik heb maar afgerekend, we zijn gegaan.'

'Mensen wankelen als ze hun wortels niet kennen.'

'Ik wilde haar sparen.'

'Jezelf.'

'Ik kon het niet.'

'Je durfde niet.'

'Ik hou verdomme van je kleindochter.' Bijna onhoorbaar voegde hij eraan toe: 'Ik hou verdomme van Veerle. Waag het niet iets anders te beweren.' Wenksterman begon te ijsberen voor de deur. Als een portier. 'Zal ik jou eens wat zeggen? De mooiste post kwam van mijn jeugdvriend Peter Verheiden. Hij stuurde een lege kaart met alleen zijn naam. Wat mensen zeggen als het verdriet je treft: "Gelukkig was het nog een baby, die ken je nog nauwelijks." Dat soort flauwekul. Veerle viel over dat soort uitspraken, het leek of ze zich erin wentelde, of ze ze verzamelde, een plakboek met pijnlijke opmerkingen maakte, alsof ze op de pijn ging zitten, en aan haar hele adresboek wilde bewijzen dat pijn niet, nooit weggaat. Ik verlangde alleen nog maar dat iedereen zijn mond hield. Geen woorden, helemaal niets, de tijd uitzitten. Als Amber er niet was...'

Zijn schoonvader draaide zich om en liep op Wenksterman toe, even leek het of hij hem ging omarmen. Maar hij deed niets. Hij stond vlak voor hem, zijn schouders afgezakt, zijn handen opengevallen langs zijn iele lijf.

'Het was een ongeluk, Bram.' Hij zag eruit als een man van negentig die de honderd niet meer gaat redden. Zachter vervolgde hij: 'Je vergeeft het haar niet, ze vergeeft het zichzelf niet.'

Wenksterman slikte en fluisterde. 'Mensen oordelen.'

'Luister. Jouw vader vervoerde piloten in de trein van Groningen naar Nijmegen, mijn familie maakte kapitaal in de oorlog. Nooit zou ik oordelen; ik besta, ik lééf bij gratie van het niet oordelen. Ik zal jou wat vertellen.' Zijn schoonvader pakte zijn regenjas en deed hem aan. Hij stond vlak voor Wenksterman, zijn adem rook naar koffie. 'Op een dag moest ik een verhaal houden voor de Rotary. Veertig man in afwachting van het levensverhaal van deze voddenboer. Weet je hoe ik begon? Ik zei: mijn naam is Fons en mijn familie was fout in de oorlog. De mannen vielen stil, niemand bewoog, niemand klapte, niemand sprak me na afloop aan, maar ik liep huppelend de zaal uit.' Hij legde een hand op de schouder van Wenksterman. 'Ik snap meer dan jij denkt.'

Wenksterman wilde nog iets zeggen, meer vragen, meer praten, over het verleden, zijn vader, over van alles, over praktische zaken, hij kwam net een beetje los en daarbij: de constructeur zou morgen bellen met de vraag wat de plannen waren. Een aannemer moet je vooruit boeken. Maar de oude man draaide zich al om. 'Praat met Amber. Geef maar een seintje als je haar gesproken hebt.' Parmantig stapte hij de deur uit en zwaaide uitbundig – met de rug naar Wenksterman toe.

16

Met een droge keel liep Wenksterman naar de keuken. Even een slokje water. Het aanrecht stond vol boodschappen. Aardbeien en schuimpjes. Avocado's, ingeblikte bonen. Spul dat hij niet gauw zou kopen. Aardbeien, in oktober. Met deze uitstalling voor zijn neus werd het concreet. Morgen was het feest. Hij zou het wel doorstaan, die paar uur. Ella had zelfs de redacteur van de uitgeverij uitgenodigd. Zijn team van de faculteit. Wat moest hij, mensen afzeggen zou het maar eigenaardiger maken. Blijkbaar kwam zijn schoonvader ook.

Hij zuchtte.

Voor zijn wandeltocht had Wenksterman Ella nog op het hart gedrukt: geen poespas alsjeblieft, een bescheiden feest moet het worden. De verwachtingen waren laaggespannen nu de vrouw des huizes was opgenomen. Ella had zo'n dertig mensen uitgenodigd. Wat kaas en worst met een prikker, wat borrelnoten en bier. Voor wie bleef plakken chili con carne, macaroni, stokbrood voor zijn part. Ella had tegengesputterd en vol spot gezegd: 'Gut, wat ben je toch een bourgondiër.'

En toch stond hier een groothandel witte en rode wijn, flessen champagne. Servetten, zilveren kandelaars met extra lange kaarsen. Hij las de verpakking: minimaal twaalf branduren.

Wat had hij ermee te maken wat de mensen dachten? Van deze dame in zijn huis? Wat zijn dochter dacht, hij zou met haar praten morgenochtend.

Hij moest eens aan het werk, zijn column wachtte. De belangrijkste misvatting van schrijvers is dat ze wachten op inspiratie, op de juiste stemming, op de dag dat de mensen je met rust laten, de mensen en hun beslommeringen. Voor de schrijver gold hetzelfde als voor de bioloog: je hebt dagjesmensen die wachten op de zon voor hun recreatie en je hebt vakmensen die hun werk doen, ongeacht het weer.

Van de keuken achter in het huis liep hij naar voren. In de verte, aan het einde van de gang, viel door de open deur van zijn bibliotheek een brede bundel licht over het parket. Als een gouden wegwijzer op de vloer. Blijkbaar was de zon gaan schijnen. Hij liep de kamer in en wilde het linkerraam openzetten, hij werkte graag in de kou. Het rechterraam moest je niet gebruiken, dat was kapot. Helemaal vastgerot. Dit was het raam dat hij al eerder hoorde klapperen in de wind. Hij schoof er een houtje tussen. Hij was nog wat aan het rommelen toen voor zijn raam een witte vrachtwagen stopte met schreeuwgroene blokletters: AANNEMER VAN DER VAART. FUNDERINGSHERSTEL. Vast voor zijn buurman. Hij wist het raam goed dicht te trekken en liep naar zijn bureau.

De vrachtwagen bleef ronken. De motor draaide stationair, recht voor zijn deur.

Op zijn bureau lagen kruimels. Met zijn ene hand veegde hij ze in de andere en hij liep naar het raam aan de tuinkant, gooide ze naar buiten voor de vogels. Toen hij eenmaal zat en zijn pennenbak in lijn stond met zijn lamp, begon hij. Orde op tafel, orde in het hoofd. Hij sloeg zijn notitieblok open. De motor van de vrachtwagen ging uit, en wat even een strelende stilte was, vulde zich algauw met nieuwe geluiden van buiten: een beige geroezemoes, gelach van toeristen, tramgerinkel in de verte, galmend over het grachtenwater. Soms leek Amsterdam net Venetië, alsof hij leefde onder een kaasstolp van vertier.

Goed. De dop duwde hij op de achterkant van zijn vulpen en hij schreef: 'De heroïek van de regenworm.' De eerste zin moest iets zijn als: *Voor hij zich bij hen voegde, schreef Darwin een ode aan de regenworm.* Hij schreef het woord 'Voor', keek vervolgens naar zijn duim, die blauw was, zijn vulpen lekte.

Immense palen werden uit de vrachtwagen naar het huis van Kussendrager gedragen. Wat waren ze daar aan het doen? Terwijl hij zijn vinger depte op een zakdoekje, een nieuw inktpatroon pakte en het oude verving, keek hij naar buiten en lette niet goed op wat hij deed, het drupte op het fluweel van het antieke tafelblad. Zo werd het niks. Zo kon geen mens zich concentreren. Vloekend liep hij terug naar achteren, op zoek naar een kalmere plek, naar de schouwkamer, die lag diep verscholen in het huis, aan de tuinkant. Hij belandde met notitieblok en vulpen tegenover de schommelstoel, zich intussen afvragend wat de twist was. Elke column vraagt om een twist. En elke column begint met weten wat die twist is.

Het was tien voor vier, de zon stond al laag. Een specht landde op het gras. Hij zag het beest wel vaker. Keer op keer kwam het terug en prikte het een gaatje om wormen en mieren uit te pikken. Hij bestudeerde het vaalgroen van zijn veren, het zwart en rood rond zijn priemoogjes. Het zenuwachtige huppen. Die illusie heb je dan, dat het hetzelfde beest is. Wij mensen maken de boel graag persoonlijk, daar begint de ellende. Alleen de soort telt.

De voortgang der dingen. De troost is in wat voorbijgaat en blijft voorbijgaan, en dat er dus niks verandert als jij vertrekt, helemaal niks. Dat was de troost als hij wandelde. De troost van de onverschilligheid. Dat het niet uitmaakt. Dat niks uitmaakt. Over rottende takken lopen en weten dat jij daar straks ook onder ligt. Dat het doorgaat zonder jou. Het niets zijn en tot niets vergaan. Pas in de buitenlucht leek zijn brein voldoende zuurstof te krijgen om de gedachte aan zijn zoon toe te laten, alsof de fijnmazigheid van de natuur het enige is wat zijn gemis kon aanraken. De jongen was nog niet begraven, zijn urn stond nog in de tuinhuisklok.

Het gras lag bezaaid met molshopen. Omdat deze tuin geen plavuizen had, kwamen ze hier. Een mol eet per dag een stuk of vijftig regenwormen, de helft van zijn lichaamsgewicht. Mollen hoeven bijna niet te drinken omdat een worm voor 80 procent uit water bestaat.

Het was lastig schrijven op een slappe kartonnen ondergrond. Wat ook niet hielp was dat de nijver van de buurman blijkbaar naar de tuin was verplaatst. Door de bewegende schaduwen in de heg ontwaarde hij mannen met grote palen die ze tegen de gevel leken te stallen. Dat was nog niks vergeleken met het geweld waarmee er vervolgens werd geboord. Het trilde tot in zijn kaken. Hij sloot zijn ogen en probeerde zichzelf te horen denken, zijn bevindingen terug te halen, de rust van zijn wandeltocht, niet aan het gesprek van vanmorgen te denken. Aan de eisen van zijn schoonvader.

'Omzwervingen van een natuurminnaar' zo heette zijn rubriek. Dat op zich sloeg al nergens op. Er is geen natuur meer in ons land, alleen natuur die gedoogd wordt... schuttinkjes, hekjes, rechte paden, slootjes. Het collectieve misverstand begint met denken dat landbouw natuur is. De enige geur die ik de afgelopen dagen tegenkwam was die van mest. Hij schreef: wij zien boerenland, de kinderboerderij en het Vondelpark als natuur. Er ligt toch gras? Er staan wat struiken, er vliegen vogels, een molshoop hier en daar. Met een beetje geluk zie je een eekhoorn. Eén op de tien kinderen gaat jaarlijks de natuur in. Jaarlijks. Wat doet dat met de hersenen? We gaan smaller denken, zonder de woestenij, zonder haar verschrikkelijke onverschilligheid.

Toen hij opkeek zat er iemand. Op de schommelstoel. Peter, het was duidelijk Peter Verheiden. Die rommelige ongewassen haren, zoals popsterren in de jaren zestig, dikke haren, hij leek op de jonge Leonard Cohen. Dat magere ongespierde lichaam. De dunne armen zoals alleen muzikanten en vogelaars die hebben. Peter, zijn jeugdvriend, had zich gespecialiseerd in de leefwijze en bescherming van de steenuil. Hij glimlachte op die enthousiaste manier zoals hij bij scheikunde op de middelbare school al lachte, met die scheve mond van hem.

'Je hebt een spreekverbod, Wenksterman. Ik zou maar oppassen wat je schrijft.'

Wenksterman liet zich niet afleiden. 'In Engeland noemen ze dit *generational amnesia*, collectieve dementie. Het verschuiven van onze ijkpunten. Wie maar lang genoeg planten in een plantenbak houdt, vergeet dat ze in de vrije aarde vanzelf kunnen groeien. De jongere van nu denkt dat melk uit een fabriek komt. We noemen runderen massaal koeien, want ja, de stier wordt uitgeroeid, die bestaat niet meer in onze taal. Enkel wat nut heeft bestaat.' Er kwam vaart in zijn tekst en het was nog maar klad.

Peter zei: 'Het wordt een strenge winter. Er komt weer een discussie over het bijvoederen van de dieren. Een mediacircus. Mensen willen geen dode dieren zien.'

Wenksterman pauzeerde, zijn vulpen hing boven het papier. 'Dode dieren? Ha. Die zijn overal. Die mollen daar drinken regenwormen, ze worden bestreden met verdelgingsmiddelen. Is dat zielig? Het misleidende is dat de camera inzoomt op één enkel dier, en o, wat vinden we de dood dan zielig. Wat we niet zielig vinden is de massale vernietiging, wat we over het hoofd zien is het ecosysteem. De bio-industrie, gezonde herten afschieten op de Veluwe, dat vinden we normaal, maar een oud zwak dier dat stervende is na een mooi leven in een prachtig vrij natuurgebied, dat willen we bijvoederen.'

Peter leek er plezier in te hebben. Hij zei het pesterig, met een omhoogzingende melodie. 'Prachtig en vrij. Jij denkt dat je in Nederland nog vrije natuur terugkrijgt, die gebieden van jou zijn nou niet bepaald de Serengeti.'

Ja het werd een koude winter. Er zouden discussies gevoerd worden over bijvoederen en zijn mening zou niet gevraagd worden. Dat was Wenkstermans mening: dat er te veel meningen zijn. Dat mensen vooral een mening hebben als ze ergens weinig van weten. Hij weigerde op te kijken. 'We denken dat we alles moeten reguleren, graven, bijhouden en bijknippen. Weet je wat wij moeten? Eens helemaal niets. Opsodemieteren, dat moeten we. Het adagium van Lawrence, drie regels voor het opvoeden van kinderen. Ten eerste: laat ze met rust. Ten tweede: laat ze met rust. Ten derde: laat ze met rust.'

'Je raaskalt, Wenksterman, je haalt alles erbij. Je moet je argumenten clusteren. Een beetje doseren.'

Het boren in de achtergevel leek heien te worden. Pas nu keek hij op. Het leek of de muur doorboord werd, sterker nog, het leek of er geen muren meer waren. Wat waren ze aan het doen? Peter leek achter hem te staan. Zijn hand raakte zijn schouder net niet. 'Ze praten nu al laatdunkend over je. Zit je straks zonder column. Leest niemand meer wat.'

Hij weigerde op te staan en hij weigerde nog langer over de regenworm te schrijven. Darwin was te subtiel, dit was te veel een subonderwerp, iemand moest zijn mond opentrekken, iemand moest zeggen waar het op stond, hij zou schrijven over onze omgang met de dood. De titel diende zich vanzelf aan. Het heette: 'Van leven ga je dood, mensen!' Een uitroepteken. Hij stond op. Het boren was gestopt en hij had dorst.

'Je bent dood, Peet.' Wenksterman lachte hardop en hoorde zichzelf. Hij knipte een lampje aan en liep naar de tafel met feestspullen en scheurde een lauw biertje uit het karton.

Hij dronk haastig en boerde. Er klonk nog wat gestommel hiernaast, het werken leek klaar. Hij hing wat tegen het aanrecht en at de veel te luxe kaaszoutjes gedachteloos op. Toen het pakje leeg was en de laatste restjes uit zijn kiezen waren geschraapt, liep hij rustig naar het voorhuis om zeker te zijn dat de vrachtwagen weg was.

De gracht was leeg. Hij opende de voordeur en keek in de ogen van zijn buurman. Ze stonden allebei een moment stil, te wachten op de ander. Kussendrager schrok zichtbaar, maar herpakte zich, hij was de eerste die zwaaide. Wenksterman aarzelde en wenkte toen: 'Kom anders even binnen.'

Kussendrager veegde zijn voeten langer af dan nodig. Hij rook naar de buitenlucht. 'We zijn stutpalen aan het zetten.'

'Ik vermoedde al zoiets.'

Kussendrager vertelde op zachte toon dat hij gisteravond

bezoek had gekregen van Ella. Dat ze het over een feest had. En dat hij was uitgenodigd? Wenksterman beaamde dat, en hoewel Kussendrager subtiel probeerde te vissen naar haar positie gaf hij er geen antwoord op. Als vanzelf liepen ze samen naar het achterhuis. Kussendrager wat bescheiden achter hem aan.

In de keuken trok Wenksterman het doosje aardbeien open en stak er een paar in zijn mond. 'Wil je er ook een?' Kussendrager weigerde. Met volle mond noemde Wenksterman aardbeien de hoeren van tegenwoordig. Rood gespoten als siliconenlippen. Dag en nacht te krijgen in de eerste de beste supermarkt. 'In mijn moeders moestuin hierachter waren ze klein en onschuldig, met sproetjes. Er zaten groene tussen, die gaf je even tijd. Tijd was er eindeloos.' Hij sprak en ondertussen drupte er wat sap langs zijn kin. Hij slurpte het op.

Kussendrager zei: 'De stutpalen. Als je verstandig bent, wil hij het hier ook doen. Hij is nu toch bezig. Hij raadt het je ten zeerste aan. Wij willen niet op ons geweten hebben dat...'

Met zijn plakkerige aardbeienhand langs zijn broek vegend, maakte Wenksterman een instemmend geluid. 'Goed idee. Ik wil je trouwens wat laten zien.'

'Ik hoef niks te zien. Ik laat me niet ompraten, Wenksterman. Ik kom niet langer met vragen maar met mededelingen... De aannemer wil het weten, en als je wilt, zul je moeten betalen.'

Wenksterman interrumpeerde hem. 'Ik heb het geld. Het is onderweg. Het komt eraan. Er is grote kans dat het eraan komt. Kom nou even kijken, man.' Hij liep naar de schildering van Jacob de Wit. Kussendrager bleef staan in de donkere gang en staarde hem aan.

Vanuit de opkamer wenkte Wenksterman hem. 'Kom. Er is geld van de gemeente. Ik heb geld. Voor een aanbetaling. De rest komt. Een gerede kans dat het komt.'

Kussendrager bleef in de deuropening staan. 'Aannemers zijn geen mensen die aan gerede kansen doen. Ze doen alleen aan getallen, geld op hun rekening.'

'Hij kan zijn geld verwachten. Zeg dat maar. Kijk! Zie je deze lijn? Dit paard, zie je die zwarte lijnen? Dat is beenderzwart. Raad eens waarvan dit gemaakt is? Van beenderen, verkoolde botten. Ha. De prehistorische mens gebruikte het al om grottekeningen te maken. Dit vermaalden ze, en met wat water erbij werd het tot dit diepbruine zwart. Moet je kijken hoe schitterend, daar is onze synthetische verf niks bij.' Hij aaide het doek.

Heel langzaam zag hij Kussendrager naderen, uit zijn ooghoek. 'Meen je dat, dat je het geld overmaakt?' vroeg hij zachtjes.

'Vandaag nog. Zo direct. Meteen. Voor je bij je eigen huis bent, staat het op de rekening,' zei Wenksterman, al strelend over de manen van het paard.

Pas toen kwam hij bij hem staan. In de opkamer.

Kussendrager glimlachte voorzichtig, hij leek opgelucht. In stille bewondering stonden ze voor het doek. Samen. Ze ontspanden allebei en hadden voor het eerst in tijden een werkelijk gesprek, waarin Wenksterman hem uitvoerig uitlegde waarom Jacob de Wit statige grachtenpanden mocht beschilderen en hij beschreef waarom dit werk zo beroemd was. Mythologische schilderingen van de dierenriem. Diana, godin van de jacht, ontbloot op haar paard.

'Dit moet met respect en voorzichtigheid worden aangepakt.' Dat vonden ze nu allebei. Dat zag hij aan de open blik van zijn buurman. 'Er is geld, we betalen, maar we laten ons niet opjutten. Zet jij de boel na die stutpalen een paar weken stil, zodat we het rustig kunnen overleggen, dan zorg ik dat het geld er is.' Er kwam steeds meer frisse lucht de kamer in.

Wenksterman kreeg de indruk dat Kussendrager hem net zo goed probeerde gerust te stellen. Hij verzekerde hem dat zijn aannemer wist wat hij deed. 'Hij heeft ook andere rijksmonumenten gedaan. Het is een expert. Hij doet niet anders dan monumenten.' Kussendrager was naast hem komen staan.

'Een expert.' Wenksterman streek over het ruwe canvas. 'Dat is net als bij een dokter: ga naar het ziekenhuis, dan weet je zeker dat ze een ziekte vinden – als je je auto naar de garage brengt, is er ook altijd wel wat kapot. Als we ergens voor moeten waken, zijn het experts.' Hij hoorde zijn schoonvader resoneren in zijn eigen woorden.

'Meen je dat, van dat geld?'

'Tuurlijk.'

Waren Kussendragers handen net nog vuisten, ze ontspanden nu, en in de keuken nam hij zelfs een aardbei. Toen hij ging, zeiden ze 'tot morgen' en 'ja leuk'. Wenksterman had hem op zijn schouder geslagen en een grapje gemaakt, over gasten die tussen de stutpalen door binnen mochten struikelen en ze lachten samen, er leek werkelijk iets opengegaan tussen hen. En in zijn eigen borstkas, want toen hij Kussendrager eenmaal het huis uit zag lopen, viel hem voor het eerst op dat de man scheef liep, dat zijn ene schouder hoger stond dan de andere, en er schoot Wenksterman een aandoenlijk verhaal van zijn moeder te binnen: er was eens een man met twee emmers, in elke hand één. De ene was heel, de andere lekte. De man liep over een pad en mopperde over de lekke emmer. Toen keek hij om, en daar waar het lekte ontstond een pad met bloemen. Zachtjes neuriede hij een liedje van Cohen. 'There is a crack, a crack in everything. That's how the light gets in.'

Hij liep zijn werkkamer binnen. Lang leve de imperfectie! Eenmaal achter zijn bureau kwam hij na wat hij had beloofd: hij maakte het geld over, het saldo was toereikend, hij zou een speech houden over de geschiedenis van het lijkenbos in de tuin, hij zou een stuk schrijven over de dood en waar hij in geloofde, en ja, hij zou met zijn dochter praten. Ja, het was beter dat ze Amber tot nog toe niet over de toedracht van het sterven van Thomas hadden verteld, maar nu was het moment daar, hij zou het doen. Het moest een keer. Het moest voor het feest. Het moest en het zou, morgen om halftwaalf, zodra ze thuis was.

Toen ging hij in zijn luie stoel zitten om een dutje te doen. Met zijn schouders over de volle breedte en zijn ogen halfdicht wachtte hij op de aanwezigheid van zijn vriend. Toen hij niks zag, sprak hij hardop: 'Zie je, Peter. Ik zeg het je. Niks meer te verbergen.'

Het bleef stil.

17

Het was middernacht. De deur van zijn bibliotheek stond op een kier. Amber liep binnen. Alleen het lichtje in de wereldbol brandde. Zachtjes stapte ze de drempel over. Toen ze eenmaal binnen was, viel de deur met een klap achter haar dicht. Stokstijf stond ze. Hoorde ze iemand? Dat kon niet, het was nacht, haar vader sliep. De tocht, dat moest het zijn. Buiten waaide het hard, de regen sloeg tegen de ruiten. Het raam piepte in zijn scharnieren. Pas toen haar hartslag wat bedaarde, sloop ze verder.

Voor zijn bureau aarzelde ze. Ze knipte zijn lamp aan. Dit stilleven, zijn heilige microkosmos, ze streelde het groenfluwelen blad. Een lege mok. Het schaaltje drop waarvan hij zo spaarzaam snoepte. Keurig gesorteerde papieren in een bakje, op een geel briefje stond 'Monumentenzorg bellen'.

Moest ze dit wel doen?

Haar vader gaf niet om materie of roem, maar wee je gebeente als je aan zijn spulletjes kwam. 'Jij doet niet aan opruimen, jij doet aan kwijtruimen,' mopperde hij vroeger als zijn moeder het waagde één papiertje in zijn werkkamer te verleggen.

Ze pakte een hand met drop en propte haar mond vol. Voor een hoger doel deed ze dit, de orde der dingen, ze moest weten hoe het zat.

Wat als hij wakker werd? Met het slaan van de wind tegen de ramen was het lastig te horen of hij eraan kwam. Het tweede laatje van onderen, daar moest het liggen, zijn dagboek, ze trok aan het koperen hengsel. Geen beweging, het zat op slot. Waar lag dat sleuteltje? Amber beet de dop van zijn vulpen door hem tussen haar kiezen te klemmen en begon met de punt te peuren in het slotje. Dit ging niet werken. Ze kieperde de pennenbak om, zijn briefopener, punaises, puntenslijper rolden over het blad.

Geen sleuteltje.

Even dacht ze aan vroeger, aan hoe hij niesde, aan hoe hij hier zijn thee dronk en hoe ze vaak bij hem had gezeten met huiswerk, bijna zonder te durven ademen, ze wilde hem niet storen als hij colleges voorbereidde.

Amber rukte andere laatjes open. Wacht, de atlas.

Grootvaders atlas lag gedecoreerd op de uitschuifplank in zijn boekenkast. Ze liep ernaartoe en ja, daaronder lag het, een gouden sleuteltje, ze opende het tweede laatje. Vroeger had ze hem daar wel zien rommelen, als hij zijn notities opschreef, zijn vogeltekeningen maakte, dan zat ze daar en keek, bestudeerde zijn handen. Zijn dagboeken lagen naast een plakboek van haar geboorte. De hele stapel pakte ze, daar was het, het laatste boek, ze streelde de zijde. Japanse zijde, goudgeel met groene bloemen. Haar hand legde ze op haar buik.

Ze pauzeerde even. Als het waar was wat ze dacht, dan wist ze het achteraf al die tijd al, van Ella. Dat andere loopje van haar vader. Die ingesprektoon als ze hem belde. Hoe hij plotseling naar Wenen ging, op Mozartreis, terwijl hij met haar moeder in twintig jaar huwelijk nooit verder was gekomen dan Terschelling. Dat is de pest met de waarheid, daarom helpt verzwijgen niet: je weet het allang.

Een moment sloot ze haar ogen, haar handen op het boek. De fragiele kaft.

Lukraak opende ze bladzijden, er stonden vogels in getekend en er waren gedroogde bladeren in geplakt. Het leek wel een poëziealbum. Ze sloeg het dicht, staarde een tijdje voor zich uit en keek toen naar de rotzooi op zijn bureau. Waar was ze mee bezig? Ze verweet haar vader zijn geheimen en wat deed ze zelf?

Op het bureau stond een droogbloem in het vaasje dat ze eens kleide voor Vaderdag. Waarom zouden papieren in mapjes medelijden opwekken? Aan de andere kant, nog niet eerder had ze zo'n sterk vuur gevoeld om voor haar moeder op te komen, de vrouwelijke lijn, als een jojo, die haar terugrolde naar de warme plek waar ze was verwekt. Alsof ze, hoezeer ze haar moeders doodslust ook vervloekte, door onzichtbare draden met haar verbonden was gebleven.

Haar vaders vulpen zette ze terug in de pennenbak, de dop was nergens te bekennen. Ze kreeg het benauwd en liep naar de vensterbank aan de voorkant en deed het raam open. De papieren begonnen te trillen in het mapje. Dan trilden ze maar. Ze moest het hem gewoon op de man af vragen, niet dit stiekeme gedoe, met hem praten, over hoe het zat met Ella, het onkruid eruit rukken. Niet volgende week, niet over een maand, morgenochtend als ze allebei thuis waren.

Ze stopte het dagboek in de la en ze wilde net opstaan om het sleuteltje onder de atlas terug te leggen, toen ze onderin een uiteengevallen boek ontdekte. Op de kaft stond met krulletters *Het huis met de gouden ketting*. Keizersgracht 268. Anno 1663.

Plotseling liet een opgestoken rukwind de hele stapel papier op het bureau door de kamer vliegen. Dat raam moest dicht, en snel, ze probeerde het dicht te trekken in de tegenwind toen het tegen de gevel klapte. Het bleef scheef hangend klapperen. Ze stak haar hoofd naar buiten, een scharnier leek losgeschoten, het kozijn hing uit zijn voegen. Het houtje probeerde ze terug te duwen, het was te zwaar en het raam sloeg verder open. Liever liet ze de hele gevel instorten dan dat ze haar vader boven om hulp ging roepen.

In een reflex belde ze Johnno.

'Ik kom eraan,' zei hij. 'In tien minuten ben ik bij je.'

Haar vaders administratie zwierf door de kamer: offertes voor de fundering, de brief van Kussendrager. Witte enveloppen in de hoek, een dun roze papiertje op de stoel, een bon, het verspreidde zich over de vloerbedekking, een artikel over uitkering na brandstichting. Ze moest haar best doen er niets zwarts bij te denken. Waarom opende hij dwangbevelen niet? Ze bukte en raapte de vellen papier bijeen en schikte ze tot een slordige stapel. Dat was een klus, en ze was er zo geconcentreerd mee bezig dat ze niet merkte dat Johnno plotseling in de kamer stond. Zonder iets te zeggen liep hij naar het raam, sprong op de vensterbank, sjorde wat en binnen een paar tellen was het raam dicht, alsof er niets was gebeurd.

De laatste vellen propte ze in een bak naast zijn bureau en ze zakte in haar vaders luie stoel. Met haar hoofd achteroverliggend op de rand, zuchtte ze: 'Je bent de eerste normale mens die ik spreek. Wat heb ik behoefte aan normale mensen.'

'Wat ik in ieder geval ben, is leverancier van alcohol. Volgens mij kun jij wel een slok gebruiken.'

Ondanks de haast had hij een fles meegenomen en zelfs wijnglazen, de lieverd. Johnno zag er fris uit in zijn witte trui. Zijn rechte kaken, die brede mond. Was hij niet zo succesvol in de bouwwereld, dan kon hij zich altijd nog opgeven voor een tandpastareclame. Zijn regelmatige gebit leek gemaakt om de wereld geruststellend toe te lachen: waar maken jullie je druk om?

Hij schonk witte wijn in en zette de glazen op de schouw. Ze keek naar zijn schouders, niet te smal, niet te breed, alles aan hem had de juiste proporties. Als de maatschappij een bed was, had Johnno de juiste afmetingen: hij paste er precies in. Lange benen die de spijlen niet raakten, gespierde schouders. Zijn spreektempo was gelijk aan zijn denktempo. Een van de redenen dat hij een graag geziene spreker was op televisie. Als er in een praatprogramma iets te vertellen viel over de huizenmarkt, werd Johnno uitgenodigd. Ze noemden hem de huizendokter.

Hij klopte op de lambrisering van haar vaders bibliotheek. 'Ik wist dat het hier gammel was, maar zo...' In de vier jaar dat ze samen waren kwam hij hier nauwelijks, hij voelde zich niet thuis bij haar vader. Hij keek naar het plafond: 'Het zou niet het eerste grachtenpand zijn dat door zijn voegen zakt. Ik ken een pand op de Bloemgracht dat instortte en daarna moest het pand van de buren ook onttakeld worden. Vier verdiepingen binnen een kwartier, plat op de grond.'

Ze vertelde over de dreigementen van Kussendrager.

'Terecht,' zei hij. Amber beet op haar nagels. Johnno had het vermogen om de grootste complicaties te verpulveren onder een hamerslag van intelligente eenvoud. Het leek nu al of er meer zuurstof in de kamer was.

'Nou, lekker,' lachte ze, 'ik dacht dat je me kwam opbeuren, John.'

Hij kwam naast haar zitten, legde zijn hand op haar knie. Ze rook zijn kauwgom.

'Mijn vader heeft wat met het nichtje van mijn moeder.'
'Verbaast je dat?'
'Vind jij dat normaal dan?'
Hij trok zijn schouders op. 'Geef hem eens ongelijk. Als je vrouw jarenlang haar haren niet meer kamt, haar bed niet meer uit komt.'
'Dat jij het voor mijn vader opneemt.'
'Ik neem het voor jóú op.'
'Ik dacht dat je dol was op mijn moeder.'
'Daar heeft het niks mee te maken.'
'Waarmee dan wel?' Haar stem schoot omhoog.
'Dat dit niet jouw probleem is. Jij kunt hier niets tegen doen.'
'Hij bedriegt mijn moeder; als dat mij al niet aangaat, wie dan wel?'
'Je voelt je veel te verantwoordelijk. Je doet net alsof het jouw schuld is.' Hij zweeg even. 'En dan ga je ook nog hier wonen.' Ze wist wat hij bedoelde, kom toch bij mij, in de Kerkstraat. Ze zuchtte.
'Dat is jouw enige probleem, Amber, dat je denkt dat je een probleem hebt, omdat je de problemen van anderen de jouwe maakt. Laat ze erin zakken.'
'Als het zo simpel was.'
'Zo simpel is het.'
Het werd een semantische dans over het woord 'simpel', tot het lallen werd, en nog later, na een paar glazen wijn, ging hij bij de stutpalen kijken. Ze hoorde hem zich afvragen welke beunhaas dit zo had neergezet. Toen hij weer binnenkwam, zijn lokken in de war, dronken ze nog een glas wijn, en nog een, en toen Amber een monoloog hield over Ella aan haar moeders kaptafel, had hij haar vingers tussen de zijne geklemd, ze warm gewreven en de binnenkant van

haar pols geaaid. Heel zacht. Het zat tussen strelen en niet strelen in, hij wist hoe gevoelig ze was voor zulke sensualiteit. Hij zei dat ze mooi was als ze boos was en dat hij haar alleen maar mooier zou gaan vinden met de jaren, en ze rook de frisse komkommergeur uit zijn mond.

Even had Amber niks liever gewild dan in zijn armen neerdalen. Neerdalen, dat was het woord. Alsof zij wegwaaiend tentdoek was en hij de haringen die haar vasthielden. Alleen vond ze dat ze het niet kon maken – ze moest eerlijk zijn, hij was enkel een wegwijzer in deze verwarring. Toen ze tegen zijn schouder leunde, aaide hij haar rug, en even kwam het losse gevoel van gisteren terug: hoe ze met Ella in het tuinhuis danste en zichzelf daarna streelde en zo naar mannenogen had verlangd.

Hij kuste haar. Zacht en met de tederheid van een begin, zijn lippen waren al vochtig, en haar tong viel nauwelijks van de zijne te onderscheiden. Het begon te tintelen tussen haar benen. Hij leek het te ruiken, want hij zoende haar in haar hals, steeds lager, en toen ze even in elkaar opgingen als vroeger, gleed zijn hand omlaag en wurmde zich in haar spijkerbroek. Het was lekker, ze bewoog mee, al vond ze het altijd lastig om genoeg te voelen als ze stond, en met hem naar bed gaan, dat kon zeker niet. Haar heupen begonnen sneller te wiegen, ze zakten samen in haar vaders luie stoel, zijn hand ondertussen nog in haar broek, zij op zijn schoot, hij wreef zachtjes en ze gaf zich aan zijn bewegingen over tot ze zich plots realiseerde dat ze in haar vaders bibliotheek was. Ze stelde zich voor dat haar vader hier op zijn luie stoel achteroverlag, terwijl Ella op de grond zat en... welke perverseling denkt zoiets?

Ze schudde met haar hoofd. Johnno merkte meteen dat ze afgeleid was.

'Hé, wat is er?'
Nog steeds zijn hand in haar broek, alleen kon ze zich niet meer concentreren. Het was een object geworden, die hand. Een onhandig object. Dit gebeurde steeds – dit haperen – het laatste jaar dat ze samen waren. Zij wilde wel maar haar lichaam niet. Of was het andersom: haar gedachten streden tegen het verlangen van haar onderlichaam, zoiets? Ze wist waarom ze het had uitgemaakt. En nu was ze nieuwe verwachtingen aan het wekken? Ze had altijd het idee dat hij een vierkante bril op de ronde werkelijkheid zette – en dat leverde dode hoeken op. Zag hij haar eigenlijk wel? Begreep hij dat zij de dingen wél subtiel en ingewikkeld vond?

Johnno had zijn hand uit haar onderbroek gehaald en aaide met een vochtige vinger over haar wang.

'Je ruikt lekker,' zei hij.

Amber zette een stap naar achteren: 'Ik kan het niet, sorry.'

Het klonk plompverloren. Ze moest iets zeggen, gaf niet wat, en het enige waar ze op kwam was het enige wat ze hem te bieden had: 'Kom je op mijn vaders feest morgenavond?'

Zonder uitdrukking keek hij haar aan.

'Als mijn vriend,' zei ze. Ze had beter kunnen zeggen '*een* vriend', of liever nog niks, maar ze was slecht in andermans verdriet.

Toen hij naar huis was, vertelde ze zichzelf dat het goed was voor alle partijen. Misschien was hij de aangewezen persoon om haar vader te helpen met het pand. Johnno wist vast en zeker een oplossing. Dat haar vader haar liever met een jazzmuzikant zag dan met een projectontwikkelaar was één ding. Hij en Johnno waren beiden zintuiglijke mannen met een cynische nuchterheid. Ze leken meer op elkaar dan ze zelf doorhadden, en in zijn vak zou haar vader Johnno zeker serieus nemen. Was dat niet het mooiste cadeau dat ze haar vader kon geven, een oplossing voor de verzakkingen?

18

Het was nog geen negen uur 's ochtends of Ella zat al met haar rok opgerold aardappelen te schillen voor de aardappelsalade. Wenksterman kwam terug van zijn ochtendwandeling en stond wat te dralen. Ella had de boodschappen gedaan in de dagen dat hij aan het wandelen was. Dat dit een klus was begreep hij ook wel. Hij had nog gezegd: houd het simpel. Alles wat ze maakte moest zó eenvoudig zijn dat zelfs hij het had kunnen maken – 'wenkstermaniaans sober' was de norm. Hoewel het hem geen bal kon schelen wat anderen van hem dachten, hadden ze er niks mee te maken dat hij de nicht van zijn vrouw in huis had. Hij was van zichzelf, van niemand anders, hij was een man alleen die zijn eigen happen bereidde. Zo moest het overkomen. Toch was ze waarschijnlijk onafgebroken bezig geweest en dat liet ze luidruchtig zuchtend blijken: in de kelder stonden zes schalen chili con carne klaar onder een dun laagje doorschijnend folie. Die pasten niet in de ijskast, en dat hoefde ook niet, want het was vrieskoud en donker in het vertrek onder het huis, daar waar vroeger – in de jaren van zijn overgrootouders – de bediendes maaltijden bereidden.

'Als je je schuldig voelt, mag je een kop thee voor me zetten,' zei ze. Haar toon ontging hem niet.

Hij stond op en liep naar de waterketel, vulde die en stak het gas aan. 'Schuldig?'

'Dat jij vogels bespiedt en ik me hier al dagen uitsloof voor jouw feest.' Hij keek om, ze lachte naar hem, hij kende haar duizend soorten lachen en dit was er geen van.

'Ik zei toch stokbrood is ook goed. Geen heisa.'

Ella bleef stil. Zo'n benauwende stilte waarmee een vrouw je inpepert: hóór je wel hoe stil ik ben? Ze gooide de aardappelen met een steeds hardere plons in de pan water en schilde sneller en sneller. Nog één klaar en nog één. Spetters schoten steeds hoger, alle kanten op. De keukentafel werd er nat van. Als er iets was, kon ze het toch zeggen? Raden? Kom nou, zeg, hij had genoeg kopzorgen.

'Kom, geef mij ook een mesje.'

Ze bleef geconcentreerd schillen. Er lagen nog een stuk of twintig aardappels op haar schoot. Hij liep naar de bestekla, pakte een mesje, pakte kalm twee piepers tussen haar benen vandaan, ging zitten op een kruk naast haar en boog haar kant op.

Een zoen, misschien hielp een zoen.

'Het wordt gewaardeerd. Echt.' Hij gaf haar een smakzoen met extra geluid op haar linkerwang. 'En Amber?' Hij wees naar het tuinhuis.

Ella haalde haar schouders op. 'Slaapt nog. De schalen staan in de kelder. Ga maar kijken. Dan zie je hoe je vrouw haar best heeft gedaan.'

Je vrouw? Wat had Ella? Hij stond op. Ze was toch niet van de etiketten? Dit zouden ze toch juist niet doen, dat was hun verbond, geen namen nodig hebben. Er klonk iets in haar toon, iets wat hij niet kon thuisbrengen en dus maar beter kon negeren.

'Weet je wat ik ga doen? Hardlopen.' Ze stoof de trap op om zich te verkleden.

'Prima.' Zij wilde dit feest. Hij niet. Dat is de kunst met

vrouwen: ondanks hun gedraai niet duizelig worden.

Toen Wenksterman naar de kelder afdaalde, het trappetje af liep, eerst zijn lijf en daaropvolgend (ietwat naar achter gebogen) zijn hoofd om zich niet te stoten (hoe vaak was hij dit trappetje al af gegaan?), zag hij het. De boel was ondergelopen, meer dan een halve meter. De vloer glom dreigend en er dreef een plastic zak in het water. Het zwart was donker en rimpelloos. De geur van rotting. Van kamperen en riool. Had het gelekt? Hij keek omhoog, voelde met zijn hand, nee, het plafond leek droog. De dikke buizen langs de zijkant waren wit. Het plafond was roestrood, als altijd. Waar kwam het vandaan? Hij deed het licht aan. Het water kwam van onderen, waarvandaan anders? Godallemachtig, dat ook nog. Een overgelopen badkuip. Het had hard geregend, maar niet meer dan in andere jaren, hoe kon het hier dan 1953 zijn? Dat was op zijn zachtst gezegd opmerkelijk. Had het met de verzakking te maken? Was het grondwater? Er dreven een stoffer en blik op het zilverzwarte oppervlak. Hij wilde hier niet over nadenken, al helemaal niet nu.

Boven deed hij zijn schoenen uit, daarna zijn sokken, hij rolde zijn broek tot boven zijn knieën op en toen stapje voor stapje van de trap liep hij zonder aarzelen het water in. Het kwam tot aan zijn bovenbenen. Wenksterman nam de kortste route naar het bier, de wijnglazen en de schalen van Ella. Het water was ijskoud, de spieren in zijn kuiten trokken samen. Door zijn bewegingen kwam er een slootlucht vrij. De Heineken-etiketten dropen toen hij de kratten met flesjes omhoogviste. Hij waadde met de twee kratten en trage passen door het water, heen en weer naar het trappetje en terug.

Pas toen hij bij de tafel aankwam met de rij schalen chili, zag hij het. Het eten was schuimig aan de bovenkant.

Was dat de bedoeling? Het was hier koud genoeg, zoiets kon toch niet in één dag schimmelen? Was het vocht in de schalen gekropen?

Hier zag hij zichzelf niet mee boven komen, bij Ella. Hij wist wat hem te doen stond – wat niet weet wat niet deert, en dan maar beter meteen. Hij trok de folie eraf. Van de tafel pakte hij een spatel en schepte de schimmel, hup, de vuilnisemmer in, die nog net boven de waterspiegel uit kwam.

Wenksterman vond een schone vork om het geheel mee te roeren, het tomaatje dat bovenop lag als garnering belandde ergens onder in de bonenbrij. Bij de volgende schaal ging het al beter.

De materiële wereld kon hem gestolen worden. Spullen, bakstenen, gedoe. Hij had een half boek uit kunnen lezen in de tussentijd. Wie bedenkt het ook, een feest? Als jongetje had hij al een hekel aan partijtjes, sloop hij weg als zijn vriendjes stonden te koekhappen. Hoe komen mensen op het idee om met elkaar in een ruimte te gaan staan vanwege zoiets triviaals als een leeftijd, elkaar dan een ingepakt prul geven – iets wat je niet nodig hebt, anders had je het zelf wel gekocht –, waarop je dan moet zeggen dat het leuk is, ook als het dat niet is? Hij had uitdrukkelijk gezegd dat hij niks wilde hebben en niks nodig had. Dat scheelde iedereen pijn in de kaken. Waar anderen het asociaal vinden om *niet* op elkaars verjaardag te komen, vond hij het asociaal om anderen op je verjaardag te verwachten. De druk die mensen elkaar opleggen – nu deed hij die zijn gasten aan. Hoe zou het zijn als we allemaal eens gingen doen waar we zin in hadden? Dat leek hem nog eens een wereld, moest hij daar vijfenvijftig voor worden?

Al roerend nam hij zich voor, de berg bonen herschikkend zodat die een plat geheel werd, dat hij als hij moe was vanavond gewoon zou zeggen: 'Lieden, doe de lichten uit als je gaat, de jarige gaat naar bed.'

Zijn broek was doorweekt. Het zand op de grond vermengd met het koude water voelde alsof hij in januari pootjebaadde in de Noordzee. Hij waadde weer met een schaal naar het trapje. Een druipende uitstalling op de treden. Het moest allemaal de gang in getild, nat en wel, daarna opgeborgen. Het liefst voordat Ella terugkwam.

Wenksterman glimlachte bij de gedachte aan zijn moeder die tijdens een kerstdiner in de deftige opkamer met kaasfondue kwam aanlopen. Ze droeg hakken en dan wist je genoeg, zijn moeder droeg nooit hakken. Een gespannen sfeer, zoals vrouwen dat plegen te doen op feestdagen, hun kruit verschieten in te veel opgelegde gezelligheid. Ze bleef haken aan de hoek van het tapijt, viel met kaasfondue en al, de gele drek lag op de grond. Hij was opgesprongen om te helpen opruimen. Moeder wilde er niks van weten: we gingen geen boterhammen eten, gewoon hard laten worden, die fondue, dan rol je alles zo van het tapijt, afwassen, de ergste viezigheid eraf, terug de pan in, opwarmen en opeten, niks aan de hand. Wee degene die over stofdraadjes in zijn mond zeurde.

Toen hij de schalen in de gang had gezet, zei hij zachtjes tegen de kelder: 'Na het feest ben jij de eerste.' Hij sloot de deur en daarmee was het hopelijk ook gedaan met de gedachte aan wat er stond te gebeuren.

Dat was nog niet eenvoudig. Hij had een knoop in zijn buik. Moest hij straks ook een nieuwe betonbak laten storten? Ze konden onderhand beter een nieuw pand optrekken voor het geld dat ermee gemoeid was. Je zou de boel nog bijna in de fik steken. Hij moest zijn brandverzekering eens bekijken. Hoe stond het trouwens met de rest van zijn verzekeringen?

Een voor een had hij de schalen naar de keuken gebracht en afgedroogd. Een spoor van natte voetstappen in de gang. Hij schoot de trap op naar boven. Eerst maar een schone broek. Ella hoefde niet te weten van de kelder, ze was al zo bezorgd over het pand. Ze vond dat hij uitstelgedrag vertoonde, drong steeds vaker aan op een plan, op de verkoop van een deel van de tuin, op een modern appartement als de Keizersgracht niet meer te betalen was. Hij kon toch ook een deel van het huis verkopen? 'Dingen gaan voorbij,' zei ze dan, 'daarom heet het ver-le-den.' Dat hij zijn verleden *was*, dat hij dit huis *was*, inclusief de opgedroogde kaasfondue, ach, laat ook maar.

Beneden stond Ella in joggingpak naast de schalen op het aanrechtblad.

'Wat is hiermee gebeurd?'

'Beetje geroerd.'

'Waarom?'

'We zetten het in de ijskast van het tuinhuis.'

'Dit kun je mensen niet serveren.'

'Dan gaan ze lekker naar huis, als ze honger krijgen. Het is een borrel.'

Ella veerde op. 'Als ik de gastvrouw ben, serveer ik dit niet.' Ze zag er bezweet uit, haar haren als touw op haar wangen geplakt.

'Je hoeft geen gastvrouw te zijn. Je hoeft helemaal niets.'

'Dus ik mag wel hapjes maken en dagenlang in de keuken staan, maar gastvrouw zijn, ho maar!'

'Je mag alles.' Hij gaf haar een arm en probeerde haar blik weg te trekken van de schalen. Toen ze dichterbij stond, pakte hij haar schouders en zoende haar nek op plekken waarvan hij wist dat ze het lekker vond. Ze deed haar ogen dicht en liet haar schouders hangen. Een zacht vest had ze aan, als de vacht van een lammetje. Zoveel wist hij van mode: vrouwen die zachte truien aandoen willen geaaid worden. Hij pakte haar steviger vast, dat hielp, zeker als ze emotioneel was, dan moest hij stevig met haar omgaan, een beetje weerstand, dan sloeg haar stemming om. Hij begon haar te wiegen zoals hij Veerle vroeger wiegde als ze verdrietig was. Ze waren even stil. Hij fluisterde: 'Je bent mijn Abessijnse woestijnkat, dat weet je toch. Kan ons de wereld schelen.'

Eindelijk leek ze te ontspannen, haar lenige lichaam soepel om het zijne. Hij voelde zijn spieren verzachten, alsof zijn dijen vloeibaar werden, zich vormden naar de hare. Hij zoende haar hals, trok haar vest wat naar beneden. Ze rook naar zonnebrandolie op het strand.

Even leek het of ook haar adem sneller ging. Toch maakte ze zich van hem los, liep naar de pan en de mesjes op de keukentafel en gaf hem een aardappelschilmesje.

'Alsjeblieft, meneer.'

Hij ging er maar weer bij zitten. Aan het keukenraam zaten ze samen in stilte te schillen. Hij vroeg zich maar niet af waar het voor nodig was, ook nog een aardappelsalade.

Wenkstermans ademhaling bedaarde, hij kon er wel om glimlachen. Ouderwets gezellig. Wenkstermanproof. Aardappelsalade. Een koolmeesje trippelde over de vensterbank. Om de beurt sloegen ze een vlieg weg, die steeds op hun wang wilde gaan zitten.

'Weet je hoe ik me voel? Als die vlieg. Nee, minder, een vlieg bestaat.'

Wat zei ze nou? Wat was dat toch met vrouwen? Waarom moest het zo cryptisch? Abstracties, prima, maar dan wel met enige consistentie, wat logica alsjeblieft. Hij had zo geen aanknopingspunt voor een rationeel gesprek, het enige wat hij hoorde toen hij opkeek en haar hangende mond bestudeerde was: jij maakt mij niet blij.

'Ik snap er niks van. Amber is hele dagen weg of sluit zich op in het tuinhuis. Ik tref een nukkige vrouw aan, wat is er toch?'

Ella nam een slok thee. Hij hoorde haar slikken, een intiem geluid.

'Ik mag de boodschappen doen, ik mag met je dochter in je huis zitten, haar helpen, en ik mag de klappen opvangen als ze doordraait.'

'Dóórdraait?' Was Amber weer zo zenuwachtig over dat zingen? Kon ze weer niet slapen?

Ella nam nog een slok. 'Boven. Ongelooflijk. Eergisterenavond. Jij was weg. Ik zat in je slaapkamer...' Ze verslikte zich, een rauwe hoest, ze wees naar haar rug. Hij stond op en begon te kloppen.

Ella was rood aangelopen. Ze sprak met vervormde stem. 'Gadver. Volgens mij zat die vlieg in mijn thee. Nu zie ik hem niet meer. Heb ik hem doorgeslikt!'

Wenksterman gaf haar een klapje op de schouder. 'Kan geen kwaad, zo'n vlieg. Beetje eiwitten. Net als zaad, niks mis mee.' Hij wist dat Ella van seksgrappen hield.

Ze keek hem van onderen verbaasd aan en lachte, goddank. 'Wat is dat voor smerige hint?'

Het was een opening, hij moest zijn voet er nu steviger tussen duwen. Wenksterman voelde zich trefzekerder. Hij streelde haar haren. 'Zo ken ik je weer.' Hij trok haar omhoog van haar stoel en kuste haar voorzichtig, haar tong voelde koud. Zij had hem een andere methode van zoenen geleerd: hij mocht niet draaien met zijn tong, hij moest zachtjes duwen, dat vond ze lekkerder. In het begin werd hij wat nerveus van dat directieve. Hij hield niet van dwingende vrouwen, daarin was hij ouderwets; hoewel hij op de universiteit uitgesproken modern was en vóór emancipatie, had hij in zijn eigen armen graag een zachte vrouw, een vrouw die meebewoog. Een vrouw die misschien niet voortdurend blij was, maar op zijn minst tevreden.

Ella legde haar hoofd op zijn schouder. 'Amber draaide helemaal door, toen ze me in jouw kamer zag.'

Wenksterman maakte zich los. 'In mijn kamer? Mijn slaapkamer, bedoel je?'

Hij stond op en liep naar het raam. Jezus, wat deed Ella daar dan ook? Kon ze niet wat tactischer zijn? Achter zich voelde hij vragende ogen, hij wist dat Ella op een reactie wachtte, vervelend, hoe ging hij dit Amber uitleggen? Nog meer gedoe. Een grom kwam uit zijn keel. Dat zou zijn gesprek over Thomas niet ten goede komen. En dan die kelder. Hoe langer hij naar de hoek in het plafond keek, hoe dieper het leek door te zakken. Hij voelde zich moe worden. Futloos. Wat een gewicht, het liefst zag hij even helemaal geen vrouw.

Hij dacht aan Veerle en aan haar kaptafel, aan hoe ze daar haar schoenen aantrok, aan hoe ze haar haren kamde met de zilveren borstel, hoe hij vroeger zijn verhalen deed en zij dan naar hem luisterde. Hoe Veerle kon genieten van feestjes, haar schaterlach door het huis.

'Wat deed je eigenlijk aan die kaptafel?'

'Een tampon zoeken, als je het weten wilt.'

Hij zweeg wijselijk. 'Veerle geeft veel om haar kleren, om haar spullen. Ik heb liever niet dat je aan haar kaptafel zit,' zei hij.

Ella stond als versteend. 'Misschien wil ik hier wel niet meer wonen, weet je dat?' Een tijdlang stonden ze bewegingsloos tegenover elkaar. Wachtend op wie het eerst wat zei. Toen sprak ze, op zachtere toon: 'Misschien is het voor jou ook goed om eens opnieuw te beginnen. Een flat, stel je eens voor, geen zorgen. Iedereen laten weten dat het ónze flat is, en als we dan mensen uitnodigen, maken we lekkere hapjes. Zalm met mierikswortel, sushi, weet ik veel. Het zal wennen zijn voor je, maar ik denk dat je je nog wel eens bevrijd zou kunnen voelen van alle lasten hier, al die dode en levende lijken.'

Wenksterman voelde dat dit niet het moment was om de geschiedenis, het reglement van zijn overgrootvader, uit de doeken te doen: als hier geen familie meer woonde, werd het pand weggeschonken. Dat had hij haar nog niet verteld.

Hij keek naar haar beginnende fronsrimpel. Waarom keek hij toch met zoveel verwondering naar emoties – als naar een exotische vis in een aquarium? Het enige waar hij zin in had was een boek. Hij zag zichzelf weerspiegeld in het keukenraam. Oude man met wallen. Waar was dat jongetje gebleven? Die jongen die om vier uur 's ochtends met een pak brood onder zijn snelbinders op zijn fiets stapte op zoek naar het laatste nest haviken? Het jongetje dat een meerkoet met een bevroren bek uit een wak viste, door de boswachter in de kraag werd gevat, omdat die hem voor een stroper aanzag – die voor de kantonrechter een machtig betoog hield dat hij geen kwajongen was maar een ontdekkingsreiziger in een wereld waarin de mensen elkaar wijsmaken dat de aarde plat is. Een jongen die in knickerbocker (zelfs in de winter) *stond* voor zijn zaak?

Ella's stem werd hoger. Ze was gaan staan met haar handen in haar zij. Dezelfde vraag bleef ze herhalen, iets over 'commitment', of hij eigenlijk wel wist wat dat betekende. Lelijk vond hij dat, dat gebruik van Engelse woorden.

Hij moest het zeggen. 'Dit huis is niet te verkopen. Onmogelijk. Gaat niet gebeuren.'

Ella leek het niet eens te horen.

Wenksterman stond op. Ze had gelijk, hij moest eerlijker tegen haar zijn. Tegen Amber ook. De luiken moesten open. Dit was de Dag der Bekentenissen. Hij probeerde het nog een keer.

'Sorry, Ella, je hebt gelijk, ik ben soms afwezig, ik ben bezorgd, bezorgd om het huis, om Amber. Ik ben bang. Als ik haar vertel over Thomas, raak ik haar kwijt, daar ben ik bang voor, dan schuift alles van me weg. Ik heb met mijn schoonvader gesproken, er moet wat gebeuren hier. Hij zegt dat ik in actie moet komen en hij heeft verdomme gelijk, ik kan me niet langer verstoppen. Ik ga het haar zo vertellen. Het huis is er hopeloos aan toe en nu is de kelder ook nog ondergelopen.'

De beschimmelde chili con carne liet hij even zitten. Dit was het wel weer. Hij zuchtte. Lekker, hij voelde zich lichter. De knoop in zijn maag leek een slag losser.

'De kelder.' Ella vouwde haar armen over elkaar. 'Hoor je het zelf?'

'Sorry?' Hij had verwacht dat ze hem in zijn armen zou vallen, na zoveel openheid. Dit wilde ze toch?

'Je praat over Amber, je praat over het huis, je praat over geld.'

Moest hij nu naast haar gaan zitten? Hij piekerde er niet over; wat hij ook deed, het was toch niet goed. Hier hadden ze trouwens geen tijd voor, nieuw drama, hij niet, zij ook niet. Hij liep naar de deur. 'Wil je dat ik je even laat?' Er trad een metaalmoeheid op, van dit soort gesprekken.

Ze perste haar lippen op elkaar. 'Natuurlijk wil ik niet dat je me laat, lul! Ik wil dat je zegt dat ik hier bij jou hoor. Dat ik je vrouw ben. Dat ik niet tussen jou en je dochter in sta, dat ik een plek krijg.'

Wenksterman mompelde: 'Je bent hier toch. Als het anders was, als je niet welkom was, had ik het je gezegd.'

Haar vragende blik. Zijn knikje, het bijten op haar lip, het friemelen met haar handen, de stille verwijten, dit leek wel een huwelijk. Een tijd bleven ze stil, het was een stilte die zich vulde met kwikzilver – alsof zich iets uitkristalliseerde wat ze allebei niet hardop wilden zeggen.

Ella kreeg een glazige blik en zonder enige melodie in haar stem zei ze: 'Ik begrijp jouw zorgen om Amber wel, weet je dat? Eerst vond ik het flauwekul, dat zogenaamd labiele, maar nu...'

'Waar is ze?'

'Ik wilde het je niet zeggen.' Ella bleef staren naar een punt in de verte. 'Ik hoorde gekreun beneden. Vannacht. Ik wist niet wat ik zag, op jouw stoel zaten ze. Ze hebben hier seks gehad toen je weg was, in je bibliotheek. Nu liggen ze samen in het tuinhuis. Hun roes uit te slapen, denk ik.'

'Johnno.' Wenksterman slikte. Met licht afgrijzen keek hij een tijd naar zijn schoenen.

Ella pakte zijn hand en schudde eraan. Toen hij opkeek, had ze weer kleur in haar gezicht. 'Het is belangrijk dat we open tegen elkaar blijven,' zei ze, 'dat is juist zo mooi aan ons, dat alles open is.' Ze aaide met een vinger over zijn handpalm. Het kietelde, hij wilde even geen gekietel. 'Ik ben blij dat je open tegen me was, misschien ben ik gewoon bang. Bang dat Amber altijd belangrijker zal zijn...'

Hij trok zijn hand los, zijn gedachten waren nog bij onwelkome beelden van zijn dochter met Johnno. Op zijn stoel. 'Mijn relatie met mijn dochter is niet vergelijkbaar met de onze.'

Ella liep van hem weg, in haar maillot, en hij wist dat ze hoopte dat hij haar achterna zou gaan en haar zou vastpakken. Haar heupen wiegden. Toen hij niet kwam, draaide ze zich om en sprak scherp: 'Amber is labiel. Echt labiel. Het was uit met Johnno, vertelde ze me gisteren. En dezelfde avond ligt ze met die jongen te rampetampen.' Ze zette haar handen in haar zij. 'Het is jouw dochter, maar nu ik zie hoe wankel ze is, zou ik zeker wachten tot na het feest. Je hebt al die jaren gewacht, waarom zou je nu ineens...?'

Wenksterman moest frisse lucht hebben. Hij gooide de keukendeur open en ging in de opening staan, boven aan het trapje naar de tuin. Wind op zijn wangen. Het was hem ineens duidelijk waar hij hoorde: in dit huis, bij zijn dochter, dit was zíjn leven. Hij liet zich door niemand meer de les lezen. Hij kreeg geld van zijn schoonvader, hij had beloofd het Amber te vertellen. Hij moest het huis redden, hij moest zijn dochter de waarheid zeggen, hij moest het netjes met Veerle afhandelen. Dat moest gebeuren en dat ging hij doen. Het was tijd om ergens voor te staan, de boel op te lossen, op het droge te trekken. Wenksterman liep naar de bomen. Zijn schone sokken zakten weg in het natte gras. Het vocht en de kou interesseerden hem niet. Hij dacht aan Amber toen ze net geboren was; de eerste nacht dat ze naast hem lag had hij het raam wijd opengezet. Hij kon niet slapen zonder frisse lucht. Ze hadden Amber in haar wieg gelegd, ze bleef maar huilen en zo konden ze niet slapen. Thomas lag boven hun hoofd, in hun bed. Dan kon je niet op hem gaan liggen, in je slaap. Dat kon niet. Het kon nog niet draaien, zo'n kind, het kon nog niets. Het lag in een slaapzakje, niet eens in de buurt van het dekbed.

Wenksterman leunde tegen de scheve eik van zijn moeder. Aaide over de ruwe bast.

Naast de kuil lag nog een slordige hoop aarde, daarop de

schep. Die borg hij straks maar eens op. Traag bukte hij, liet zijn rug langs de stam schuren en ging alsnog zitten. Hij voelde zijn gewrichten en zijn botten op de koude harde grond.

Het zompige gras, zijn billen werden nat, dwars door zijn ribbroek.

Om hem heen lagen bladeren, in schakeringen oranje, okergeel. Hij keek omhoog. De streep van een straaljager in een verder blauwe hemel. Hij keek naar de eik van zijn vader. Noem één cultuurgoed, één kathedraal, één kunstwerk dat het opneemt tegen de schoonheid van een boom.

Veerle had nog naweeën die eerste nacht. Ze was verbijsterd hoeveel pijn een menselijk lichaam moest verdragen, maar hij was verliefd, verliefd op de overvloed. Op haar, het leven, de pasgeboren baby's. Een moment dat hij zo kon terughalen. Midden in de nacht werd hij wakker; hij keek naar links, naar rechts, overal mensen, ademende mensen die voortaan bij hem hoorden. Hij wilde het vuistje van zijn dochter pakken, maar dat was steenkoud, bevroren. Hoe konden ze zo dom zijn? Een open raam, wat waren ze voor ouders? En zijn vrouw, waarom dacht zíj daar niet aan – die kleintjes kwamen net uit haar warme buik. Dat was toch biologie, oerinstinct?

Hij was vaker wakker geworden in de weken die volgden en had zich een paar keer afgevraagd waarom ze ouders waren die baby's niet in wiegjes legden. Waarom Amber die zoveel huilde op het sinaasappelkistje lag en Thomas niet? Meer niet. Het was gezellig en het was makkelijk, vond Veerle, kon je half doorslapen tijdens het voeden. Thomas lag hoger, hoger dan het dekbed. Hij kon niet gestikt zijn. Dat kon niet. Het kon verdomme niet.

Hij trok een stuk gras met wortel en al uit de aarde. Hoe

had zijn vrouw hun eigen kind kunnen vermorzelen? Wat was dat voor moeder?

Het jongetje was misschien verstrikt geraakt tussen hen in, of was het wiegendood geweest, hij lag aan haar kant gevouwen. Was het echt zijn vrouw die vol op hem was gaan liggen met het lichaam dat hem gebaard had? Het kussen had ze op zijn hoofd gelegd, in haar slaap, boven op hem. Hoe kan zoiets? Hoe vaak had hij zichzelf deze vragen gesteld? Ze zouden het nooit weten. Hij werd wakker toen het jongetje onder het kussen lag, een verfrommeld pakketje. En ze ontdekten hem niet meteen. Dat was het eigenaardige. Ze hadden het kind in eerste instantie op de grond gezocht, alsof het al kruipen kon. Een moment twijfelden ze: lag hij toch in de wieg? Hadden ze zich vergist, door de vermoeidheid, lag hij bij Amber? Terug naar het koperen bed, de verfrommelde lakens, de sprei, de microseconden eindeloos vertraagd toen hij het kussen optilde, het moment dat er nog mogelijkheden waren. Dat het jongetje nog ging ademen, dat het zijn knuistjes bewoog, dat hij hem op zijn buik kuste en zijn beentjes tegen zijn neusje vouwden, het kleine lichaam in de lucht hief alsof hij hem op wilde gooien, het jongetje dat even verschrikt keek, om dan te hikken van de lach. Als dit moment teruggedraaid kon worden, dan zouden ze hiermee ophouden en een wandeling maken in het Vondelpark. Weg met deze bedompte lucht in de slaapkamer. Tot hij het dekbed omhoogtrok en onder het kussen beentjes zag, het propje vond, de vuistjes ineengeklemd, zijn rompertje met vliegtuig op de borst. Zijn mond blauw. De mond van Mick Jagger, zei Veerle na zijn geboorte, hij heeft jouw neus en de lippen van Mick Jagger.

Thomas schoof onder het dekbed, zo vertelden ze de dokter, de anderen, de lieden met hun zinloze papieren. Het klonk anders dan het kussen. Het kind kan gerold zijn, beaamden ze, soms kan dat. Hebt u iets genomen? vroegen ze. Was u onder invloed, mevrouw? Nee, niet onder invloed.

Moe, moe, moe waren ze, niks dan moe. Slapen wilden ze. Weg. Ga weg. Een paar jaar weg mogen slapen. Dat was nog het enige.

'Wiegendood' schreven ze boven het formulier. En het moment dat Veerle zijn jongen in de kist vouwde, een kistje versierd met gedichten en veertjes, knapte het in zijn borstkas, hij sloot het dekseltje, en na die ene snik voelde hij niks meer. Met één snik was hij leeggehuild. Anders dan Veerle. Enkel registrator was hij nog, en elke gedachte aan het kind wist hij weg te duwen, zoals je de gedachte wegdrukt aan het voedsel waaraan je een voedselvergiftiging overhield. De natuur.

Veerle was het dode jongetje maar blijven aaien, urenlang, hij moest het lijkje voorzichtig uit haar armen trekken. Ze bleef maar vragen: Waarom? Waarom?

'Waarom niet!' had hij gebruld, maanden na zijn dood. 'Dit gebeurt, kinderen gaan dood. Het is zo. Je hebt nóg een kind, een kind dat je nodig heeft!' Hij had haar door elkaar geschud, zo kwaad was hij, waarom had zij het alleenrecht op niet meer functioneren, nadat zij zijn zoon had vermorzeld?

Maar als hij thuiskwam van college aan het eind van de dag lag Veerle steevast in bed en zat Amber in haar eentje in een rompertje op de grond in de woonkamer, overal blokken en piepknuffels. Veerle had van de kamer een grote box gemaakt, met wat omgekieperde stoelen hier en daar, zodat het kleintje niet weg kon. Er stond een fles en een bordje met brood gedoopt in melk. Amber kon nog nauwelijks kruipen, ze tijgerde door de kamer. Selfservice.

Hij klopte zijn handen af. Door het woonkamerraam zag hij Ella op een stoel staan om slingers op te hangen. Er hing nog steeds een peertje aan het plafond, het was er de afgelopen vierentwintig jaar niet van gekomen om een lamp op te hangen.

Ella zag er meisjesachtig uit. Ze was mooi en misschien had ze gelijk, misschien was het tijd voor zoiets als een toekomst. Maar een vrouw heeft niet het recht je te vragen om te kiezen. Het inzicht brandde in zijn borst, het tintelde, het deed pijn, zoals verkleumde vingers pijn doen als je vanuit de vrieskou weer thuiskomt. Eindelijk wist hij iets wat wáár was, een minieme zekerheid: de keuze tussen je dochter en je minnares is geen keuze.

19

De thee was lauw geworden en Wenksterman vertikte het om nieuwe te zetten. Het was al tien over twaalf. Zo zou Amber nooit leren dat afspraken afspraken zijn. Ze stelde het gesprek nota bene zelf voor. In het midden van de schuimtaart (speciaal bij de bakker gehaald) stond de kaasschaaf, rechtop. Hij schudde de kussens van zijn luie stoel. Voor de zoveelste maal keek hij op zijn horloge. Je wist dat Amber laat kwam, dat wíst je, dat moest je incalculeren, maar hoeveel te laat, en met welke smoes, tegen die variabelen was hij moeilijk opgewassen. En dan het idee dat ze met Johnno in zijn tuinhuis lag, wat waren ze daar aan het uitspoken?

Het laatje van zijn bureau stond op een kier. Hij schrok. Had ze erin gekeken? Hij trok de la verder open. Onder in het tweede laatje lag het plakboek, dat destijds tot een rouwboek was uitgegroeid. De felicitaties stroomden binnen en later de rouwberichten, tot er niks meer binnenkwam, Veerle in bed lag en hij niemand meer wilde spreken. Al die jaren had het tweelingboek in de oude tuinhuisklok liggen stof happen, naast de urn met de as van Thomas. Het uurwerk stond al jaren stil.

Wat dacht ze ervan. Hij had meer te doen. Zijn artikel versturen, een speech schrijven bijvoorbeeld. Het rommelde in zijn buik, hij wist niet of het zenuwen waren voor zijn dochter of voor zijn feest. Misschien stond hij er niet achter. Was het onredelijk van zijn schoonvader om dit gesprek vlak voor het feest te laten plaatsvinden?

Hij dacht terug aan wat zijn schoonvader vertelde over zijn geopereerde knie. 'Als dat ene scharnier eenmaal hapert, ga je scheef lopen om 'm te sparen, en voor je het weet krijg je last van je heup. Voor je het weet hapert je hele lichaam. De ene kwaal brengt de volgende mee, begrijp je wat ik zeg, Wenksterman? Geen halve maatregelen, opereren, die hap.'

De man had gelijk, het moment is nooit geschikt.

Om zijn tijd toch nuttig te besteden, pakte hij zijn notitieblok. De bevindingen van de afgelopen dagen moesten genoteerd. Op de kaft stond: *Haliaeetus albicilla.* Hij pakte zijn vulpen en schreef: *Na de rukwinden van woensdagnacht keerde het koppel niet terug naar het nest. Uren waren ze weg, vlogen wat rond, gingen op een boom ernaast zitten. De volgende morgen, uur of elf: in gevechtshouding vloog het mannetje het nest in. Er schoot een boommarter uit. Ook daarna lieten de beesten het nest onberoerd.*

Hij liep naar de atlas, eigenaardig, het sleuteltje lag er niet onder.

Hij stopte het notitieboek van de zeearend in zijn la, en legde het plakboek klaar op zijn bureau. Had er iemand in gekeken? Hij sloeg het open. Thomas, 3500 gram, moeder maakt het goed. Dagenlang zat Veerle naar de kaarten te kijken, ze kende alle brieven uit haar hoofd, tot hij ze opborg, achter slot en grendel zette.

Snel weer dicht, hij begon te ijsberen. Waar was de dop van zijn vulpen? Waar waren zijn spullen? Hij had vaste plekken, hij greep zelden mis. Het moest Amber zijn. Wist ze het? Hij hapte naar lucht. Als ze het wist... dan... Bleef ze daarom weg? Amber, lieve Amber. De menselijke geest is wonderlijk, Amber. Hoe indrukwekkender de gebeurtenis, hoe groter de afstand, als die zeearend, je vliegt boven de materie uit. Sommige dingen zijn niet te bevatten. Weet je wanneer ik begreep dat ik twee kinderen kreeg? Toen de vroedvrouw tegen je moeder zei: je mag persen. Negen maanden zwangerschap. Twintig, dertig uur had ik naast haar gezeten, ik mocht niet van haar zijde wijken, ik mocht geen slok koffie drinken, want dat stonk, kapot was ik, en toch begreep ik het pas toen... toen ze ging persen begreep ik dat ik vader werd.

Het sleuteltje lag ook niet onder zijn bureau.

Het was de laatste keer dat hij had gehuild. De overvloed scheurde uit haar onderkant. Een natuurkracht. Ze zeggen dat de eerstgeborene het sterkst is, Amber, en dat was ook zo. Thomas was veel groter dan jij. Ze zeggen dat een kind niets ziet als het net geboren wordt, maar dat is flauwekul. Thomas lag nog aan de navelstreng op de buik van zijn verslagen moeder, hij draaide zijn hoofdje, en zocht haar ogen. Ik kan dat moment altijd terughalen: de secondes dat het hoofdje van mijn eerste kind uit de schoot van mijn vrouw scheurde. Een hoofdje zo groot als een grapefruit. Toen ik zijn compacte lijfje in het huidsmeer voelde, wist ik meteen: deze jongen zit goed in elkaar.

Daarna kwam jij. De tijd bleef stilgezet. In zekere zin is alles daarna terug te brengen naar die paar minuten van jullie geboorte.

Thomas' hoofd was groter en hoekig. Jij was zwak en klein en paars van het huilen. Je had vruchtwater ingeslikt, althans dat dachten we. Maar het duurde en duurde maar, je tranen, wekenlang.

Het ouderschap is niet te omschrijven, Amber. Een copernicaanse wending, plotseling ligt je hart op straat. Draait het niet meer om jou. Dat dacht ik als ik buiten wandelde; ik ben veel gaan wandelen in die dagen. Als ik dan terugkwam in het ziekenhuis, hing Veerle meestal met haar hoofd uit het raam. Ze rookte, stiekem. Dat was het dubbele. Ze vond de wereld te vies voor onze kinderen. De vervuiling, de smerigheid. Nooit eerder had ik haar erover gehoord. 'Alsof je papieren vellen in de regen legt,' zei ze. Jullie mochten niet mee naar een supermarkt, vanwege de vieze lucht, jullie moesten steeds schone kleren aan. Toch rookte ze, een pakje per dag. 'Regenen gaat het toch wel,' zei ze als ik protesteerde. Ze klaagde steeds: ze vreten me op. Twee baby's tegelijk aan de borst, het hield niet op, de melkmachine. Ze werd er somber van. Ik zei: 'Stop met die borstvoeding, voortaan geef ik ze flesjes.'

Het woord geluk moesten ze afschaffen, dat verwart de mensen maar, vervulling was het als ik jullie de fles gaf, vervulling.

Toen we Thomas dood vonden, bleef ze hem aaien. Ik begreep haar niet meer. Een keer zei ze: 'Waarom Thomas?' De manier waarop ze het zei, de toon. 'Geef toe, jij dacht het ook,' zei ze, 'jij zei toch ook: deze zit goed in elkaar? Jij zei het toch? Jij zei het! Dat hij sterker was?'

Wenksterman liep naar het raam. Nog steeds geen spoor van zijn dochter. De gracht leek verlaten vandaag. Geen fietser te bekennen, slechts een meerkoet op het water.

Het waren kleine dingen en dit moest hij zeker niet benoemen zo meteen. Wat zou hij moeten zeggen: Thomas mocht in haar bed en jij niet? Je moeder raakte jou nauwelijks aan?

En hij? In plaats van dat hij er een arts bij haalde, dacht

hij dat haar gedrag normaal was. Veerle bleef maar in haar pyjama lopen en soms hoorde hij de kinderen huilen, en als hij binnenkwam lag ze met haar hoofd onder het kussen. Dan stonk het in hun slaapkamer, naar knakworst.

Ik weet het niet, ik heb het je niet willen vertellen, Amber. Ik werd bang voor haar. Jou wilde ze niet meer aanraken. Ze was ervan overtuigd dat ze op je broertje was gaan liggen, dat ze moordenaarshanden had, een moordenaarslijf, behekst was ze, de dood zat onder haar nagels, in haar poriën.

Zie je, zo moest hij het niet zeggen en zo zou hij het niet zeggen. Hij pakte het boek weer op. Hij moest gewoon zwijgend met haar dit boek doorbladeren. Zeggen: er kwamen mensen, er kwamen doktoren, er kwamen kaarten. Kijk. Ik zal je het boek laten zien, en je moeder, ja, wat moest hij zeggen? Ze raakte jou nauwelijks aan, begrijp je? En ik wilde niet dat ze je bang maakte. Jij was bang voor haar, Amber. Als ze huilde, als ze schreeuwde, kromp je ineen. Ik verbood haar nog langer over hem te praten, ik wilde dat we wachtten tot jij ouder was. En toen je eenmaal zo oud was, toen ja, toen kwam dat ene, die poging van haar en dacht ik: als ik er nu over begin, dat kan Veerle niet aan. Misschien was ik laf... Misschien heb ik er een potje van gemaakt. Hoe verklaar ik zo'n lang zwijgen. De knoop in zijn buik draaide zich vaster. En met je moeder, het ging niet over, dat kon ik niet weten. Ik hoopte steeds... achteraf lijken de dingen... ik dacht...

Hij sloeg het boek dicht en keek naar de wilg. De wilg in het midden van de tuin was de enige die nog blad had – een pruik van ongekamde slierten opgeschud door de wind.

Tegenwoordig heet iedereen depressief, vroeger haalde je een washandje over je gezicht. Hij had haar aangeraden geen pillen meer te slikken, ja, dat had hij. Hup mens, stop met die pillen, doe normaal. Doe normaal tegen mijn kinderen! Gewoon omdat hij van het gedoe af wilde zijn, was hij niet moe soms, van al die gebroken nachten? Hele gezinnen liggen in één bed. In Afrika slapen ze allemaal samen in één bed.

Een kussen kan zwerven in de nacht, als je diep slaapt. Helemaal met slaappillen. Dat kan.

Een spreeuw zat op het bovenraampje van het tuinhuis.

Een klap van een deur. Eindelijk klonk er gerommel in het halletje. Hij legde het boek weg en ging er zo rustig mogelijk bij zitten, met een blocnote. Amber stormde binnen met papieren in haar handen, het leek of ze lippenstift ophad en ze had blosjes op haar wangen. Hij slikte vast, schraapte zijn keel voor het geval ze zo zouden gaan praten. Zijn mond was droog.

Taart? Nee, wilde ze niet.

Warme thee? Nee.

Water dan maar.

Ze wilde ook niet zitten, ze wilde blijven staan.

'Je ziet er moe uit, Amber.' Hij haalde zijn vinger door het schuim en nam een lik. Mierzoete troep was het.

'Nauwelijks geslapen vannacht.' Ze schopte haar laarzen uit.

'Ik hoop dat je het leuk had, of moet ik zeggen jullie?'

'Enig.'

Hij noteerde de datum en het tijdstip en trok zijn ene been over het andere, in een driehoek zodat het blok erop kon leunen. 5 oktober 12 uur en 14 minuten.

Ze wees naar het vel. 'Dat hoeft niet, pap.'

'Wat?'

'Ik ben je dochter, geen dossier.'
Hij slikte weer.
'Het is geen vergadering. Ik wil gewoon met je praten.'
Ze was rood aangelopen. Zo werd het lastig, dit gesprek. Eerst maar een glas water voor haar pakken. 'Mag een mens wat vastleggen?' zei hij zo laconiek mogelijk in zijn loop. Hij moest het maar snel zeggen: ik moet je wat vertellen.

Een geïrriteerde zucht ontsnapte aan haar borst. Onrust in haar lijf, het meisje kon nauwelijks stilstaan.

'Amber, ga alsjeblieft even zitten.'
Ze zette haar laarzen naast de stoel en plofte neer.
Ze draaide rondjes met haar voet, ze droeg een groene en een rode sok. Normaal stoorde zoiets hem, want als het je al niet lukt dezelfde sokken aan te doen en op tijd te komen in deze wereld, waar sta je dan? Nu waren die sokken ineens een symbool van huiselijkheid, en omdat hij haar niet op schoot durfde te trekken, zoals vroeger, zag hij haar nabijheid in haar sokken.

'Ik weet wat er gebeurd is, pap. Ik weet alles.'
'Ik wilde je dit al heel lang vertellen.' Hij zette het glas naast haar en ging zitten.

'O ja? Waarom deed je dat dan niet? Waarom zei je niks?'
Zijn handen liet hij openvallen op zijn schoot. 'Ik geef toe: je moeder en ik hebben er een potje van gemaakt.'

Ze sprong op. 'Mijn moeder? Dus nu geef je mama de schuld.'

'Rustig, Amber, rustig. Ik geef zeker niet je moeder de schuld. Schuld is sowieso een ongelukkig woord in dezen.'

'Als het je slecht uitkomt is schuld een rotwoord, ja.'
Hij stond op. 'Heb jij enig, enig idee hoe pijnlijk dit is? Hoe pijnlijk het was voor je moeder en mij?' Hij liep naar zijn bureau, simpelweg om verder uit haar buurt te zijn.

'Ja sorry, het zal vast niet makkelijk zijn, verliefd worden op een ander, maar om je nou als slachtoffer op te stellen vind ik wat ver gaan, pap.'

Ella. Ze had het over Ella. Natuurlijk. Hoe stom.

'Het gaat niet over Ella, Amber.'

'O nee?'

'Nee. Het gaat over je moeder en mij en over iets...' Hij probeerde rustig te blijven, kalm te articuleren, maar dat onstuimige lichaam tegenover hem, die toon, die felle ogen...

'Voor mij gaat het wel over Ella. Ze is toch je vriendin? Of vergis ik me?'

Nauwelijks verstaanbaar mompelde hij: 'Vriendin, vriendin, ze is belangrijk voor me', of ze viel alweer over hem heen: 'Mama is het huis nog niet uit en je neemt een vriendin. En niet zomaar een vriendin, nee, haar nicht. Haar nicht, met wie ze een moeizame relatie heeft. Dat noem ik nog eens een keuze.'

Een keuze. Hij zuchtte. Hij had een kind verloren en al die jaren de sigarettenstank van zijn vrouw ingeademd. Een keuze? Hij had vastgezeten als een ingelopen stuk kauwgom op een stoep, en nu het woord keuze.

'Sterker nog, het begint me te dagen waarom jij zo voor stoppen was.'

'Wat zeg je?'

'Nou, wat jullie aan het uitvreten zijn hier. Met die pillen. Het kwam jullie goed uit, zeg maar.'

Wenksterman was sprakeloos. Hoe durfde ze? Hoe durfde ze te denken dat hij zijn eigen vrouw, haar moeder, ziek zou maken?

'Hoelang is het al aan de gang tussen jullie?'

Stilte.

'Geen ingewikkelde vraag, pap. Eén jaar, twee jaar. Tien?'

'Als jij denkt dat ik jouw moeder expres...'
'Drie jaar dus?'
'Pertinent niet. Een paar maanden.' Inademen, kalm blijven. 'Luister, Amber, ik word vijfenvijftig, ik heb alles voor jullie overgehad, al die jaren, ik weiger aan iemand verantwoording af te leggen.'
'Ik ben niet íemand, ik ben je dochter.'
'Precies. Je bent mijn dochter. Een kind. En kinderen vertel je niet alles...'
'O, een kind! Al die jaren mocht ik mama's haar kammen, boodschappen doen, voor je koken, je opvrolijken, maar voor zoiets onbenulligs als een geheime affaire met een familielid nota bene, ben ik te onvolwassen?' Ze begon zachtjes te huilen, al nee schuddend. 'Ik dacht dat we eerlijk tegen elkaar waren. Ik dacht dat jij integer was.'

Dit was het moment niet. Dit werd chaos. Hij liep naar haar toe, legde een hand op haar schouder, al twijfelde hij of er hij er zin in had. Liever had hij haar de kamer uit gestuurd.

'Meisje. Laten we overmorgen gaan wandelen samen. Ik wil graag met je praten, maar wel rustig. Niet zo. Het feest begint straks en ik moet mijn speech nog schrijven. We zijn allebei onszelf niet.'

'Je speech.' Ze keek er vies bij, zoals vroeger als ze tomaten moest eten. 'Lekker belangrijk.'

Amber keek naar het plafond, de rozen op het stucwerk. Als hij nu sorry zou zeggen, voor het liegen, het verzwijgen, als hij haar zou verzekeren dat hij goed voor haar moeder zou zijn, zou het goed komen, half. Ze zou bekennen: ik wilde bijna je dagboek lezen. Ik ben ook niet heilig. Ik kan alles begrijpen, zelfs Ella, als we maar eerlijk zijn tegen elkaar.

Haar vader liet haar schouder los en begon zijn pennenbak te herschikken. Ze zag dat de dop nog niet op de vulpen zat. Ze had geschreeuwd, ze voelde haar keel nog naschuren, en toch hoopte ze maar steeds dat hij iets zinnigs terugzei, iets wijs om haar van het tegendeel te overtuigen. Van hun band. Ofwel, ze wilde liever dat hij gelijk had dan zij.

Ze keek naar zijn handen, ze leken die van een oude man geworden. Hij stond daar maar.

'Amber. Ik heb jou nooit iets in de weg willen leggen.' En zachter: 'Na alle ellende ging ik op zoek naar een beetje geluk.'

Ellende? Geluk? Het meisje in haar wilde vragen: En ik dan? Wij? Breng ik je geen geluk? Ze vouwde haar armen om haar knieën en keek naar hem. Zijn corduroy broek, de geur van pijptabak. Weet je nog, wij samen, dacht ze, naar concerten, wandelen in de duinen met je verrekijker? Dan noemde je mij een hopeloos stadsmeisje.

Hij stond er zielig bij, alsof hij compacter was geworden, een kleimannetje dat van boven een klap met een hamer heeft gehad. Haar vader bukte, even leek het of hij inzakte, maar hij pakte iets van de grond. Wat was het? Ze zag iets kleins glinsteren tussen zijn duim en middelvinger en hield haar adem in. Het was het sleuteltje dat blijkbaar onder het bureau was gevallen. Het sleuteltje waarvan hij vermoedelijk dacht dat niemand de verstopplek kende. Hij legde het terug en liet de atlas er met een klap op vallen. Ze liep naar hem toe, legde haar hand open op zijn bureau.

'Ik heb je dagboek niet gelezen, pap. Ik wilde het wel, ik stond op het punt om het te doen, maar uiteindelijk heb ik het niet gedaan.'

Hij zei niets. Hij herschikte zijn papieren. Misschien moest ze maar gaan. Ze liep naar haar laarzen, begon ze aan te trekken.

'Amber?'

'Ja?'

Daar lag zijn dop, naast haar hak, verstopt in het kleed, ze zag het nu pas.

'Wil je in het vervolg a) iets zorgvuldiger met mijn spullen omgaan en b) niet met vriendjes in mijn kamer rommelen alsjeblieft?'

Moest hij dit zo formeel zeggen, met zijn sinterklaasstem? Waren zijn spullen werkelijk het belangrijkst op dit moment?

'Goed, pap.' Ze slikte, de rits van haar laars dicht, klaar. 'Trouwens, ik heb mama uitgenodigd. Weet iedereen maar meteen dat je een vriendin hebt.' Amber keek hem recht aan toen ze met haar hak boven de dop hing en haar volle gewicht erop liet zakken. Ze vertrapte de kunststof onder haar zool. Het leek vertraagd te gaan, het breken. Ze bleef maar draaien en het bleef maar knarsen en ze bleef maar in die treurige ogen kijken.

Een moment hield hij zich vast aan de mahonie rand en wankelde als een dronkenman naar het achterraam. Het laatste wat ze van hem zag was zijn rug. Geen wijze rug, de kromgetrokken schouders van een boekhouder.

20

Een mens kan maar een tijdje op een bed zitten treuren. Dat wist Amber als meisje al: het einde van je zelfmedelijden is in zicht als je je eigen snikken begint te horen. Ze had honger en ze vroeg zich af of de gasten zouden zien dat ze gehuild had.

De avondzon kleurde de daken roestrood, beneden klonk het verschuiven van meubels. Ze stapte van het bed en deed een maillot aan.

Terwijl ze de kraan opende om het paars van haar wallen te deppen, en zich opmaakte om naar beneden te gaan, daar waar het getik van Ella's hakken klonk, maakte ze een paar maal een zacht geluid om na te gaan of ze nog een stem had.

Binnen een uur kwamen ze. De Mensen.

Haar verstand zei dat dit niet het moment was om te gaan zingen, maar haar instinct was sterker. Dit verlangen in haar borst, het had vaak gevoeld als een neerdrukkende vuist. Nu leek het te bonken, of haar stem zichzelf die ribbenkast uit wilde beuken. Ze zou iedereen eens laten horen met welke oerkracht ze rekening mochten gaan houden.

Ze sloop de trap af. Vroeger in een restaurant wist ze zelden wat ze moest bestellen en wachtte dan tot haar mond vanzelf wat zei. Zo ging ze deze avond tegemoet. Met haar hoofd opgeheven en een plan dat niet verder reikte dan: ik zie wel wat mijn stem gaat doen en met welk liedje.

Ella zag er spectaculair uit in een zwartzijden mini-jurk. De stof was glimmend, alsof ze net druipend uit de zee kwam zetten, dit zou haar vader vast sensueel vinden. Amber stond even naast haar te dralen in de keuken. Nog geen minuut later stonden ze samen wijnglazen op te poetsen.

Amber keek naar de aderen op Ella's handen. Het glas weerkaatste licht via de diamant van haar ring, haar nagels waren donkerblauw gelakt. Zulke nagels wilde ze vroeger ook, als ze samen met Ella pianospeelde. Deze handen hadden haar geleerd dat je moet spelen met een denkbeeldige zeepbel onder je gebolde vingers en nu poetsten ze wijnglazen en vannacht streelden ze haar vaders rug in haar moeders bed.

Ophouden. Walgelijk.

Het was duidelijk dat Ella aardig probeerde te zijn. Ze had vanmiddag na Ambers gesprek met haar vader op haar kamerdeur geklopt. Als een wijze tante was ze op haar bed komen zitten, had ze gezegd dat ze begreep hoeveel Amber te verstouwen had en dat ze nooit haar moeder, haar eigen nicht nota bene, wilde wegwerken. Dat kon Amber waarderen. Ella's initiatief was, zeker na het gesprek met haar vader, een verademing. Op haar beurt had Amber toegegeven dat ze soms wat doorschoot en dat was het voor nu.

De hapjes zagen er tiptop uit. Ella had het vermogen om de dingen 'restaurantwaardig' te maken. Toastjes met gekartelde komkommers erop en zo'n blaadje basilicum.

'Ziet er goed uit, Ella.'

'Wil jij even wat antipasti op het schaaltje doen?' Ze bedoelde blijkbaar verschillende soorten worst. Amber deed haar best de plakjes niet aan te raken. Ze probeerde zich in dit soort vegetarische noodgevallen – waarin de beleefdheid het won van haar afkeer – voor te stellen hoe anderen hiernaar keken: plakkaten rozige substantie, niks anders. Het was begonnen met biefstuk die in haar keel bleef hangen. Ze probeerde dan te denken aan hoe anderen dit aten, tot ze alleen nog het gekrijs hoorde van een koe die geslacht werd.

Door het luik gluurde ze de kamer in. Haar vader zette flesjes bier op een rij in de schouwkamer.

Ella vroeg: 'Amber, kun jij de chili con carne even uit de ijskast van het tuinhuis halen?'

De voorzichtige orders die ze elkaar gaven. Onderweg stootte ze bijna tegen haar vader in zijn te krappe jasje. Zijn schouders stonden hoog, alsof ze aan een kleerhangertje hingen, zijn nek was net te diep in de kraag gezakt. Hij was in de weer met een laken op een lange tafel. Niks voor hem, het uitkloppen van een tafellaken. Met een glimlach liep Amber door. Was het niet allemaal zo beladen in deze stroop van spanning waarin ze met elkaar roerden, dan was het geestig. Het doelloze, driftige rondwandelen van drie mensen die zich allemaal in stilte afvragen waarom ze dit feest überhaupt een goed idee vonden. De saamhorigheid van lotgenoten in de genadeloze minuten voor de eerste gasten.

Met twee schalen tegelijk liep ze terug door de tuin. Haar afkeer van vlees ging niet eens zozeer om het lijden van het dier, zo altruïstisch was ze niet, nee, het was het samensmelten met dat angstig vermoorde leven – dat kon haar vader zweverig noemen, maar hoe concreet is dat? Je vermaalt het toch, waarom *word* je het dan niet? Haar vader antwoordde altijd dat hij het zo lekker vond: het idee dat hij de kracht van een oerbeest absorbeerde, dat nota bene al dood was. Maar dat begreep ze niet, daarmee gaf hij de eenwording toch toe?

Ze liep langs de eiken.

Waarom zien we in papier geen boom meer? Waarom zien we in zo'n vierkante klomp vermalen wormensubstantie geen varken? In de eetkamer haalde ze de folie eraf. Was dit normaal? Deze geur?

Boven schoot ze haar moeders blauwe jurk aan en telde in gedachten hoeveel gasten ze straks kende. Veel van zijn oude vrienden waren verdwenen de afgelopen jaren, sinds hij was afgekraakt in de krant. De man die pleitte voor vrije natuur en wildgrazers in Nederland. Ze had nooit begrepen waarom mensen zo ageerden tegen zijn filosofie: dieren die vrij over grote stroken waterland mochten struinen. Mensen die hem haatpost stuurden om zijn lezingen, hem een romanticus noemden, vanwege zijn idealistische gedachtegoed. Door geen vlees te eten liet ze hem zien, dat ze achter hem stond, al leek haar loyaliteit amper tot hem door te dringen.

De rits van haar moeders jurk ging maar voor de helft dicht, ze liep naar beneden en vroeg Ella haar te helpen.

'Kom hier. Hartstikke zonde, zo hoog.' Ella had gelijk, het moest lager, dat was mooier.

'Kan dit?' Ze keek naar het streepje tussen haar borsten, je kon er een balpen tussen steken.

'Prachtig juist,' zei Ella met de veiligheidsspeld nog in haar mond. Ze ging de jurk vastzetten. Amber voelde Ella's nagels over de blote huid van haar rug. 'Alleen die platte schoenen, geen gezicht! Welke maat heb je?' Ze kwam terug met blauwe naaldhakken. 'Hier, doe deze maar, die passen je wel.'

Amber kon er wonderwel op staan en er met een beetje geluk op lopen. En anders schopte ze die dingen uit, mensen kijken niet naar voeten op feestjes, en daarbij, laat zou ze het toch niet maken.

21

Haar vaders harde feestjeslach galmde door de gang. Voetstappen op het kraakparket, een vrouw met een knot en een omhooggeschoten stem zei het heerlijk te vinden hem weer te zien. Met grote gebaren deed Wenksterman jassen uit. Walmen parfum verspreidden zich door de vertrekken. Amber zette in de eetkeuken glazen op een dienblad en keek door het luik naar de binnenkomende mensen in de hal. Hoe soepel Ella naast haar vader liep, in haar rol van gastvrouw.

In de opkamer was de mahonie tafel vandaag een stapelkapstok. Zo had elke kamer een functie, dat was de traditie op familiefeesten: elk vertrek aandoen. Zo lieten de Wenkstermannen het pand al generaties lang leven, waar had je anders al die kamers voor? In de voorkamer de ontvangst, de borrel in de schouwkamer. In het tuinhuis het optreden en de soesjestaart. Alleen in de keuken waren gasten personae non gratae.

Amber besloot dat ze de keuken maar eens uit moest, gewapend met een schaaltje ossenworst. Ze had het koud.

Er druppelden meer grachtengordeltypes binnen. Mannen met loszittende jasjes en ongeschoren kaken die nog net geen baard mochten heten. Ook zijn uitgever met bakkebaarden en pijp was een wandelende cultivering van pseudononchalance. Wat kende ze weinig van zijn collega's. De overbuurvrouw had haar baby meegenomen. Amber knikte naar vaag bekende gezichten, soms zei ze haar naam en gaf een hand, terwijl het schaaltje op haar linkerhand balanceerde. Ze herkende de bevriende ecoloog en de achterbuurvrouw Esther. Dat overdreven mens met de bloem in het haar praatte nog altijd door haar neus: 'Nou ja! Amber! Ben jij dat feeërieke meisje dat altijd maar aan het lezen-lezen-lezen was? Zou ik toch bijna zeggen: wat ben je groot geworden!' Esther keek haar opgetogen aan, Amber speurde tussen de rimpels en het korte haar naar het gezicht van de vrouw van vroeger, zei: 'Ook leuk om u te zien', knikte naar de mevrouw naast haar en vroeg of ze misschien iets wilden drinken, vergat naar het antwoord te luisteren en liep weg. En dan die hakken. Hoe laat was het?

Ella liep stralend rond met de mantra: 'Wil iemand wat drinken?' Er hing een melodie in haar stem die paste bij haar soepele bewegingen met het dienblad. Met de fles rode wijn kwam Ella bij Amber aan, ze schudde nee. 'Dat pak ik zelf wel.'

Ella begon al met inschenken en maakte met haar kin een knikje naar de man met wie haar vader de kamer binnenliep. Fluisterend zei ze: 'Dat is hem dus, Kussendrager.'

De man stond kaarsrecht. Hoe oud zou hij zijn? Zeker vijfendertig, hij had iets tijdloos, alsof hij zo uit de Romeinse tijd kon zijn gestapt. Een wijde broek en een zwarte coltrui. De trui viel losjes maar paste goed. Stille, intelligente ogen. Ze keek weg. Toen zijn blik de hare kruiste leek het of hij een wenkbrauw optrok.

Amber keek op haar horloge, zo direct kwam mama.

Haastig dronk ze het glas wijn leeg. Teun zwaaide enthousiast in de verte. Ze knikte, al drinkend.

'Dag Amber,' hoorde ze achter haar.

'Opa!'

'Je zien is mooi, maar je horen, ik kan niet wachten.'

'Nou, ik weet het niet.'

Hij gaf haar twee zoenen. 'Je hoeft het ook niet te weten, je hoeft het alleen maar te doen.'

Amber keek rond, waar was haar moeder? Opa zou haar toch ophalen?

'Veerle voelde zich misselijk. Ze bleef maar bellen, wel gaan, niet gaan. Ik was al in Vogelenzang, ik heb haar ingestopt. Je lieve moeder.'

Haar opa gaf haar een droevige blik van verstandhouding. Dit had ze kunnen verwachten, natuurlijk kwam haar moeder niet. Natuurlijk, als het ergens op aankwam, was zij er niet.

'Oké.' Ze hoorde haar eigen schorre stemgeluid. Amber vond het onaardig om de restanten van zijn natte zoenen van haar wangen te vegen. Ze begon druk servetten recht te leggen op de lange tafel. Dat ze haar teleurstelling moeilijk voor hem kon verbergen, zag ze aan hoe hij naar haar bleef kijken. Dat was het lastige aan familie, het gebrek aan emotionele privacy. Opa was zo'n heldere man, hij zag alles aan haar. Het was fijn hem weer te zien, een anker in de normale wereld, en het liefst had ze hem even omarmd. Misschien was ze dan wel gaan huilen, en hij had genoeg verdriet, want al hield hij zich kranig, ze zag door zijn borstkas heen hoe het leed van zijn dochter zijn hart verteerde.

Inmiddels rilde ze. Ze wilde naar bed. Ze wist wat ze zou doen: ze zong dat lied met Ella en daarna ging ze met Jung op bed liggen. Dan pikte ze een slaappil uit mama's pillenkastje en klaar.

Opa kneep in haar zij. Ze vroeg of hij champagne wilde,

dan kon ze als ze wegliep alsnog haar wangen schoonvegen.

'Champagne, ben je mal, daar word ik bubbelig van. Tomatensap! Tomatensap met een beetje...'

'Tabasco.'

'Niet zo sip, je moeder was echt misselijk.'

Ella liep voorbij met een schaaltje gerookte zalm in bladerdeeg.

Amber sloeg haar tweede glas wijn achterover. Wat liep Ella recht op haar hakken, ze leek nog peziger dan normaal. Ze gleed met haar handen over schouders, ook van mensen die ze niet kende, ze lachte soepel als ze wegdraaide, nog even een luchtig grapje, op naar de volgende, een soort gastendans, het dienblad als een volleerd serveerster boven haar hoofd. Toen Ella bij haar vader was aangekomen, zag Amber zijn hand stiekem over haar rug glijden en haar hoofd kort tegen zijn schouder, alsof ze een poesje was dat hem een kopje kwam geven.

Bezig blijven. Naar de keuken. Ze was dankbaar dat er van alles te doen was op zo'n partij, glazen spoelen, bloemen aannemen.

In de deuropening stond Kussendrager en het tomatensap stond in de keuken. Ze maakte zich smal om ongemerkt langs hem te glippen. Een slalom langs mensenruggen. Kussendragers stem klonk weerbarstiger dan ze bij zijn rijzige uiterlijk had verwacht. De eiken stem van een nieuwslezer. Was dit de man over wie haar vader altijd klaagde? Hij scheen in Denemarken te zijn opgevoed, door zijn grootmoeder. De symmetrie in zijn gezicht gaf haar een indruk van veiligheid. Hij had vast een vrouw.

Vanuit de keuken gluurde ze de kamer in, stond even tegen de verwarming en keek naar de uitgever die ze bij haar vaders boekpresentatie een hand had gegeven. Hij was grijzer geworden. In de verte zag ze haar vader een cadeau uitpakken, een boek, het pakpapier viel op de grond. Het kind huilde. De vrouw wiegde het zenuwachtig, stootte haar man aan, of hij misschien ook een keer wat kon doen. Hij pakte het kind over, liep ermee naar buiten. Ella trok nog een fles open. Wat kon ze anders dan terug de groep in, scharrelen tussen de kakelende mensen. Terwijl het feest in al zijn onverschilligheid doorging, liep ze met het schaaltje rond. Als mensen iets zeiden, glimlachte ze, net lang genoeg om beleefd te blijven, maar te kort om daadwerkelijk een gesprek aan te knopen.

Amber begon aan haar derde glas. Haar vader stond met die Kussendrager. Ze hoopte maar dat haar vader normaal tegen hem deed. Ella kwam erbij staan en wees naar haar. Kussendrager glimlachte.

Het leek of hij haar kant op kwam. Ja, verdomd. Ze zeggen dat een parkiet vertraagd kijkt omdat hij honderdvijftig beelden per seconde ziet. Wat dat hiermee te maken had wist ze niet, en of het waar was ook niet; misschien al die prikkels, de kakofonie van geluiden, de mensenmassa. Soms had Amber het idee dat ze te veel waarnam en daardoor een vertraagde reactie had; hoe dan ook, hij kwam haar kant op, zoveel was zeker, en hij bleef haar aankijken, wat best brutaal was. Plotseling stond Esther voor haar neus met Jung in haar hand, dat had ze blijkbaar van het tafeltje gepakt, ze schreeuwde boven het geroezemoes uit. Amber werd aangestoten door een elleboog van een onbekende.

'*Dromen en herinneringen*, lees jij dit, Amber?' Amber pakte het boek uit haar hand en legde het weg. 'Dat is toch een psychiater, geen filosoof, of vergis ik me?'

Kussendrager was erbij komen staan. Hoe hij met zijn

hand langs zijn wang streek. Er was iets met zijn polsen, ze waren dun en vrouwelijk. De haartjes stonden recht overeind.

'Toch, Amber?' Esthers stem klonk ver weg, een man naast haar hoestte luidruchtig en Amber hoopte dat de vraag zou wegebben, beter nog, de vrouw zelf. Kussendrager had kuiltjes in zijn wangen, wat hem iets meisjesachtigs gaf. Hij leek weinig van de wereld te verwachten en had een zekere lichtheid over zich. Alsof hij zich had verzoend met de absurditeit der dingen. Misschien weer zo'n verzinsel, wat wist ze nou? Verdorie, ze was echt een beetje dronken. Esther liep verbouwereerd weg.

'Zo kan het ook,' zei Kussendrager, 'gewoon niet terugpraten. Die zat nog niet in mijn feestassortiment.' Hij had een licht Zwitserduits accent, ze hoorde het nu pas.

'Was ik onaardig?'

'Als aardigheid de norm is, jazeker.' Hij sprak in haar oor, ze voelde de lucht in haar oorschelp blazen, het kietelde.

'Jij zei anders ook niets.'

'Ik ken haar niet, en daarbij, ik observeer graag ongemak.' Ze keek naar zijn mond. Hij had volle lippen.

'Dan zit je bij mij goed.'

'Zoiets vermoedde ik al.'

Hun conversatie leek een stomme film, hun blikken voerden het gesprek. Lang staarde hij haar aan, glimlachte, schudde even met zijn hoofd, alsof hij zichzelf moest wekken. 'Jij wilt water.' Bij de lange tafel schonk hij voor beiden in. Hij kwam terug met wijn en water. Ze proostten, iets te enthousiast, waardoor ze op het boek morste.

'Op ongemak en Jung. Boeiend?' Hij veegde de wijndruppels van het omslag.

'Een boek is een schild om met niemand te hoeven praten,' zei Amber. Hij had gesprongen adertjes op zijn wangen. Zo knap was hij niet van dichtbij.

'Ik ben graag niemand,' zei hij.

Een man die je niet kon beledigen, een verademing, daar hield ze van. Mannen moeten niet van hun stuk te brengen zijn. Kleinzerigheid verraadt een groot ego.

'Je vader vertelde me dat je bijna klaar bent met filosofie en gaat promoveren.'

'Dat zegt hij al drie jaar.'

'En wat zeg jij?'

Ze haalde haar schouders op en zei dat ze het niet wist, vervolgde dat ze verhalen slechts kon vertellen als ze bij het begin mocht beginnen, en zachter voegde ze toe dat hij maar beter een ander onderwerp kon verzinnen. Hij zei: Start maar bij je geboorte. Ik was een foutje zei ze, als er een morningafterpil aan te pas had kunnen komen, was ik er niet geweest. Geldt dat niet voor de meesten van ons? zei hij. Jammer, je doet niet aan medelijden, zei ze, en ze zuchtte opgelucht en er was steeds minder samenhang, als een dans, gedragen door een onderstroom, de woorden werden een vermomming voor andere zaken, ze hadden net zo goed alleen wat lippen kunnen bewegen en ondertussen werd het een onsamenhangend gesprek. Ze vertelde over Cambridge en dat ze geen filosoof was. Terwijl ze het zei, kreeg ze het warm. Het voelde als leugens, ontmaskerd in die spottende blik van hem. Haar mond bewoog steeds lomer en ze voelde hoe de blik van deze man langs haar hals naar beneden gleed. Ella had haar verteld dat hij een autodidact was, zeldzaam muzikaal. Amber likte met haar tong langs haar onderlip, er zaten korstjes op, ze beet ze eraf.

'Dus op jouw school kan iedereen leren zingen?' zei ze om maar wat te zeggen. De aandacht te verleggen naar hem.

Hij schonk zichzelf bij, knikte.

'Iedereen? Ook zonder talent?' Ze duwde haar glas tegen zijn fles. Hij schonk er slechts een klein laagje wijn in. Talent is geen interessant woord, vond hij. 'Ik zie jaarlijks honderden mensen, talent is slechts een begin. Waar ik op let is noodzaak. Wij hebben technieken waarmee iedereen kan leren zingen. Vaak genoeg zijn er mensen die het perfect doen en toch hebben ze het niet. Het keurmerk is pijn.'

Ze keek naar de kuiltjes in zijn wangen als hij lachte.

'Nu je dit zegt kan ik niet meer voor je zingen.'

'Een maskerade van onzekerheid, het siert je niet.' Hij proostte met zijn glas tegen het hare.

'Een stem die hapert als het erop aankomt?' zei ze.

'Klinkt als een overduidelijk geval van noodzaak.'

'Het conservatorium was mijn droom. Ik wilde zingen. Ik ben afgewezen.' Waarom vertelde ze dit? En waarom sprak ze weer over zichzelf?

'Dan zou ik maar gewoon zingen, gaat sneller,' zei Kussendrager.

'Sneller, maar nergens heen.'

'Niks gaat ergens heen.'

'Mensen lesgeven ook niet?'

Een moment leek hij geraakt en in gedachten verzonken. Alsof hij er werkelijk over nadacht. Hij vervolgde zachter. 'Soms wel.'

Ze keek hem lang aan en trok haar schouders recht. Wat had ze er spijt van dat ze deze jurk had aangedaan. Als ze nu weg zou lopen, zou hij naar haar billen kijken. Het was een wetmatigheid: korte rok – dan dichte bovenkant. En andersom, diep decolleté – dan een dikke maillot. Waarom was ze aan beide kanten bloot?

'Wat irritant.' Ze gaf hem een duwtje tegen zijn schouder.

'Wat?'
'Dat jij hier bent. Waarom ben je hier?'
'Om jou te horen zingen. Daarvoor ben ik uitgenodigd.'
'Dat méén je niet.' Er prikte iets in haar rug.
'Wat?'
'Kun je even helpen?' Ze liep achterwaarts en wenkte hem. 'Mijn jurk.' Ze voelde de veiligheidsspeld tussen haar schouders prikken en hield de jurk bij haar borsten omhoog. Hij streek haar haren van haar rug om erbij te kunnen. Het was alsof ze zijn blik kon voelen, de warmte. Of was dat haar fantasie? Hij trok zachtjes aan de achterkant.
'De boel zit nog op zijn plek hoor.'
Zonder dat ze het doorhadden waren ze naar de hoek van de kamer gedreven, als met de stroming in de branding van de zee.

Haar vader kwam aanlopen en bood hem nootjes aan. Met volle mond zei hij: 'Is mijn dochter warme lucht aan het verplaatsen?'
'We praten over dromen, pap.'
'Aha.'
'Hebben we niet te weinig dromers in deze wereld, Wenksterman?' zei Kussendrager.
'Als je je kunt veroorloven om te dromen. Mijn dochter neemt graag de tijd – een eeuwige wederkeer van goede voornemens.'
'Misschien stop ik wel en ga ik zingen. Ik ben er nog niet uit.'
Haar vader sprak harder dan nodig. 'Dromers komen nooit ergens uit. Ze vinden steeds mogelijkheden, nieuwe invalshoeken om iets niet af te maken. Is dat niet het wezen van zoeken: niet te hoeven vinden?'

'Misschien lijk ik op jou. Zo doen we dat toch, wij Wenkstermannen, de realiteit omzeilen?'

Hij glimlachte en knipoogde naar Kussendrager. 'Touché.'

Uit de borstelige wenkbrauwen van haar vader stak een grijze haar. Met volle mond pakte hij haar boek van Jung dat naast hen op het bijzettafeltje lag. Hij streek over het omslag. 'Esoterie wordt tegenwoordig makkelijk verward met filosofie, vind je niet? Je ziet het ook in de boekhandel, daar verdwalen de boeken, en staat Derrida ineens naast Rudolf Steiner of Baudrillard naast *De tao van het management*, wat jij, buurman?'

Amber voelde haar wangen kloppen. Ze vond het irritant dat haar vader dit stokpaardje nu van stal haalde. Wat had hij ineens met dat gebuurman? Ze wist precies waar hij op doelde, haar yoga, het feit dat ze vegetariër was, haar interesse in tao, dat hij modieus gebazel vond. Deze keer vertikte ze het om offerlam te zijn. Ze leunde een beetje achterover en haar rechtervinger kwam in een dipsausje terecht. In een halfleeg glas witte wijn liet ze de vinger schoon badderen.

'Het is maar hoe je het bekijkt,' zei ze. Ze veegde haar natte vinger af aan haar jurk.

'Alles is hoe je het bekijkt,' zei haar vader. 'Perspectief heet dat. Daarom vraag ik het aan deze beste man.'

Hij schonk Kussendrager rode wijn bij en hield de fles daarna schuin voor. Ze dekte het wijnglas af met haar hand, meer drinken was niet goed als ze in zo'n ijle stemming was, straks kon ze helemaal niet meer zingen.

Haar vader negeerde het, schonk gewoon bij, ze kon nog net haar vingers wegtrekken. Ze wist niet of het was omdat hij te veel in zijn eigen voorstelling opging, of omdat hij haar wilde plagen.

'Wat is er mis met tao, pap?'

Even werd hun gesprek of wat daarvoor doorging onderbroken door de moeder met de baby die vroeg om een handdoekje. Ella kwam ertussen, hielp haar met een servet, depte wat van de schouder en vroeg of ze het kindje even vast mocht houden.

'Er is niks mis met tao, alleen die versimpelingen. Er is ook niks mis met de *Mona Lisa* op een T-shirt gedrukt, zolang je het maar niet voor het echte schilderij aanziet. Al die zogenaamde oosterse wijsheid. Zoek het in je eigen hoofd. Daar moet genoeg te vinden zijn.'

'Ik ben wel klaar met dat hoofd, weet je dat. De verering van het denken, dat eeuwige denken. Weet je wat we verwarren? Kennis met wijsheid. Het hart, de ziel, de gewone wereld...' Halverwege strandden haar woorden, wat kletste ze toch.

Haar vader snoof en nam nog een slok. Hij maakte een toostgebaar: 'Daar ga je dus! Wil je een gesprek het subjectieve moeras in trekken, dan begin je over het hart. "Zo voel ik het", klaar, iedereen uitgeluld – de empirie van het vrouwendom, veto over elk zinvol gesprek.'

Hij stootte zijn glas tegen dat van Kussendrager en legde het boek terug op tafel. 'Proost! Op Carl Jung! Hij heeft er een zoveelste vrouwelijke Jehova's getuige bij.' Hij wees met zijn glas haar kant op en keek haar strak aan. 'Daar was die charlatan en vrouwenverslinder dol op.'

'Vrouwen? Dat moet jou toch aanspreken, pap.'

'Am, doe je een beetje relaxed?' klonk het achter haar. Ze rook Johnno's aftershave. Ze voelde zich betrapt door de blik van Kussendrager. Alsof hij in één oogopslag kon zien dat dit haar vriend was geweest. Johnno was als enige in pak en zijn das zat onberispelijk geknoopt. De grachtengordel liep in een rafelig jasje of een coltrui. Ze kneep in zijn arm om hem te seinen, dat die das los moest. Wist hij veel dat deftigheid samengaat met understatement.

Johnno tikte haar vader op zijn schouder. 'Meneer Wenksterman, mag ik u vragen wie die stutpalen heeft neergezet? Beseft u wel dat ze er onveilig bij staan?'

Amber en Kussendrager stonden dicht bij elkaar. Amber concentreerde zich op de ongeveer acht centimeter die tussen haar blote arm en zijn wollen trui brandden. Ze keek hem vanonder haar wimpers aan en vroeg zich af of hij het ook voelde. Haar arm stond in de fik, en die niet alleen. Hij trok zijn wenkbrauwen op en zij de hare. Is spanning niet wederkerig, is daar niet altijd zoiets als een plus- en een minpool voor nodig, die genereer je toch niet in je eentje?

Johnno had even gewacht tot hij haar vaders aandacht had voor hij verderging: 'Je kunt het vergelijken met die scheve eik, die voorste daar, als het waait zoals deze dagen, dan... als zoiets eenmaal scheef staat, kun je een hefboomeffect krijgen.'

'De Heilige Eik bedoel je?' Wenksterman pakte het schaaltje nootjes, nam een hand, maakte een trechter van zijn vuist en liet ze een voor een zijn mond in glijden.

'Wat ik wil zeggen...' zei Johnno, 'het gaat me niet om dat ding, het gaat me om het huis.'

Haar vader verslikte zich bijna. 'Dat ding, ha!'

'Het gaat me om het wegzakken van het huis... Je kunt...'

Haar vader schraapte zijn keel, Ella liep net voorbij en klopte op zijn rug en met een raspende stem zei hij: 'Je kunt ook langs de snelweg gaan wonen, Johnno. Als je je ogen dichtdoet, lijkt het ruisen net op de branding van de zee.'

Iedereen viel stil.

Johnno legde een hand op de schouder van haar vader.

'Het is een prachtig pand, dat waardeer ik. Juist omdat het van onschatbare waarde is, bied ik aan om mee te denken, te helpen.'

Kussendrager stapte naar voren en gaf Johnno een hand. 'Wat zou er moeten gebeuren met de fundering, denk je?' Stom: dat had Amber moeten doen, ze had de mannen aan elkaar moeten voorstellen.

'Dat is waardevol, Johnno,' zei haar vader. 'Ik waardeer het enorm dat jij de waarde waardeert, maar wat me vanavond meer zou helpen is als je even bier zou halen.'

Amber wilde zeggen: doe het lekker zelf, pa, zoek het uit. Maar het was als met touwtjespringen: twijfelen, twijfelen en het moment gleed voorbij. Ze zag Johnno weglopen. Ze had het niet eerder gezien: als hij liep zette hij zijn rechtervoet wat naar binnen.

Opa stond achter haar vader te praten met een dame van middelbare leeftijd. Hij pakte het glas wijn uit Ambers handen. 'Dat lijkt me voor nu wel genoeg. Zeg, meisje, wanneer ga jij je liedje zingen? Daar kom ik tenslotte voor.'

Hij stapte op Kussendrager af, die net een toastje smeerde voor Amber: 'Jij hebt een zangschool toch? Nou, dan kun je een leven lang mensen opleiden, maar als Amber zingt, houdt niemand het droog. Als kind al. Haar moeder, haar oma, gevoelige vrouwen, niet van mij, hoor, nee, van de vrouwenlijn.'

Ze moest echt even naar Johnno toe. Hem helpen, zoals hij haar zo vaak had geholpen. 'Pardon, opa. Zo terug.' Ze voelde de blik van Kussendrager op haar blote rug branden. 'John! John, je moet geen bier gaan halen, dat slaat nergens op!'

Amber trof hem in de gang, terug van de kelder.

'Waarom sta je zo tegen die vent op te rijden? Kom je niet even naar me toe?'

'Waarom begon jij over die scheve eik?'

Johnno zuchtte. 'Begin jij nou ook al. Ik denk, ik begin over een detail. Dan trek ik van dat scheve ding de parallel naar het huis. Misschien niet handig van me.'

'Dat is geen scheef ding, dat is een heiligdom.'

'Dat bedoel ik dus, jullie hebben van die eigenaardige relikwieën hier.'

'Jullie?'

'Jullie, ja. Je bent sprekend je vader, wist je dat? Trouwens, ik wilde net de kelder in lopen. Je weet niet wat je ziet, je moet echt komen kijken. Het water staat bijna een meter hoog. Als mijn huis er zo bij stond, zou ik geen feest geven.'

Het was waar, ze was opgefokt, ze moest even rustig doen.

'Nou kom, kijk niet zo sip, laten we overnieuw...' Hij pakte haar gezicht.

Ze kon het niet laten. '*Opnieuw*, John, het is *opnieuw*.'

Even leek hij naar woorden te zoeken, toen draaide hij zich abrupt om en liep van haar weg. Zijn brede schouders stonden verslagen in zijn krijtstreeppak. Johnno was er de man niet naar om zonder groeten ergens te komen of weg te gaan, maar nu liep hij regelrecht naar de voordeur. 'Tabee. Doe ze de groeten. Succes met deze graftombe.'

Ze wilde hem iets naroepen, 'John!' Hij maakte een wegwerpgebaar. Toen ze de deur hoorde dichtvallen, vloekte ze. Het was zeker niet zíjn schuld, hij was alleen maar hartelijk geweest, maar was het de hare?

Geen minuut langer bleef ze op deze hakken staan. Ze ging naar boven, een vest pakken en zo vroeg mogelijk naar bed.

22

In het nisje van haar moeders kaptafel nestelde Amber zich tegen de muur. Alles was hier oudroze: het behang, het tafeltje, zelfs het bloemetjesgordijn in de deuropening. Zittend op de grond knipte ze een lampje aan. Het dimlicht omhuld door het geweven rijstpapier van de kap gaf zacht wiegende streepjes op de muur. Naar het feest beneden ging ze niet meer. Ze sloeg haar armen om haar knieën en dacht aan haar moeder. Aan hoe ze hier had gelegen. Hier bij het kaptafeltje. Dwars op de grond. Ze pulkte wat aan het tapijt. Johnno was al die jaren zo lief voor haar geweest. Als hij haar niet had geholpen... Zonder hem had ze niet geweten wat ze moest doen die ene avond. Dit was de plek waar ze haar hadden gevonden. Mama lag op de grond, haar gezicht paars in dit licht. Zelfs haar eerste keer met Johnno was vervlochten met haar moeder. Als ze aan zijn eerste kus terugdacht, voelde ze een opwellende warmte in haar onderbuik. Er was een causaal verband dat ze moeilijk kon ontrafelen, en toch had het met elkaar te maken: het vinden van haar moeder, haar ontmaagding, de twijfels vanaf het begin en de vier jaar die ze bij hem was gebleven, samengebald in het knooppunt van die eerste nacht.

    Een donker huis had ze achtergelaten. Ze was zeventien. Haar vader was aan het wandelen en onbereikbaar, in een tent ergens in een natuurgebied. Om tien uur dacht ze dat ze wel kon gaan. Haar moeder ging toch zo slapen. Toen ze vertrok, zat haar moeder in ochtendjas op de bank van de schouwkamer.

'Ik ga even, mam,' zei ze zo opgewekt mogelijk.

Haar moeder bewoog niet.

'Mams, ik moet naar een optreden met de band. Weet je nog?'

Stilte. Ze had een kopje thee naast haar neergezet.

Toen ze dicht bij haar stond hoorde ze: 'Blijf alsjeblieft.'

Amber had haar een zoen gegeven en was zachtjes naar de voordeur geslopen. Met het sluiten van de deur had ze zich van de zuigende blik in haar rug losgetrokken. Haar fietsslot ging moeilijk open, de twijfel drukte op haar borstkas. Langs de gracht naar het IJ had ze wind mee. Het was zomer, de terrassen zaten vol. Ze zoog de zoete lucht haar longen binnen. Een vreemde onverschilligheid overviel haar, ze trapte harder en harder en kwam licht bezweet aan.

Johnno stond haar op te wachten. Al snel vonden ze een beschutte locatie in de aula, een hoekje achter het gordijn op de betimmerde verwarming, ze wist wat er zou gebeuren, maar niet waarom ze het deed en of ze dit wilde. Of ze verliefd was. Met zijn handen om haar middel kusten ze elkaar. Centimeter voor centimeter schoof zijn hand omhoog over haar blouse. De zijde was zo dun dat het crème leek die hij over haar huid uitsmeerde.

Net toen hij haar bh-bandje traceerde, begon het trillen in haar broekzak.

'Sorry.' Amber perste haar hand in haar te strakzittende spijkerbroek om het toestel uit haar zak te wurmen. 'Mam', stond er op het scherm.

'Is er iets?' Johnno kuste haar nek. Het kietelde.

'O, niks,' zei ze. Ze zette de telefoon uit. In zijn handen, die brutaler werden en haar broekknoop ervaren losmaakten, probeerde ze de telefoon te vergeten. Het moment was verloren. Ze werd zich bewust van de mensen om haar heen. Als iemand het gordijn wegschoof; zelfs erdoorheen konden ze heupbewegingen zien. Wat stonden ze hier?

'Ik moet plassen,' zei ze, en ze had de knoop weer dichtgefrommeld.

Johnno pakte haar hand en zei: 'Kom mee.' Zijn stevige hand om de hare, het deed haar vingers knokig voelen, als kippenbotjes. Hij omklemde ze stevig, alsof hij ze elk moment kon breken, een kwetsbaar gevoel.

Op de wc zette ze de telefoon aan. Vier gemiste oproepen. Eén bericht.

'Amber, wil je me bellen? Het gaat niet goed.'

Ze voorvoelde het. Daar was ze achteraf zeker van. Ze voorvoelde het en ze deed niks, ze deed mínder dan niks: ze dronk baco's. Zichzelf voorhoudend dat haar moeder volwassen was en zichzelf prima redde, stak Amber een sigaret op en concentreerde ze zich op het uitblazen van kringetjes. Er stond een dj te draaien. Het was stampvol. Van roken werd haar stem ruw. De bandjongens gingen zo inspelen, ze waren bijna aan de beurt. Dunne meisjes op hoge hakken verzamelden zich rond het podium.

Het werd benauwd. De aula werd vochtig. Grote druppels vielen lukraak van het plafond. Het verdampte zweet van deze dansende menigte. Het duurde nog achttien minuten voor ze haar moeder terugbelde; ze nam niet op. Amber liet de beltoon overgaan, eindeloos, ze werd misselijk, het golfde in haar buik.

'Wat is er?' vroeg Johnno.

'Ik moet gaan.'

Hij vroeg het nummertje voor de garderobe en haalde haar jas, ze kreeg zijn brommerhelm. Achter op zijn scooter hoorde ze zichzelf in de helm ademen. Johnno stuurde met zijn rechterhand en pakte haar knie. Ze legde haar hand op de zijne. Hij kneep, zij kneep terug. Alsof ze in morse seinden.

Het huis was donker die nacht. Ze hadden geen licht aangedaan. Op de tast langs het antieke houtwerk van de trap trokken ze zichzelf langs de leuning omhoog. Haar moeder lag niet in haar eigen bed. En ook niet in het antieke bed van haar vader.

Het was Johnno die haar vond, hier, in het hoekje bij de kaptafel.

Als eerste zag ze haar moeders handen in het gedimde licht. Afwashanden noemde ze die zelf. Ze zag er glad en een beetje geel uit, haar borst ging onregelmatig op en neer. Haar lijf schokte. Ze had met al haar gevoel voor theater deze blauwe jurk aangetrokken. Gek genoeg had Amber haar nog nooit zo mooi gevonden. De blauwe aderen op haar slapen. Ze pakte haar afgekloven vingers en streelde ze.

In haar herinnering kwam de dokter algauw. Zijn koffertje zette hij op de grond naast haar. Hij voelde haar pols, stelde hen gerust.

'Geen zorgen.' Hoe hij dit zo zeker wist: geen idee, maar hij kwam tot de conclusie dat ze te weinig pillen had genomen om zelfs maar in de buurt van sterven te komen. Toen het na wat onderzoeken, wat telefoontjes, rustig bleek en haar moeder weer veilig in bed lag, zei hij gedragen: 'Het leven geven is moeilijk, het leven leven is moeilijker, maar het leven laten is het moeilijkst van alles.' Later hadden zij en Johnno zenuwachtig om deze wijsheid gelachen; op het moment zelf wilde ze niets liever dan de dokter omhelzen, ongeacht wat hij zei.

Het moest een mix van opluchting en baco's zijn. Nadat de dokter hun had verzekerd dat ze nu even niks meer konden doen, dat het goed kwam, dat haar moeder enkel haar roes moest uitslapen, bakten Johnno en zij eieren. Het wit en het geel verspreidden zich in de aangekoekte pan en ze spoten er mayonaise op. Johnno had een vuur gemaakt in de schouwkamer, en in het lege diepe huis onder het portret van grootmoeder hadden ze midden op het Perzische tapijt gelegen, eerst stil, kijkend naar de flikkeringen op het rozenplafond, tot ze langzaam bewogen, steeds vloeiender, steeds wilder, met steeds meer geluid en met steeds minder kleren aan hadden ze gevreeën voor de brandende haard.

Ze herinnerde zich nog hoe heet de huid van haar rug werd, alsof ze zou smelten en dat ze kort schreeuwde toen hij zich in haar duwde. Hij zei dat hij voorzichtig zou zijn, zij fluisterde dat dat niet hoefde en hij kreunde steeds luidruchtiger dat hij haar lekker vond en hoe hij naar haar verlangde, al zo lang naar haar verlangde. Ze concentreerde zich niet op de pijn, maar op het beeld dat zij dit niet was, dat ze alle vrouwen op deze aarde was. De eerste keer dat zijn zaad uit hem stroomde, fluisterde ze bibberig: 'Wat doe je met me?' en daarna werd het rustiger. Toen hij haar later die nacht met eindeloos geduld vingerde en ze zich aan zijn streelritme overgaf, gebeurde het alsnog, ze huilde. Dit waren geen verdrietige tranen, het waren tranen van de bevrijding van het orgasme, het kortstondige wegzinken in genot. Ze bleef huilen en hij bleef haar tranen likken.

Toen ze hun kleren verlegen bijeenraapten en naar boven gingen, voelde de daad zo vreemd en illegaal, dat ze als medeplegers niet meer los konden komen, het was beklonken.

In de vier jaar erna was het hun niet meer gelukt, niet meer zo intens, de preutsheid kwam met de tijd, andersom, pas later in de relatie. Haar lichaam werd steeds onwelwillender en misschien was de rest van hun samenzijn een zoektocht naar de herhaling van hun versmelting in deze nacht.

Ze had het een paar keer geprobeerd uit te maken, er bleek geen weg terug. Dat gebeurt als je vriendschap laat overlopen in seks: je vouwt het niet meer terug in de oorspronkelijke vorm. Zoals een regenpak niet meer in het krappe hoesje past nadat het eenmaal is gedragen.

Dat ze nu vier jaar verder waren, was aan zijn lichte karakter te danken. Dat hij haar afwijzingen niet zo nauw nam. Zoals hij die avond als eerste haar moeder vond, zo bleef hij haar boodschapper in het contact met haar moeder. Een buffer. Hij wist het vrolijke in haar moeder op te wekken.

Amber keek naar zichzelf. Ze schudde haar haren los, legde ze over haar linkerschouder en kamde ze in lange banen met de zilveren borstel, zoals haar moeder deed. Dichter bij de spiegel zag ze het blauwgrijs van haar ogen. Was zij dit?

Op de trap hoorde ze opa's stem. 'Wij willen Amber! Wij willen Amber!' Hij klonk buiten adem. Die oude man, dwalend door kamers op zoek naar zijn kleindochter. Gek genoeg had ze toen ze hem gisteren belde niets over Ella gezegd. Normaal waren ze altijd eerlijk tegen elkaar.

'Het is belangrijk dat mama komt morgen,' had ze hem door de telefoon gezegd en hij had haar verzekerd dat hij Veerle zou ophalen.

'Uiteindelijk komt alles goed, ook met je moeder,' had hij geantwoord.

'Alles?'

'Als het nog niet goed is, is het nog niet het einde.'

'Hoe weet je dat zo zeker, opa?'

Lange stilte. 'Ach, ik zeg maar wat,' had hij gemompeld en hij had opgehangen.

Ze hoorde de oude man beneden de trap af strompelen. Dat was precies het punt: ze deden allemaal maar wat. Dat is het treurige van familie. De een probeert de ander op te vrolijken, en de ander de een, en zo houden ze elkaar bezig. We kunnen niet gelukkig zijn als de ander het niet is, en zo houden we elkaar in de greep. Ze las eens dat we als gestrande vissen langs de kant zijn, die elkaar nat proberen te houden op het droge. In plaats van vrij en zelfstandig te zwemmen in de oceaan. Ze stelde haar leven in dienst van deze mensen, was er iemand gelukkiger?

Een stem in haar zei: Je kunt er ook gewoon mee ophouden. Stop ermee. Nu. Ze stond op en bekeek zichzelf in de spiegel. Glimlachte. Haar ogen knepen samen.

'Opa, wacht, ik kom, ik ben hier.'

Ze deed lippenstift op en liep hem achterna.

'Daar is ze!' riep opa toen ze de schouwkamer binnenliep. Iedereen leek zich bewust van Ambers binnenkomst. Kussendrager glimlachte en Ella keek haar veelbetekenend aan met een blik die vroeg: 'Is dit ons moment?' Ze knikte zoals vroeger, als zij en Amber optraden voor het kerstconcert op de basisschool. Dat was de afspraak destijds: Ella knikte, Amber telde af.

Amber schudde nee. 'Ik doe het zelf. A capella,' zei ze. Ze zette een harde schorre stem op: 'Luister allemaal. Wie een optreden wil, mag naar het tuinhuis komen.'

'Sssssst,' deed opa.

Mensen stootten elkaar aan, draaiden zich naar haar toe.

'Wie komt er mee?' vroeg ze. Ze zag zichzelf de tuindeuren opengooien en het moddergras in stampen, op haar sokken.

'Wat ga je zingen dan?' vroeg Ella.

Opa klapte: 'Iedereen! Hup!'

Zelfs op elkaar gepropt in het tuinhuis kwamen er wolkjes uit monden. De uitgever met zijn bakkebaarden blies op zijn handen. Zijn vrouw kroop tegen hem aan.

'Wat ga je zingen dan?' fluisterde Ella nog een keer.

'Dat moet ik zelf ook nog zien.'

Ella trok haar wenkbrauwen op en haar lippen spottend samen.

Wat moest, dat moest. Ze vertikte het om met Ella het ingestudeerde liedje voor haar vader te gaan zingen. Moest ze aankondigen dat ze ging improviseren? Zeggen dat ze dit niet had geoefend was zoiets als een speech beginnen met de opmerking dat je hem niet hebt voorbereid; een diskwalificatie en ze had geen zin meer in diskwalificaties.

Amber legde de bladmuziek weg. Ze nam een slok water.

De ruiten besloegen van zoveel ademende mensen. Het waren er zeker dertig; ze had nooit geweten dat dit hier allemaal paste. Ella had wat klapstoelen neergezet en met wat kisten een soort podium naast de vleugel gecreëerd. Ze had zelfs een theaterlamp geïnstalleerd, die was Amber nog niet eerder opgevallen, hij stond fel op het podium gericht.

Ze zag een camera liggen en pakte die. 'Wil jij het filmen, opa? Je hoeft alleen maar op de rode knop te drukken.'

'Goed, iedereen.' Ze probeerde diep te ademen. 'Je kunt zeggen dat deze familie bol staat van tradities, stijf staat, je kunt zeggen dat deze familie zijn tradities ís, of dat er nauwelijks familie meer is – alleen nog een museumverzameling aan tradities, bezweken onder de geschiedenis. Hoe dan ook: in deze familie zingen de Wenkstermannen een liedje

als iemand jarig is en dat ga ik dus ook doen. Voor jou, pap.'
Gek, ze keek hem aan en ze voelde haar keel warm worden. Ze zou niet klassiek zingen, ze zou niet doen waar hij op hoopte. 'Alleen, wat ik ga zingen is anders. Het is een Afrikaans slaapliedje. Mama zong het voor mij en oma zong het voor haar, want laten we niet vergeten, laten we toch gewoon even hardop zeggen: er is meer familie, er ontbreekt hier iemand, een nogal belangrijk iemand. Mijn moeder.'

Ella keek haar aan met samengeknepen ogen.

Amber concentreerde zich op haar voeten, zoals ze van Ella geleerd had, ze stond, ze nam een slok water en begon: 'Nooo.' Een lange noot. Een snik in haar stem. Ze balde haar handen tot vuisten. 'Het liedje dat ik ga zingen heet "Noyana Phezulu".' Ze keek in de camera. 'Mam, geen flauw idee wat het betekent, maar jij zong het voor mij tot je niet meer zong, omdat je geen muziek meer verdroeg. En dus zong ik stiekem onder mijn deken, in de nacht. En nu zing ik hardop, want... ik ben gewoon klaar met zwijgen.'

'Leven is doorgeven,' hijgde opa. Hij was nauwelijks te verstaan. 'Leven is doorgeven, betekent het. Dat zong mijn Anja altijd voor onze dochter, jouw moeder, Amber.' Zijn stem klonk plotseling weer helder.

Amber slikte, haar keel leek droog, en waar moest ze haar handen laten? Op haar buik leggen voelde plechtig. Armen over elkaar was geforceerd en gesloten. Ze zag Kussendrager vanonder zijn wenkbrauwen kijken en haar vaders uitgever bemoedigend lachen. Naar haar vader keek ze maar niet. Ze sloot haar ogen en liet haar armen nergens – bungelend dus, langs haar lichaam.

Ze begon. Ze duwde geen geluid uit haar keel, nee, de klank *ontstond* in haar, als een oerknal. Alsof er vuur in haar losbarstte, een vulkaan. Haar borst, haar keel, haar voorhoofd resoneerden alleen. In het gewone leven leek haar voltage vaak te hoog afgesteld. Als ze zong, klopte ze: dan werd ze elektriciteit. Alsof bliksemschichten door haar heen trokken en de ruimte meevibreerde. Pas bij het refrein deed ze voorzichtig haar ogen open. Mensen staarden haar aan. Kussendrager keek vertederd. Opa stond voor haar en keek vol aandacht, de camera hing erbij, inmiddels op zijn schoenen gericht.

Haar vader stond tegen de muur met Ella naast hem. De lamp scheen in haar gezicht, ze kon het niet goed zien. Het leek plotseling of mama naast hem stond. Ze wist dat het niet zo was, maar ze probeerde zich voor te stellen dat het haar moeder was, dat alles heel was en compleet, en misschien deed het er ook niet toe. Haar lijf leek een klankkast voor dit lijmende geluid. Ze zong hoger en hoger. Vuur was ze, dat staalkabels doorbrandde.

Ze gluurde door haar wimpers en zag het glimmen in haar vaders blik. Toen ze elkaar aankeken, keek hij haastig naar de vloer.

De stilte in het tuinhuis was geladen, ze was klaar. Het bleef stil. Je kon mensen horen slikken. Niemand bewoog. Tot opa begon te klappen. Langzaam en hard. Pas toen het klappen van de gasten overging in joelen, durfde Amber de mensen in de ogen te kijken. Ze ging blikken langs, lieve blikken. Pas nadat ze iedereen had aangekeken, besefte ze dat Kussendrager was verdwenen.

23

De gasten zongen 'Lang zal hij leven'. Met zijn handen in zijn zakken probeerde Wenksterman zichzelf een houding te geven. De tranen om het gevoelige liedje van zijn dochter waren gelukkig niet hoger gekomen dan zijn keel, hij slikte ze gemakkelijk weg. Hij verplaatste zijn gewicht van het ene been naar het andere en incasseerde het gezang; wat kon hij anders dan beleefd naar de grimas van zijn overenthousiaste buurvrouw Marijke kijken? Naar de spottende blik van zijn uitgever? Even deed Wenksterman zijn vingers golvend in de lucht alsof hij de dirigent was, daarna maakte hij met zijn hand een doorspoelgebaar. Nu frummelde hij met zijn vingers in zijn broekzak aan het spiekbriefje van zijn toespraak. Zodra deze flauwekul was afgelopen, zou hij zijn gasten meevragen naar het volgende vertrek: de eetkamer. Daar stond de chili con carne te dampen op geleende warmhoudplaten.

Voor het eerst twijfelde Wenksterman of hij er goed aan had gedaan de schimmel van de hoofdmaaltijd af te scheppen. Nu hij zo stond te dralen in zijn feestjasje, zijn billen samengeknepen, in de hoop dat de gasten niet ook nog 'Er is er een jarig' inzetten, walgde hij van zichzelf. Dat hij zo diep was gezonken dat hij deze mensen bedorven eten ging geven. Er overviel hem een eigenaardig soort medelijden met Ella; een medelijden dat afstand opwekte. Misschien had hij het haar gewoon moeten vertellen van de kelder; had zij een betere oplossing geweten dan de schimmel eraf scheppen en wegroeren? Beter was het geweest iets nieuws te maken – en anders was er altijd nog de afhaalchinees. Aan de andere kant, mensen hebben toch nauwelijks door wat ze eten op een partij. Om de afstand te overbruggen, of te verhullen, dat wist hij zelf niet, sloeg hij een arm om Ella's schouder. Door de dunne stof voelde hij haar schouderblad. Ze voelde gespannen.

'Hieperdepiep, hoera! Hieperdepiep...'

Net vóór de derde hoera viel het stil, alsof er een stekker uit het lied werd getrokken. De lach op het gezicht van zijn uitgever verstomde.

Wenksterman zag zijn kans schoon.

'Mensen, welkom in het huis met de gouden ketting. Het zal jullie vast niet ontgaan zijn dat het al een paar jaartjes meegaat, maar wat jullie niet weten is dat toen mijn overgrootvader hier binnenliep en zijn vrouw zei: "Wat is het hier scheef, ik word duizelig, zeeziek...", hij antwoordde: "Dan weet ik zeker dat we hier gaan wonen." Ha!' Hij schraapte zijn keel en sprak nog luider: 'We hebben allemaal de stutpalen zien staan. Dit oudste huis van de gracht wankelt als het oude mannetje met de stok, maar fier en trots.'

Teun riep: 'Je gaat ons toch geen bijdrage vragen?'

Hij antwoordde ad rem dat de collecte zou volgen na meer wijn en verlaagde zijn stem. 'We leven 11 mei 1772. De schouwburg stond hier verderop, waar nu hotel The Blakes staat. De poort is er nog. Een voorvader van me was de directeur-generaal van de schouwburg, de architect die verantwoordelijk was voor de verbouwing. Het stuk *De deserteur* wordt opgevoerd. Van Sedaine, dacht ik, volkomen vergeten, die man. Een smeerkoker – dienend als toneelverlichting – vat vlam. In minder dan tien minuten slaan de vlammen uit het dak. Mensen rennen over de stoelen, ze willen naar buiten. Alleen... de deuren zijn afgesloten... Een volle zaal in paniek.'

Zijn uitgever stootte iemand aan, er klonk gestommel achter hem. Wenksterman sprak door.

'De rook is tot in Haarlem te zien. Een constructiefout van mijn voorvader: de deuren kunnen alleen naar binnen open. De mensenmassa drukt de deuren dicht, opgesloten in de vlammenzee. De man, de architect en verantwoordelijke, rent naar binnen, kan een paar mensen bevrijden, totdat ook hij niet meer terugkomt. Zijn vrouw verhangt zich, ze laat een wees achter. Vijftig jaar staat het huis leeg. Tot mijn betovergrootvader het terugkoopt en wij zijn hier nog steeds...' Hij moest iets wegslikken. 'Ik breng graag een toost uit op...'

Het was duidelijk dat er iemand achter hem stond. Hij zag het aan het gestaakte klappen van zijn uitgever en aan de ogen van Amber, wijd opengesperd.

'Het huis, het huis, het huis, laat me raden, we praten over het huis,' klonk het achter hem.

'Mam.' Amber wrong zich tussen de mensen door.

Wenksterman bleef staan en draaide zich toen heel voorzichtig om. In haar roodfluwelen broekpak stond ze achter hem. Veerle had een heggenschaar in haar handen. Ze had tuinhandschoenen aan en ze trilde. Het eerste wat hij zag was haar decolleté. Ze had de rits van boven opengetrokken, eronder was haar zwarte bh te zien. Haar taille leek slanker, waardoor haar borsten disproportioneel naar voren staken. Zijn arm lag verstijfd over Ella's schouder. Hij trok hem er zo onopvallend mogelijk af.

Veerle sprak overdreven vrolijk. 'Ik vroeg me af of hier nog wat te dansen viel. Of komt dat straks, na de taart? Ella, vertel, jij bent de gastvrouw.'

Amber stapte naar voren. 'Mam, jezus, wat zie je eruit. Wat is dat?' Ze klopte haar kleren af.

Ella knikte nerveus naar Wenksterman en draaide zich bezorgd naar haar nicht toe. Een zenuwachtig lachje van de vrouw naast haar. Mensen schoven wat heen en weer.

Veerle griste het glas uit de hand van Ella en nam een slok, in haar andere hand nog steeds de heggenschaar. 'Smaakt goed. Sinds ik van de pillen af ben, proef ik zoveel beter.' Ze kwam naast Ella staan. 'Fijn, familie, dat gevoel van verbondenheid. Wij gaan ver terug toch? Wisten jullie dat, mensen? Dat wij nog samen in bad met eendjes speelden? Ella was zeven en ik was twaalf. Ik waste jouw haren, weet je nog? Dan moest er een washandje voor je ogen. Dan vroeg je mij hoe die haren daar beneden kwamen en ik vertelde jou dat het pijn doet als je beginnende borsten krijgt.'

Veerle streek door Ella's haar, Ella leek zich niet te durven bewegen. 'Zullen we samen dansen, Ella, zo meteen in de opkamer? Het hart van het huis. Prachtig toch, zoveel historie.' Veerle legde de heggenschaar op tafel en greep Ella bij haar polsen om een rondje met haar te kunnen draaien. Ella probeerde zich los te maken en keek ondertussen naar Wenksterman. Ze wenkte dat hij iets moest doen. Hij schraapte zijn keel.

'Veerle, ga je mee? We wilden net naar de eetkamer gaan.'

Veerle liet Ella los en keek hem aan. Ze droeg de amulet, het erfstuk van haar moeder.

'Kijk niet zo verschrikt, lieverd. Ik kom je feest niet bederven, integendeel. Ik kom je vrijheid schenken, en jou ook, Ella. Alleen, hoe geef je zoiets cadeau, vrijheid?'

'Veerle.' Wenksterman probeerde haar diep in de ogen te kijken, contact te maken, haar tot bedaren te brengen.

'Zijn we niet net een papegaai in een open gouden kooitje die "vrijheid, vrijheid" roept? We hebben de kans weg te vliegen, maar we blijven maar braaf op ons stokje zitten, hè, zo onnodig.' Ze stapte op de klok af en trok aan het hendeltje om het deurtje te openen.

Dit ging te ver. Hij ging ervoor staan. 'Laat dicht, Veer!' Voorzichtig maar krachtig duwde hij haar van de klok weg.

'Poeh, niet zo zenuwachtig.' Veerle zette haar handen op haar heupen en trok haar schouders recht. 'Hoe geef ik mijn lieftallige echtgenoot zijn vrijheid terug? Daar heb ik over nagedacht en toen vond ik dit. Laat ik eens kijken, wat heb ik hier?' Uit haar decolleté viste ze een brochure. 'Mijn psychiater van de inrichting had dit in zijn folderrek liggen, gratis. Het heet: "Rouwverwerking in drie fasen". Eens even zien. Fase één: onderken de realiteit van je verlies. Fase twee...' Ze keek rond alsof ze college gaf en zeker wilde weten dat iedereen haar volgde. 'Even kijken, fase twee. Ervaar de pijn.'

Zou je haar moeder op een film zien en draaide je het geluid erbij weg, dan zou ze krachtig lijken. Een zakenvrouw die haar bedrijf toespreekt over de meevallende omzet. Eigenlijk was Amber trots op haar moeder, om hoe ze was afgevallen en alle aandacht naar zich toe durfde te trekken. Ze zag er mooi uit. Het was ongemakkelijk, maar ook dapper. Eindelijk ging ze eens tegen haar vader in.

'Veerle, alsjeblieft.' Haar vader sprak zacht en gedecideerd, smekend bijna, alleen omdat het zo muisstil was, voor iedereen hoorbaar. Amber had hem niet eerder zo gezien.

'Fase drie – integreer het verlies in je alledaagse leven,' las haar moeder onverstoorbaar verder.

'Waarom nu? Hoe kun je zo egoïstisch zijn?' zei hij.

Haar moeder paste haar volume niet aan het zijne aan. 'Zijn we niet samen egoïstisch? Elkaars spiegel, jij en ik?'

Haar vader pakte haar vast, leek iets te fluisteren. 'Het is genoeg. Denk aan je dochter.' Amber kreeg het warm. Waar ging dit heen? Die Esther, naast haar, leek steeds dichterbij te komen zitten. Wat stond iedereen haar aan te gapen? Ze kreeg het benauwd tussen al die mensen, ze hoorde de uitgever naast haar grinniken. Viel er iets te grinniken? Waarom bewoog niemand?

'Nee.' Haar moeder rukte zich van hem los en verhief haar stem. 'De vrouw met de pleisters houdt haar mond niet. Niet meer. Ze heeft pleisters over haar hele lichaam, maar niet meer over haar mond.' Haar moeder keek verwilderd, bijna verlekkerd als een losgebroken dier in de dierentuin, de geschrokken gezichten langs. Haar stem klonk ongedurig, alsof ze elk moment kon gaan lachen, of huilen, of allebei. 'Ja, ik ben egoïstisch. Maar ik ben hier niet voor mij, schat. Ook niet voor jou. Ik ben hier voor onze dochter. Die hebben we samen gemaakt, weet je nog?'

Haar vader maakte een ongecontroleerde beweging en stootte een wijnglas om. De wijn drupte van de tafelrand op het tapijt en hij had het niet eens door. Amber kon het geruzie van haar ouders niet meer aanzien en liep naar voren. 'Papa, alsjeblieft, ze bedoelt het niet zo. Mam, je bent in de war. Laten we...'

Haar moeder pakte Ambers pols en sprak zachter. 'In de war? Nee. Ik praat niet tégen je vader, ik wil mét hem praten. Serieus.' Ze keek weer naar hem. 'Mét je. Wij zijn hetzelfde, liefste. Gestold in de tijd. Twee zwemmertjes voor hun A-diploma – die dat zwarte gat maar niet door durven zwemmen. We staan daar al twintig jaar te bibberen langs de kant en elk jaar wordt Amber ouder en het gat dieper.' Ze maakte een gebaar naar Amber. 'We springen niet. En dan kun je honderd vrouwen afgaan, verstoppertje spelen in de kut van mijn nicht, maar dat zwart, daar moeten we doorheen. Jij en ik. Want dat wíj ons rouwdiploma niet halen, soit. Maar zij...'

'Waag het niet. Je waagt het niet.' Wenksterman leek zijn hand over de mond van zijn vrouw te willen leggen. Er klonk geroezemoes.

Haar moeder pakte de heggenschaar van tafel en richtte die op haar hals, op haar amulet. De gasten stapten naar achteren, maakten schrikgeluiden, draaiden allemaal haar kant op. Amber schrok.

'Mijn god!' riep Esther. Het leek of alles vertraagd ging, niemand durfde wat te doen. Amber zocht de blikken van haar opa en haar vader, haar wangen werden heet. Dit kon zo niet langer. Stond ze haar eigen dood aan te kondigen? Amber moest ingrijpen.

'Opa! Help! Kom!'

Hij leek niet van plan in beweging te komen.

'Help, opa!'

Hij stond daar maar, zijn armen bungelden langs zijn wollen jasje.

Haar moeders stem klonk schel. 'Het huis met de gouden ketting. Toepasselijk beeld, een ketting – zo verbonden als we zijn met elkaar. Maar wat als je een stukje wegknipt? Een klein stukje maar?' Met de immense scharen maakte ze een knipbeweging naar haar nek.

Amber kon het niet meer aanzien, en wat stond iedereen meewarig te kijken. Ze keek van haar opa naar haar vader en terug.

'Opa? Pap? Wat gaan we doen?' Eindelijk schoof opa tussen de uitgever en de overbuurvrouw door, die veelbetekenend naar hem knikten en een stap opzijzetten. In zijn wankele loop glimlachte hij naar Amber, en bij haar en haar moeder aangekomen pakte hij háár hand in plaats van die van haar moeder.

'Ga maar even zitten, Amber.'

Amber trok haar pols los. 'Waarom ík? Ik hoef niet te zitten.' Achterin klonk het gerinkel van omvallend glas. Gehoest. Haar moeder gooide de heggenschaar met kabaal weg en ging zitten op de klapstoel naast het raam, haar vader pakte een andere stoel en schoof naast zijn vrouw.

'Veertje.' Zijn stem klonk gebarsten, als boomwortels door een opengebroken wegdek. Was hij geraakt? Het klonk bijna smekend. 'Als we nou morgen met zijn drieën gaan wandelen, hè? Dan praten we rustig met Amber.' Hij pakte haar moeders hand.

Amber liep op haar moeder af. Ze praatte zachtjes. 'Mam, het is niet fijn zo. We vinden je lief. We vinden het knap dat je bent gekomen, maar nu is het feest...'

Veerle leek onverstoorbaar. 'Amber. We moeten je wat vertellen.'

'Godverdomme.' Wenksterman stoof op en keek naar Amber.

Ella klapte in haar handen. 'Mensen, dit is privé. Het is tijd voor de volgende gang, wat dachten jullie ervan... In de eetkamer wacht chili con carne.' Wat reageerde iedereen aarzelend, zagen ze niet dat ze op moesten rotten, dat trage schuiven van stoelen, Esther en de uitgever keken elkaar aan, maar leken op de bevestiging van de gastheer te wachten. Er vielen wijndozen naast Ella om.

Opa keek naar Wenksterman en knikte dwingend, met opengesperde ogen en opgetrokken wenkbrauwen. Hij klapte in zijn handen en riep: 'Beste mensen, volg Ella en mij. We gaan een hapje eten.'

Toen de laatste gasten uit het tuinhuis vertrokken, sprak haar moeder met lage stem, haar ogen gericht op een punt van de vloer. 'Als je een kind verliest, dan wil je dood. Alleen, je kúnt niet dood, dus leef je door, jezelf halfdood wanend, een uitruil met de gestorvene. Je gaat door met bewegen, maar je bent een schim, want zijn lieve schaduw is overal. Hoe heviger de zon schijnt, hoe meer schaduw.' Ze keek plotseling op, naar Amber. 'Het is vooral jouw gezicht, Amber...' Ze slikte en pakte haar vaders pols. 'We moeten hem een boom geven. Ik heb een boompje voor hem meegenomen.'

'Hém? Waar heb je het in hemelsnaam over?' Amber voelde zich misselijk worden. Ze wilde dit weten en ook helemaal niet.

'Je broer, Amber. Je hebt een gestorven tweelingbroer.' Haar stem klonk helder.

Dit kon niet waar zijn en dus wás het niet waar. Een stroomstoot trok door haar benen. Ze keek naar de twee mensen op de klapstoelen.

'Goed, mam, neem een pil, ga naar bed. Hier is nu een feest, en we doen gewoon even normaal. We zijn een rare familie. Maar op een feest doen we normaal. Klaar.' Amber keek naar haar vader.

'Hij heette Thomas,' fluisterde hij.

In haar ooghoek zag ze opa afwachtend meekijken.

'Wat?'

Hij knikte alleen. Waar sloeg dit op? Wie houdt er een kind geheim, en waarom in vredesnaam?

'Ik heb dorst. Is er nog bier?'

'Je moet even rustig worden, Amber,' zei haar vader.

Dit was haar leven niet. 'Ik moet niks.' Ze stond op en liep naar de ijskast. Er lagen zes Heineken-flesjes. Het was gek, ze zag zichzelf heus wel, ze zag haar arm de flesjes pakken en ze had het prima gehoord over die broer, en ze had het ook begrepen, maar voor een paar seconden wilde ze haar oude leven vasthouden, even nog, heel even.

Ze ging dwars op haar stoel zitten en nam een slok bier. Ze hield niet eens van bier. 'Gut, Thomas dus, en verder?'

Haar moeder trilde niet meer, ze sprak zacht, maar helder. 'Hij heette Thomas en hij is vier maanden, zes dagen en drie uur oud geworden. We sliepen toen hij stierf.'

Amber leunde achterover. Net raasde het in haar, nu niet meer, vanbinnen was ze stilgelegd.

'Hij is gestorven in ons bed. In het bed van zijn eigen ouders.'

'Ik geloof dit niet. Waarom zou je zoiets niet vertellen?' Het was raar, ze sprak de woorden, maar haar stem leek de hare niet.

'Het is zo, Amber, we hebben hem verloren,' zei haar vader. 'En het jou niet verteld. Niet kúnnen vertellen.'

Haar moeder viel hem bij. 'Je broertje was de rust zelve, hij had een kleine teen die langer was dan de rest, net als je vader en net als jij, Amber.' Ze glimlachte even. 'Hij lag op een aankleedkussen en toch...'

Ambers oren suisden, alsof er naast haar werd gestofzuigd.

'Alsjeblieft, Veerle.' Haar vader deed of hij protesteerde, maar in zijn stem klonk verslagenheid door. Hij leek een dier dat nog één keer zijn hoofd ophief voor hij stierf. 'Het was een ongeluk,' zei hij, 'we dachten dat het goed was om...'

Veerle sprak harder nu. 'Ik heb me altijd afgevraagd hoe het kan dat een moeder gewoon doorslaapt terwijl haar kind stikt onder haar eigen gewicht... zulke geweldige ouders waren wij, die heerlijk slapen, terwijl hun kind ondertussen...' Ze had haar vaders wangen nog niet eerder zo rood gezien. Er spoot speeksel uit zijn mond toen hij schreeuwde: 'We zijn niet op hem gaan liggen! Het was wiegendood! Is het niet pijnlijk genoeg zonder dit soort zelfkastijding! Moet je de pijn inwrijven, jij? Verdomme. Je bent versláááfd aan pijn.'

Amber keek naar een druipende kaars die een platte surrealistische vlek op het tafelkleed achterliet. En toen naar buiten. De lucht was paars. In de verte zag ze mensen door de tuin lopen, arm in arm, schimmen van gebogen hoofden. Het leek wel een stiltemars. Richt die koppen op, mensen!

In huis waren slechts hier en daar lichtjes aan.

Wat een vertoning. Ella kon het niet meer aanzien en liep naar de eetkamer. Hij had haar niet verdedigd toen Veerle riep dat hij troost zocht in haar kut. Wenksterman die Veerle zo hekelde, haar nauwelijks kon aankijken. Pas toen deze verslagen mensen naast elkaar stonden, zag Ella wat een drenkelingen het waren, aan elkaar vastgeklonken. Hij hield nog van Veerle, dat was duidelijk. En dat mocht. Dat pleitte voor hem, voor de kwaliteit van zijn hart. Een man die een vrouw na twintig jaar dumpt en niet meer van haar houdt is ongeloofwaardig. Het was iets anders wat Ella in het gezicht sloeg. Dat hij zijn eigen vrouw ontliep omdat ze hem confronteerde met een schaduw, soit. Dat zij hier de blindedarm van het gezelschap was, alla. Dat ze die Marijke net ook al zag kijken, met die zogenaamde neutrale vraag van haar toen ze binnenkwam: 'Was jij nou "de nicht"?' Die ondertoon, ook prima. Maar dat gebrek aan zelfreflectie. Hoe weinig wist hij van zichzelf?

Ineens zag ze: hij was een man die een jongen bleef. Een kapitein op een zinkend schip. Ze hield van de kapitein, maar niet van het zinken.

Onderweg naar de eetkamer bedacht ze dat er te weinig servetten waren. Een vrouw met opgestoken haar was naar haar toegekomen en had gefluisterd: 'Weet je zeker dat dit eten de bedoeling is?'

Ella kwam de eetkamer binnen. De mensen stonden haar aan te staren met hun bordjes weggeschoven op tafel.

Marijke stond voorop en nam duidelijk de rol van groepsleider aan met haar verlekkerde stem: 'Het ruikt. Ik weet niet. Misschien moet je zelf even proeven...'

Ella nam een hap en spuugde het uit. Ze keek een tijdje naar het bordje en bleef met haar ogen op de tafel gericht, om maar niemand aan te hoeven kijken. Ze rook nog aan een andere schaal.

'Dit gaan we niet eten, mensen.' Ze begon af te ruimen, haar blik laag houdend. In gedachten zag ze Wenksterman weer de kelder uit komen, 'beetje roeren' had hij gezegd. Waarom zocht ze van alle mannen een man uit met zoveel zooi om zich heen? Bij hem blijven was als een gestoffeerd appartement betrekken, haar smaak deed er weinig toe – de zaken lagen al vast –, zij mocht op zijn best de kleur van de servetten bepalen.

'Zal ik even helpen?' Esther kwam achter haar aan.

'Ga alsjeblieft die mensen vermaken. Zet muziek aan! Weet ik veel!' snauwde ze. Ze moest echt even alleen zijn, in plaats van die adem van Esther in haar nek te voelen. Gek werd ze van die sensatiebeluste blikken in haar rug, en toen ze het trapje van de keuken op liep, draaide ze zich naar de gasten om. 'Willen jullie even ophouden me zo aan te staren?'

Eén dag. Wat was nou één dag? Wenksterman had morgen aan Amber willen uitleggen hoe het zat. Hoe bang hij was geweest, dat hij geen twee kinderen kon verliezen, hij zou haar om begrip vragen. Hij wilde weg, even in zijn bibliotheek zitten, tot rust komen.

Veerle stond voor de uitgang van het halletje in haar fluwelen broekpak. Ze versperde hem de weg. Ze stond daar, ze rilde, zoals vroeger toen ze alleen een vestje aanhad achter op zijn fiets. Achter haar rug pakte Wenksterman de deurklink.

Veerle bleef staan en keek hem recht aan. Hij keek in haar ogen. In haar linkeriris zaten nog altijd de bruine vlekjes. Hij keek naar haar borsten en hij rook haar rozenparfum, gedempt door de matte geur van haar huid. Hun nestgeur. Veerle bleef kalm en sprak met lage onverbiddelijke stem. 'Ja, het is zo. Ik was verslaafd aan pijn. En dat moet ophouden. Daarom heb ik een boom voor jou, voor ons. Onze zoon hoort een boom te hebben. We gaan samen graven.'

Hij liet zijn schouders zakken.

Ella kwam aangesneld. 'Je moet nu komen! Nu! Het eten is bedorven!'

'Laat maar even, El.'

Wie begon er op zo'n moment over eten.

Veerle stapte opzij. Wenksterman liep traag de tuin in, pakte de schep uit het gras en begon te graven, gedecideerd.

Ella ging achter hem staan en riep: 'Doe normaal! Het is tien uur 's avonds.' Ze siste in zijn oor. 'Het is feest, idioot.'

Wenksterman keek niet op toen Ella op haar pumps over het gras wegzwikte. Met een grote schep groef hij gras weg. Sneller en sneller. Als een hond die in het wilde weg aarde naar achteren gooit. Veerle stond achter hem, op de plek waar het zwart terechtkwam. Het landde op haar schoenen, op haar mouwen, in haar haren.

Amber stapelde daas wat bordjes op en schoof onaangeroerde chili in de prullenbak. Al dat eten. Door het raampje zag ze de laatste gasten fluisterend het huis uit lopen, voorzichtig kijkend, haar ouders passerend. Ze zag hoe de uitgever een arm om Esther sloeg, waarom schokte zij met haar schouders? Zelf was ze zeldzaam kalm, ze registreerde enkel nog, observeerde dit graaffestijn en had geen vragen. Alsof het omgekeerd was, alsof ze in tijden niet zo helder was geweest, het altijd had geweten. De mist was opgetrokken. Een broertje. Haar broer.

Pas toen het hele huis leeg was, ging ze traag naar buiten. Ze hief haar kin op, nam een grote hap lucht en zag de omtrek van de kale takken in het licht van de maan. Ze stapte op grootmoeders boom af en gaf een klopje op de stam.

'Dag grootmoeder.'

Ze voorvoelde dat ze hier een tijd niet zou komen. Toen ze het huis weer in ging, liep ze traag de lange gang door, streelde over de richel van de lambrisering, het behang van haar jeugd.

Na wat trekken ging de voordeur open. Ze stapte naar buiten, genoot van de frisse lucht, bleef op het bordes staan en belde aan bij Kussendrager.

24

Met de ziekenhuisdeken bedekte Wenksterman de benen van zijn schoonvader. In zijn toestand mocht hij een kamer voor zichzelf. Hij kon enkel nog fluisteren.

'Een laatste wens: als je dat pand van jullie straks hebt opgeknapt van mijn centen, waag het dan niet me tussen de wormen en die voorouders van je te leggen.'

'Jij in onze familietuin, wat denk je zelf?'

Zijn schoonvader zag geler, het infuus hing verloren naast hem. Hij had het vandaag uit de rug van zijn hand getrokken, geroepen dat het welletjes was en de verpleegsters geschokt door hard met de draden te slingeren. Het was duidelijk dat het meer een kwestie was van uren dan van dagen. Veerle was beneden in de kantine thee aan het halen.

'Goddank. Je hebt twee soorten mensen.' Zijn schoonvader ademde luidruchtig. 'De nederige soort kiest de oven, het ijdele slag wil zo nodig een stuk aarde bezet houden.' Hijgend kwam hij bij het einde van zijn zin en sloot de ogen. Zijn huid glom en stond strak.

'Dank je wel, pa.' Wenksterman sprak zacht.

'Vergis je niet. Het geld is voor Amber, dat weet je. Zij mag beslissen of ze het in het huis investeert.'

'Dat bedoel ik niet.' Wenksterman wachtte tot zijn schoonvader de ogen opendeed, maar dat gebeurde niet.

'Ik bedoel: dank je wel.' Hij had willen zeggen: dank je wel voor een mooi mens zijn.

Zijn schoonvader leek in te dutten en glimlachte vaag.

Wenksterman wilde zachtjes vertrekken toen zijn schoonvader sprak: 'Je hebt een mooi vak, jongen. Als ik het zo overzie, is biologie mijn enige religie. Mag ik je iets belangrijks vragen?'

Wenksterman verwachtte dat hij zou zeggen: zorg goed voor mijn dochter en kleindochter.

'Klopt het dat dieren in de natuur vergeten wie hun moeder is?'

'Eh, veel dieren na hun zoogtijd, ja.'

'Klopt het dat een opgroeiende bok soms zijn moeder neukt?'

Waar ging dit over? Misschien was het de morfine, was hij aan het ijlen? Wenksterman kreeg geen kans om te antwoorden.

'Is dat het probleem van mannen, van jou en mij, dat we niet loskomen van onze moeders? We zijn emotioneel onaf. We blijven jongetjes, in de ban van onze moeders. We groeien niet op.' Hij kneep in zijn hand. 'Je denkt dat je onafhankelijk bent, maar die bittere moeder van je zwaait nog steeds de scepter vanuit de achtertuin. Word een man, dan komen Veerle en Amber bij je terug. Misschien zouden we onszelf allemaal genezen als we onze moeder als gewone vrouw gingen zien, als we ophielden haar kind te zijn, als we haar eens goed zouden neuken...' Hij was bijna onhoorbaar gaan praten. Toch verstond Wenksterman het goed: het laatste woord van zijn schoonvader was onmiskenbaar 'neuken' geweest. Als het niet zo'n eigenaardig en treurig moment was, had Wenksterman er smakelijk om gelachen.

Na een paar uur was zijn schoonvader, zeker voor zo'n rasoverlever, vredig gestorven.

Het was lente, de crematie was inmiddels drie maanden geleden, Wenksterman smeet een zak brood op tafel. Acht uur, tijd voor zijn ochtendboterham. De tafel dekken deed hij allang niet meer, zoiets had alleen zin bij meer borden. Hij besmeerde zijn boterham op de krant met de kaasschaaf omdat hij geen mes kon vinden. Eerst een met pindakaas en daarna een met appelstroop, zoals iedere morgen. Het huis bewoonde hij sinds de kerst alleen, nadat Ella en Amber waren vertrokken: Amber op reis, Ella terug in haar appartement in de Watergraafsmeer. Nog steeds zag Wenksterman dat vergeelde en verschrompelde lijk voor zich dat het magere lichaam in een mum van tijd was geworden. Die huls in een kist die alles en tegelijk niks met Veerles verwekker te maken had.

Buiten stond het boompje voor zijn zoon voor het eerst in bloei. Het was een appelboom. Daar had Veerle voor gekozen; geen eik, had ze gezegd, in godsnaam niet nog een eik.

Hij pakte de appelstroop en trok het deksel eraf, zette de kaasschaaf er schuin in, smeerde zo goed en zo kwaad als het ging, nam een hap, kauwde, en keek naar de potkachel met de eeuwenoude stoof ernaast. Gedachteloos streelde hij het geel en rood.

Ondertussen draaide hij de beker stroop in zijn hand. Het was onbeduidend, dit karton en toch kreeg hij een inzicht. Hij at verdomme sinds zijn tiende appelstroop en hij had nog nooit gezien dat het pak geel was met rode letters! Rinse Appelstroop. Gekrulde letters! Misschien is het zo met wat je nabij is, dat je er blind voor wordt. Dat hij een man was van de vierkante meter, daar was hij trots op; dat hij niets meer nodig had, daarin school de vrijheid, zo vertelde hij zichzelf. Maar misschien was hij zo vergroeid met dit huis dat hij het niet meer zuiver zag? En waar je je niet bewust van bent, daar ben je ook niet vrij van, zoals een vis zich niet bewust is van het water waarin hij zwemt. Misschien is blind worden voor een pak appelstroop, voor je eigen huis, hetzelfde als blind worden voor je lichaam, je familie. Wat je elke dag ziet zie je niet helder meer. Je lichaam word je je vaak ook pas bewust als je ziek bent of pijn hebt, als het hapert. Zo ook de verhouding met je ouders – je kunt ze pas bewust liefhebben als je afstand neemt, los van ze bent, en erkent wat je aan hen haat, waarin ze tekort zijn geschoten. Als je ze als hele mensen ziet.

Hij liep naar de kraan en dronk. Deze hopeloos ouderwetse kraan, in een keuken die modern was op zijn moeders dertigste. Dat het tijd was voor een nieuwe verwarming, die dingen bedacht hij vaker. Hij kauwde op de boterham en hoorde zichzelf slikken. Het was pas tien over acht. Misschien had hij gewoon te veel tijd om na te denken.

Veerle was in Apeldoorn. Ze had het huis van haar vader daar geërfd. Daar assisteerde ze Steven in een praatgroep rouwverwerking. Als ze haar pillen slikte ging het prima, al bleef ze gevoelig voor stemmingen. Ze stonden op goede voet, hij en zijn vrouw, en ze had hem zelfs voor een weekendcursus uitgenodigd. 'Het is heerlijk, hoor, om te praten met gelijkgestemden.'

Gelijkgestemden.

Hij stond op en spoelde de kaasschaaf af. De gootsteen stond vol vuile vaat van de laatste week. Overal fruitvliegjes – mogen die beestjes ook een leven hebben?

Ella had hij de laatste maanden steeds minder gezien, het was twee keer in een vrijpartij uitgemond, maar ze kon niet meer om haar kinderwens heen, zei ze. Ze was op zoek naar een donor en in gesprek met een homostel. Snel boos was ze de laatste tijd, misschien kwam het door de hormonen van de inseminaties, zeker na het vrijen gebeurde het, dat zeuren, en daarvan zakte zijn testosteron nou eenmaal, daar kon hij niks aan doen. Biologie zou zijn schoonvader zeggen. Het was verdrietig, maar als dromen tussen geliefden uiteenlopen, dempt dat. Staat vrijheid bovendien niet haaks op verliefd zijn? Is verliefd zijn niet het misverstand dat je het verschil tussen de ene vrouw en de andere overdrijft? Of waren de hormonen in zijn lichaam geremd door de inzichten van de laatste maanden? Als de palen recht staan, zoals zijn schoonvader zei, laat je je minder makkelijk bedotten door illusies. Toch kwam Ella nog veel in zijn masturbaties voor. Elke keer dat hij haar concerten bezocht, leek ze sterker dan de vorige keer, met meer bezieling te spelen. De laatste keer dat hij er was, zei ze dat ze zich minder goed kon concentreren als hij in de zaal zat, dat ze ruimte nodig had. Dat ze elkaar zo nooit vergaten.

'Je spel gaat er niet op achteruit. Verliefd?'

'Ja, ik hou steeds meer van mezelf. Dank je wel dat je het vraagt.'

Ze had hem lang aangekeken en was meegelopen met een knaap met een cellohoes om zijn schouder.

'Vaarwel, Wenksterman.'

'Je doet alsof je gaat emigreren,' had hij haar nageroepen. 'Je woont in de Watergraafsmeer. Dan kunnen we toch nog wel koffiedrinken?'

'Jij komt nooit het centrum uit.'

'Maar jij komt er wel in.'

Het kon haar blijkbaar niks schelen dat er allemaal orkestleden meeluisterden. Dat het galmde door de lege zaal. Ze had hard geroepen, met een echo. 'Wie weet. Als ik straks een oude vrijster ben en mijn baarmoeder definitief is verdord, kom ik wel weer eens buurten.' Hij was naar huis gegaan en had uitgerekend hoeveel vruchtbare jaren Ella nog had, ze was in januari veertig geworden.

Hoewel, wat moest hij met een vrouw die 'buurten' zei?

Kwart over acht. Het was bijna tijd voor het postkantoor, je wist maar nooit – misschien post van Amber. Post die niet door de brievenbus kon. Misschien vandaag. Misschien had ze zijn zakelijke adres gebruikt? Zijn vaste rituelen stonden strakker aangespannen, hij had ze harder nodig dan ooit tevoren... Een lenige geest steunt op vaste structuren in de dag. Kant stond erom bekend dat hij elke dag op exact hetzelfde tijdstip zijn rondje wandelde door Königsberg, en Wenksterman durfde te beweren dat een rijk innerlijk leven een minimum aan avontuur vergt. Groots en meeslepend verhoudt zich recht onevenredig tot rijke gedachtegangen. Hij pakte zijn jas. Misschien snapte hij daarom wel weinig van de plotselinge reisdrift van zijn dochter. Ze trok al twee maanden alleen door Azië. Waar kwam die behoefte vandaan? Terwijl hij zo verknocht was aan zijn rituelen, de herhaling van het schrijven, lezen, wandelen en opnieuw lezen, moest zijn dochter zo nodig vreemde culturen ontdekken, gegrepen door het boeddhisme. Wat moest zo'n meisje in de bergen van Tibet? Tussen de schedels van Cambodja? Haar metamorfose was snel gegaan de laatste maanden, expressievere kleren, de wilde haren ongekamd over haar schouders. Die muziekband waarmee Kussendrager haar in contact had gebracht.

Hij benijdde Amber om haar moed de dingen te onderzoeken. En hij had niet eens gepuberd. Misschien was het daar wel misgegaan, in zijn puberteit, of het gebrek eraan. Dan had zijn schoonvader gelijk en was hij geen complete man. Misschien begreep hij nu alle vrouwen weg waren pas hoe verbonden hij met ze was.

Hij schudde het zand uit zijn schoenen en stapte naar buiten. Hij wist dat hij te vroeg was voor de postbus, die ging pas om halfnegen open. Toch liep hij vast de bordestrap af. Hij vervloekte zichzelf; steeds maar de post willen controleren. Hij hoorde zijn schoonvader schateren vanuit zijn urn dat Wenksterman alweer in de ban was van een vrouw, ditmaal zijn dochter. Nu Amber diens vermogen had geërfd, lag het definitieve akkoord voor de aannemer bij haar. Hoewel ze geen twijfel had gehad na opa's crematie – het huis moest een nieuwe fundering krijgen en dan had ze nog een paar ton over, nam ze maar geen beslissing.

'Het geld staat nog vast, pap,' zei ze.

'Maar een beslissing nemen kan al wel. Dat is voldoende.' Sinds ze door Azië zwierf was ze zo mogelijk nog waziger dan voorheen.

Even dacht hij zijn moeder te zien in die stramme bejaarde aan de overkant, een vrouw met een hoed. Rare kluwens in zijn hoofd, misschien gebeurt dat als je veel alleen bent, in kamers loopt waar krassen op het parket een spoor aan herinneringen trekken. Aan eerdere ruzies, saaie feesten, verplichte pianoles. Op de hoedenplank lag zijn moeders hoed nog altijd, de reiskoffer van zijn vader toen hij terugkwam uit Nederlands-Indië stond er nog. Die mensen mochten al jaren dood zijn, ze werden met de dag levender.

Het postkantoor was nog gesloten.

Hij wachtte voor de draaideur en zag de beambte naast zijn karretje brieven in postvakken sorteren. Ook vandaag zou er geen brief van haar zijn, zoals er al negenveertig dagen geen brief van haar was. De laatste keer dat ze elkaar spraken had ze gezegd: 'Het is niet dat ik niet om het huis geef, alleen, ik voorvoel iets. Ik kan het niet helpen, altijd als ik er binnenloop, bekruipt het me. Het is zo sterk dat ik soms denk dat het huis iets heeft af te rekenen. Met ons of met zichzelf.'

Ze had deze grilligheden met een eigenaardige rust uitgesproken. Haar stem klonk lager tegenwoordig. Ze beweerde dat ze sinds de wetenschap van het bestaan van haar tweelingbroertje kalmer was. Ze hadden een paar keer samen foto's van Thomas bekeken. Haar favoriet was de foto waarop ze samen op de door Veerle geborduurde sprei rolden. Wat leken ze sprekend op elkaar, de tweeling. Die lach, die dikke wenkbrauwen.

Meerdere keren had ze hem gevraagd waarom hij het haar niet gewoon had verteld. Ze bleef herhalen dat ze het snapte maar het niet begreep, totdat praten een cirkelgang werd en de zwaarte toenam, compacter werd als slagroom die dikker wordt naarmate er langer in wordt geroerd. Toen waren ze stil geworden. Ze was niet boos, zei ze, maar haar vader was niet wie ze dacht dat hij was. Dat was een rouwproces, en hoezeer Wenksterman ook vond dat hij geduldig moest zijn met haar, hij werd er ongemakkelijk van. De dag voor haar reis, nu bijna twee maanden geleden, had hij haar alle opties gepresenteerd: ze konden het huis schenken aan de stichting, dit had zijn overgrootvader vastgelegd in zijn testament. Wenksterman kon dan zelf in het tuinhuis gaan wonen en het openstellen voor huwelijken en op die manier een zakcentje verdienen. Het leek hem de uitverkoop van een traditie. Hij kon Ambers erfenis gebruiken en dan kon zij boven gaan wonen. Maar in alle scenario's moest het pand hoe dan ook snel opnieuw gefundeerd. Dat kostte minstens vijf ton. Een schijntje als je meer dan een miljoen hebt geërfd. Ambers hoofd leek meer bij tempels in Thailand. Voor haar vertrek had hij haar om een handtekening gevraagd. 'Het is ook jouw huis in de toekomst.'

Ze had haar schouders opgehaald. 'Ik ga daar niet meer wonen.'

'Dat denk je nu.'

Ze had vaag geantwoord: 'Pap, ken je die Griekse mythe over die mooie vrouw met wie Apollo naar bed wil? Ze stemt toe mits hij haar helderziend maakt. Dat doet hij, maar ze gaat toch niet met hem naar bed. Apollo kan haar gave niet terugnemen, dus spreekt hij een vloek over haar uit: dat niemand haar voorspellingen zal geloven. Ze voorspelt ook dat paard van Troje. Hoe heet ze ook alweer?'

'Cassandra, ik mag toch hopen dat ik die ken.'

'Zo heb ik me vaak gevoeld: iemand die helder ziet maar niet wordt geloofd. Ik heb rare voorgevoelens over dit huis.'

'We hebben allemaal zo onze periodes waarin we ons Jezus wanen. Ik voel me ook wel eens Jezus. Vage gevoelens... geen bewijzen.'

Ze had hem een zet gegeven. 'Spaar me je cynisme... Ik heb vaak dromen gehad, een verschijning naast mijn bed. Ik denk nu dat het Thomas was.'

'Dat wist ik niet. Ik wil niet cynisch zijn, ik ben blij dat je meer antwoorden vindt. We hebben het je niet makkelijk gemaakt.'

Die laatste middag was hem dierbaar. Ze hadden haar lievelingsfoto ingelijst en elkaar stevig vastgepakt voor ze de deur uit liep. Hij had haar haren geroken, nog net zo kruidig als toen hij ze waste, twintig jaar geleden.

'Pap, kijk niet zo triest. Ik weet het ook niet. Hoe zoiets gaat.'

'Doe voorzichtig.'

Dat was het laatste wat hij van haar had gehoord. Kussendrager scheen nog wel contact met haar te hebben. Maar al stonden hij en zijn buurman nu op betere voet met elkaar en hadden ze veel contact over mogelijke oplossingen, over Amber wilde de man nauwelijks iets kwijt. Ergens nam hij het Kussendrager nog kwalijk ook – waarom kon Kussendrager Amber niet overhalen, het was toch zijn vriendin? Hij wilde toch dat het goed kwam met het huis? Hoe die twee elkaars woorden dronken, dat lachen, het deed hem denken aan de begintijd met Veerle, toen hij haar huiswerk maakte voor de tuinbouwschool. En dan herhaalde ze maar steeds dat ze geen relatie hadden.

Hij miste zijn dochter en van de weeromstuit was hij haar brieven gaan schrijven, over zichzelf, over de familiehistorie. Over het huis. Zo zou ze met de tijd de waarde van haar geschiedenis gaan inzien. Hij kreeg nog geen ansichtkaart terug. Hij troostte zichzelf met de gedachte die opa Apeldoorn had uitgesproken, dat familieleden elkaar voorbij de tijd zoeken. Wenksterman glimlachte bij de herinnering aan dat laatste woord van die maffe baas. Amber zou wel bijdraaien en zelfs als ze dat pas deed als hij allang in de tuin was uitgestrooid en zij op de schommelstoel in de schouwkamer grijs zat te zijn, waren er altijd nog zijn brieven.

Zijn voeten deden pijn van het staan. Hij keek op zijn horloge. Nog vijf minuten en dan ging het postkantoor open. Een klein ommetje maken? Er fietste een man langs met een bakfiets vol kinderen. De oudste zoon stond trots achter op de bagagedrager en hield zijn vader vast bij de schouders.

Daar was een postbeambte. Hij wilde niet meer afwachten, hij dacht aan Veerle en haar pesterige schaterlach, die steeds vaker klonk als ze op zaterdag belden. Daarin leek ze op haar vader, haar plompe humor. Veerle die hem zijn vrijheid was komen schenken op zijn feest. Was hij vrij? Wat was vrijheid eigenlijk? Bestaat de menselijke vrijheid in de afstand tussen een prikkel en je reactie erop? Onthecht zijn en je zo min mogelijk aantrekken van emoties? Is vrijheid de wereld afreizen, of schuilt het niet zozeer in oneindige mogelijkheden hebben maar in waardig omgaan met beperkingen? Zo kon hij nog wel even doorgaan. Maar hoe vrij was hij als hij elke dag als eerste stond te dralen voor zijn brievenbus? Voor hem was vrijheid blijkbaar het afschrapen van illusies waarvan hij dacht dat hij ze niet meer had.

Hij trok de kraag van zijn jas op en stapte de draaideur door, die met een knikje door de man werd geopend.

Hij was zowaar in een boeddhistische stemming; zonder enige verwachting liep hij naar zijn postvak.

Rustig, wat hebben we hier. Een reclamefolder. Een brief van de gemeente. Die opende hij allang niet meer. Tot er een gele envelop met zijn handgeschreven naam opdook en een exotische postzegel. Hij hield zijn adem in. Amber. Dat kon niet missen. Het kleinood viel op de grond, hij bukte. Zijn naam met een streep eronder. Hij blies een lange stroom lucht uit. De envelop was verkreukeld, hij streek erover met zijn duim.

Hij mocht de brief niet meteen openmaken van zichzelf. Dit was een belangwekkend moment in de geschiedenis van het huis, zij als jongste erfgenaam ging haar akkoord geven, hij zou hem inplakken in het familieboek en hem niet eerst onder dit tl-buislicht lezen, niet in deze tochtige hal. Hij vouwde de brief in de binnenzak van zijn jas. Hij paste precies. Toen hij de man groette en naar buiten stapte, brandde het papier op zijn borst. Hij liep zo rustig mogelijk de brug over, het postkantoor achter zich latend. De hele gracht nog af, hij haastte zich niet, stap voor stap. De tocht terug was een beproeving in nieuwsgierigheid. Het waaide hard op de gracht, dat was hem eerder nog niet opgevallen, misschien omdat er nu tegenwind was. Hij maakte vuisten van zijn hand en klemde de brief vast, onder zijn jas. Zijn lichaam was nerveus, maar hij was zijn lichaam niet. Zijn leven lang was hij een onafhankelijk mens geweest, zijn hoogste goed was met rust gelaten worden, en als je deze gedachtelijn doortrok, werd alles ingegeven door een verlangen naar de dood. Het hebben van een lichaam, van verlangens, het dienen van een hoger doel, alles had hij geprobeerd af te zweren, en nu, sinds die rare, perverse opmerking op het sterfbed van zijn schoonvader wist hij dat hij meer verbonden was met zijn vrouwen dan hij voorheen had durven toegeven.

Ja, zo was het.

Hij opende de voordeur. De klink die de handen van zijn voorouders ook duizenden malen hadden aangeraakt. In de hal kon hij het niet laten, hij rook aan het papier. Een onbestemd weeë geur. Hij liep naar zijn studeerkamer, pakte zijn briefopener, scheurde precies op de lijn.

Lieve pap,

Ik hoop dat het goed met je gaat. Ik lees je brieven, ik leer je beter kennen. Denk niet dat ik jou niet schreef, ik schreef jou ook, iedere dag. Maar het is niet wat ik wil zeggen.

Ik zit hier in een leeg hostel in Varanasi, India. De wanden zijn hier kaal en de feiten ook: jij wilt uitsluitsel over het huis, ik zoek andere antwoorden. Ik rouw om de ouders die jullie niet waren, om de broer die ik miste zonder dat ik het wist.

Gisteren was ik bij een rituele lijkverbranding aan de

Ganges. Een dood meisje in een witte doek gewikkeld. De oudste broer schoor haar lange zwarte haren af, en samen met zijn andere broers bond hij haar aan de brandstapel vast, stak haar in de fik, voor het oog van iedereen. Omdat de schedel van het meisje niet direct spleet (zodat de ziel het lichaam kon verlaten) werd het lijkje op het hoofd geslagen met stokken. Er bleven wat botten achter – zo de heilige rivier in geschoven! Een paar meter verderop scharrelde een koe. Kinderen zaten er te spelen, vrouwen deden er de was.

En ik maar huilen, om mijn broer, wij samen in mama's buik, zijn urn weggestopt in die klok, zijn ouders die hem probeerden te vergeten, zijn zus die hem niet kende.

Ik hoor het je zeggen: waarom moet de wijsheid in India gehaald worden? Je schrijft dat ik nu volwassen ben, dat het tijd wordt dat ik een beslissing neem. Is volwassen zijn je pantseren met geheimen, je verstoppen in een bibliotheek? Vanochtend toen ik wakker werd dacht ik: misschien wil het huis ons iets vertellen. Die voorouders in de tuin en wij maar kijken, hen eren, achterwaarts leven, wie kijkt nou eigenlijk naar wie? Wat als de doden naar ons staren, ons onzichtbaar aanmoedigen: ga toch leven, mensen, anders hebben wij hier niks te zien!

Hoe dan ook, geen zorgen. Ik voel me sterker dan ooit en brand een kaarsje voor ons allemaal. Ik heb zijn naam in een houten brug gekerfd, Thomas.

Een kaarsje, wat moest hij met een kaarsje... Hij draaide de brief om. Daar stond nog wat, dwars over het papier gekrabbeld.

PS *Morgen vertrek ik naar Kopenhagen. The Vocal Institute! Ik verwacht daar het komende jaar te zijn. Ik stuur je het adres zodra ik er een heb.*

Denemarken.
Hij liet de brief uit zijn handen vallen en sjokte de gang door op weg naar de bank. Of nee, de schommelstoel. Hij ging zitten, schommelde wat, stond op. Nee, hij ging nu niet zitten schommelen. Hij haalde zijn vinger over de potkachel. Zijn hand plakte van het aangekoekte stof. Waarom had Kussendrager niks gezegd? Als zij op zijn school was aangenomen, dan moesten ze veel contact hebben, en hij maar zeggen dat ze vast gauw weer thuiskwam. Was Kussendrager daarom zo op het noodplan bij de gemeente gebrand, wist hij dat het met Amber niks ging worden? Allemachtig. Amber mocht op zoek zijn naar zichzelf in verre streken en wist nog niet dat het zinvolste aan zoeken het thuiskomen is – het zou jammer zijn als ze, tegen de tijd dat ze werkelijk volwassen werd, erachter kwam dat door haar toedoen haar ouderlijk huis verloren ging. Het had geplensd de laatste weken, april was nog nooit zo nat geweest, en het grondwater in de kelder stond inmiddels tot aan de bel-etage. Hij moest iets doen, en hij besloot naar de man te gaan die het dichtst bij de bron stond: Kussendrager. Toen hij ongeduldig op zijn voordeur klopte, duurde het even voor hij gestommel hoorde in het trappenhuis. Kussendrager trok aan een touwtje van boven en riep: 'Een andere keer. Ik geef les.'
Wenksterman liep de trap half op en schreeuwde.
'Ze gaat naar Denemarken!'
'Ja?'
'Naar jouw school!'

'Klopt.'
'Waarom zei je dat niet?'
Geen reactie.
'Vind je het niet jammer dat ze weg is?'
Het bleef leeg in het trapgat.
'Ik dacht dat we het erover eens waren dat het haast had.'
Eindelijk hing Kussendrager over de reling.
'Terwijl mijn dochter zit te mediteren en liedjes gaat zingen in Denemarken, verzuipt haar ouderlijk huis.'
'Ze wilde het graag zelf aan je vertellen. Dat respecteerde ik.'
'We moeten wat doen met die scheur, man.'
Kussendrager kwam de trap af met een blik die zei: hè hè, dat zeg ik dus al maanden. 'Ik ben bij Monumentenzorg geweest. Ze zijn bereid ons een extra lening te verschaffen. Ze hebben een speciale lening voor hopeloze gevallen als wij.'
'Dan zijn we aan hen overgeleverd.'
Kussendrager stond vlak naast hem. 'Ben je dat nu niet dan?'
'Ik heb nog nooit schulden gehad. Dit huis is altijd schuldenvrij geweest en... in mijn familie...'
'Het heeft ook nog nooit zo scheef gestaan.'
'Weet je wat er dan gebeurt? Voor je het weet ben je zeven jaar met die lieden aan het steggelen over verftinten voor raamkozijnen.'
'Hebben we een alternatief?'
Kussendrager leek onbewogen.
Ze zaten met hetzelfde probleem. Ook Kussendragers erfenis bleek er een van forse schulden. Met zijn scheve schouder liep hij de trap op, hij hield zich vast aan de trapleuning. Wenksterman sprak hard, en met elke trede die Kussendrager terug naar boven liep luider. 'De constructeur

kan zo beginnen, en vanwege een zogenaamde meditatietoestand van mijn dochter gaan we nu die gemeente-Gestapo erop zetten?' Voorzichtiger zei hij: 'Kun jij haar niet vragen naar huis te komen?' Hij slikte, maar zei het toch, het was de waarheid. 'Naar jou luistert ze.'

Kussendrager riep: 'Ze is onvoorstelbaar goed, Wenksterman. Er is geen keuze. Ik stel voor dat we morgenochtend naar de gemeente gaan, jij en ik. Dat we de toestand uitleggen. Laten we gewoon communiceren met die mensen, weet jij veel. Dan zal ik nog een keer met Amber praten.'

Toen Kussendrager in het trapportaal was verdwenen, riep Wenksterman hem in het donker na: 'Succes, verzin iets goeds!'

Hoorde hij Kussendrager nou lachen? Was dat verbeelding? Verdwaasd stormde hij de geveltrap af.

Toen hij weer binnenliep, was het tien uur en tijd voor zijn dropje. Hij was misselijk en ging maar even afwassen, dat moest toch gebeuren. De afwasborstel, die misschien al een jaar oud was en plat van de verdrukte haren en het vet, smeet hij weg. Zo begon het: met wat heet water en wat zeepsop. De dop zat even vast, hij moest er een paar keer aan draaien. In een mengeling van onrust, woede en afreageren begon Wenksterman steeds harder te soppen. Toen de afwas stond uit te druipen, pakte hij een bezem uit de bezemkast. Hij liep naar buiten, liet de deur gewoon openstaan en begon het bordes te vegen. Tot in de kieren van het Belgische hardsteen. Steeds steviger. Daarna drapeerde hij de takken van de blauweregen weer netjes over het hekwerk. Hij kende zichzelf zo niet en toen hij weer de keuken binnenstapte, had hij opnieuw een sopje gemaakt. Hij pakte twee oude schuursponsjes achter de sifon en schonk wat schoonmaakazijn. Zijn herstel in dit verzakkende huis begon met een sopje, zoals de weldaden bij Moeder Teresa in haar eigen woorden waren begonnen 'met het oprapen van één enkel mens'. Een sopje, daar had hij geen vrouw voor nodig.

De linnenkast met het dessertservies had hij uitgeladen, en toen hij het strijklicht over de vensterbank zag glijden, viel hem pas op hoeveel stof er overal lag. De balken, de schouw, de tafel in de stijlkamer – hij nam het allemaal af. Een hoeveelheid zwart dat eraf kwam! Hij besloot daarna de lakens op de bedden te verschonen en merkte hoe lekker het is om praktisch bezig zijn. De band met een huis is net als de band met een kind. Al die vaders die geen luier verschonen, terwijl de liefde evenredig groeit met de hoeveelheid zorg die je er zelf in steekt. Dat was de zegen van zijn vaderschap geweest. Zijn blessing in disguise: door het onvermogen van Veerle had hij veel meer tijd aan zijn kleintjes besteed dan de gemiddelde vader en een goede band met Amber opgebouwd. Die zou zich met de jaren terugbetalen.

Toen hij op zijn knieën de vloer van de opkamer dweilde, stelde hij zich voor dat zijn grootvader hier als baby had gekropen, over deze krassen in het parket. Hoe zijn moeder die groeven had vermeerderd door te hard met haar tol te spelen, en daar een draai om haar oren voor had gekregen. Hij begon bij de kamers op de eerste verdieping, kamers waarin kinderen waren geboren, concerten gegeven en testamenten geschreven. Dit huis dat zijn betovergrootvader in 1822 kocht voor een paar duizend gulden. Zelfs in Ambers kamer waar ooit het nauwelijks beslapen wiegje van zijn zoon had gestaan, zette hij de ramen en de deuren tegen elkaar open – om te luchten. Hij wist niet meer of hij nou van het huis hield of niet, of hij zijn kroonprins was of zijn slaaf, maar waar het om ging, was het goede behouden en het nieuwe durven toelaten.

Met al die open deuren stroomde het zonlicht door de hal van het trappenhuis. Je kunt verstommen, maar de dingen blijven bewegen. Niets blijft.

Hij kneep in het doekje. Het water in de emmer moest vaak worden ververst. Op een ladder had hij de kroonluchter in de stijlkamer afgestoft, strelend als een minnaar zijn object van begeerte. Hij klom op de schouw om het spinrag weg te halen van het vier meter hoge plafond met de schilderingen van Jacob de Wit. Toen hij zichzelf terugklimmend in de gouden spiegel zag, dacht hij: wat in mijn leven heb ik zélf gedaan? Wat heb ik daadwerkelijk zonder anderen bereikt? Hij moest de waarheid onder ogen zien. Hij had een onzichtbare schakel willen zijn in de ketting van zijn familie, maar de realiteit was dat hij degene was die de ondergang inluidde. Hij was moe, het was genoeg voor nu, het begin was gemaakt. Hij kon wel met stambomen in de weer blijven en het krulhandschrift van zijn grootvader ontrafelen; nu hij zo naar het afgebladderde behang keek, was het heden te penibel en er moest nú wat gebeuren. Niet morgen, vandáág.

Toen hij het behang in de opkamer wegtrok, zag hij de scheur in de gang, vuistdik. Hij was gezakt. Nu ook op de begane grond.

Hij aarzelde niet en belde Johnno. Die stond op een bouwplaats en op de achtergrond klonk het lawaai van een heipaal.

'Wenksterman. Zeg, Johnno, het spijt me dat ik je zo behandelde toen.'

'Het is goed.'

'Nee, je had gelijk. Er moet wat gebeuren. Allereerst aan de kelder.'

Johnno schreeuwde dwars door alle herrie dat eerst een geul langs de achterzijde van het pand moest worden uitgegraven – zodat ze betere afvoerbuizen konden aanleggen.

'Als jij nou vast een graafmachine huurt, kom ik je maandag helpen met een ploeg.' Dat was buitengewoon vriendelijk van die jongen.

Het was vrijdag en Wenksterman hing opgelucht op. Eindelijk. Vanaf vanmiddag zou hij niet langer wachten op het noodlot. Op vrouwen, op wie of wat dan ook. Hij haastte zich zonder jas naar de bouwmarkt. Daar bleken die dingen gewoon te huur, minigravers, voor minder dan tweehonderd euro per dag. Hij zou met een mannelijke vuist op de toonbank vragen of ze hem diezelfde dag nog kwamen afleveren.

Toen de graafmachine de volgende middag door de gang rolde, vijfenzeventig centimeter smal, achthonderd kilo zwaar over het marmer, het bordes af, de tuin in, kon hij het niet laten er even in te gaan zitten. Het was een gevaarte van anderhalve meter hoog met een stoel. Een skelter voor jongens van vijftig. Hij drukte op de zwarte knop, het was eenvoudig: links was draaien, rechts was stilzetten. Al met al ging het slechts om een meter of anderhalf diep langs de rand van het pand. Hij trok aan de schakelaar en begon vast. Misschien moest hij terug, van volwassene naar kind, om compleet te worden. Misschien ontwikkelen sommige mensen zich andersom. Het graven ging in grote happen aarde. Heel makkelijk, het zand leek zacht. De stenen en het gruis stapelde hij op het gras. Het was lekker werk, zo hoog zitten, en hij nam voor de zekerheid een extra brede rand mee, een stuk dieper. Rechterknop indrukken, even draaien, een grote hap nemen, nog een hap, tot hij harde stukken raakte.

Een snerpend geluid, waarschijnlijk een van de leidingen die toch vervangen moesten worden.
 Toen hij klaar was, was het later dan hij besefte. Halfelf.
 Het moest al lange tijd donker zijn, hij had niks van een schemering gemerkt. Tot zijn eigen verbazing had hij zin om in een kookboek te bladeren. Een kookboek van zijn moeder. Hij zag allerlei ouderwetse recepten – bruinebonenstamppot met uitjes, dingen die hij al jaren niet had gegeten. Hij fantaseerde dat hij binnenkort voor zijn gezin zou koken: voor zijn vrouwen, Veerle en Amber. Voor Ella als ze weer eens op bezoek kwam. Ze zouden versteld staan van hoeveel meer deze boekenwurm kon dan een ei bakken. Het keukenblad zou glimmen van de allesreiniger. Hij bladerde wat toen zijn oog op pagina 30 viel. Een groot stuk vlees in oranje saus. Dat zou hij voor ze maken: boeuf bourguignon. Zijn vrouwen zouden twee keer opscheppen.
 Hij bleef het koud hebben. Normaal sliep Wenksterman naakt. Die nacht ging hij naar bed in zijn geblokte pyjama.

Om precies zeven over twee begon het te kraken. Het was een geluid zo hevig, het ging door merg en been, vergelijkbaar met een verstandskies die met veel breken wordt getrokken. Wenksterman schrok wakker en tastte blind om zich heen, naar de lege kant van Veerle. Daar was het koud. Waar was hij? Waar was zij? Het bed was leeg en de geluiden klonken onheilspellend. Hij rende naar de kinderkamers. De kleintjes. Hij moest de kleintjes redden. Het leek mistig in de gangen, hij hoestte terwijl hij rende. Overal stof. Zijn dochter, zijn zoon, de wiegjes waren leeg – toen hij slaapdronken zag dat de muren leken te schuiven, voelde het alsof de bodem meebewoog. Het wankelde onder zijn voeten. Er klonk een suizende klap. Het schilderij van zijn grootvader denderde van de trap. Wat was dit? Een aardbeving? Hij kon nauwelijks ademen, het gierde door zijn lichaam toen een stuk van de linkermuur inzakte. Het leek in vertraging gefilmd. Hij rende door het trappenhuis naar beneden, haastte zich door de voordeur en struikelde van de bordestrap. Op zijn blote voeten op de stoeptegels stapte hij naar achteren en zag de muren schuiven. De wind was gaan liggen en het krakende geluid scheurde door de nacht, het leek niet te stoppen.

Hij wist nauwelijks hoe hij zo snel buiten was gekomen, maar nog geen minuut nadat hij buiten stond, het stof uit zijn luchtpijpen schrapend, zijn vuisten geklemd, hijgend en om zich heen kijkend, verschoof de zijgevel, ja verdomd, de stenen massa verschoof, en het ging in een gapende vertraging als een nies die eenmaal ingezet niet meer tegen te houden is. Een ontploffing van binnenuit, zo leek het, de voorgevel klapte zuchtend naar beneden. Wenksterman voelde zijn koude voeten schuren op de straattegels. Vier verdiepingen zakten met een grof geweld van stenen en stof door hun eeuwenoude voegen. Voorbijgangers gilden, en hoeveel tijd het duurde voor sirenes klonken: geen idee, tijd bestond niet meer. Er kwamen buren naar buiten. De voordeur van Kussendrager stond wagenwijd open. Wenksterman zag hem nergens. Wild keek hij om zich heen. Tot de klappen doffer werden.

Gek genoeg waren zijn bezittingen niet het eerste waaraan hij dacht. Hij dacht niet aan familiefoto's of de kostbare muurschilderingen van De Wit. Hij dacht zelfs niet aan de eiken. Het eerste wat hij dacht, op het ogenblik dat het pand met een klap in een immense stofwolk ten onder ging, was: gelukkig heb ik een pyjama aan.

Uitgeverij Querido stelt alles in het werk om op milieuvriendelijke en duurzame wijze met natuurlijke bronnen om te gaan. Bij de productie van dit boek is gebruikgemaakt van papier dat het keurmerk van de Forest Stewardship Council (FSC) mag dragen. Bij dit papier is het zeker dat de productie niet tot bosvernietiging heeft geleid.